「文豪とアルケミスト」文学全集

新潮社版／神楽坂ブック倶楽部 編

新潮社

「文豪とアルケミスト」文学全集 ◉ 目次

I たった一年だけの師弟　夏目漱石／芥川龍之介

夏目漱石・芥川龍之介　往復書簡（大正五年二月―九月）　11

コラム　菊池寛の葉書／漱石の葉書　31

芥川龍之介　鼻　33

追想 漱石先生　葬儀記／漱石先生の話／夏目先生　42

II われら無頼派として死す　太宰治／坂口安吾／織田作之助

太宰治　ダス・ゲマイネ　57

坂口安吾　堕落論　89

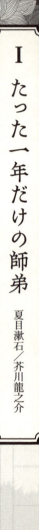

太宰治・坂口安吾・織田作之助
座談会　歓楽極まりて哀情多し　100
坂口安吾
追悼　太宰治　不良少年とキリスト　109
コラム　太宰治「斜陽」直筆原稿　126

III　幼馴染にして終生のライバル
泉鏡花／尾崎紅葉／徳田秋声

泉鏡花
外科室　131
追慕　紅葉先生　紅葉先生逝去前十五分間／紅葉先生の玄関番　146
徳田秋声
和解　151
里見弴
二人の作家　174
徳田秋声
亡鏡花君を語る　186

Ⅳ 詩人とおんなたち 北原白秋／中原中也／佐藤春夫

北原白秋 河岸の雨 193

中原中也 帰郷／女よ 196

佐藤春夫 秋刀魚の歌 199

Ⅴ マゾヒストにして王様 谷崎潤一郎

谷崎潤一郎・芥川龍之介 論争抄 饒舌録 より／文芸的な、余りに文芸的な より 205

谷崎潤一郎

芥川龍之介、そして佐藤春夫を悼む
芥川君と私／いたましき人／佐藤春夫と芥川龍之介　218
文壇昔ばなし　225
続蘿洞先生（直筆原稿版）　229

『文豪とアルケミスト』は、DMM GAMESが贈る〝文豪転生シミュレーション〟のブラウザゲーム、スマホアプリゲーム。「侵蝕者」たちによって、文学書が黒く染められてしまい、それらの書物は最初から存在しなかったかのように、人々の記憶からも奪われ始める異常現象が発生した。ゲームプレイヤーは「アルケミスト」として、文学の持つ力を知る文豪たちを転生させ、彼らの力を借りて「侵蝕者」を追伐していく。

「文豪とアルケミスト」文学全集

I　たった一年だけの師弟

夏目漱石／芥川龍之介

夏

目漱石の自宅に門人たちが集まっていた「木曜会」（文字通り、木曜日が面会日に定められていた）に、芥川龍之介が初めて出席したのは大正四年十二月のこと。芥川はまだ東京帝国大学英文科の学生だった。

　翌五年二月、芥川は久米正雄、成瀬正一、松岡譲、菊池寛と第四次「新思潮」を刊行。創刊号に載せた「鼻」が漱石に激賞され、文壇に華やかな登場を果たした。

　この年、芥川は大学を卒業し（当時は七月に卒業する制度だった）、久米と共に千葉県の海辺の町一宮へ避暑に出かけた。この折、東京の漱石とやり取りした書簡が残っており、両者の親密さが窺える。

　殊に芥川へ宛てた漱石の手紙は優しさ、親切、率直、そして滲み出る懐かしさや寂しさにあふれ、年長者が後進の若者に与えたものとして日本文学史上最高の書簡のひとつ。丸谷才一は、漱石の代表作を引き合いに出して、「芥川や久米に対する漱石のやうな優しさで、『こゝろ』の『先生』が彼のたつた一人の弟子に対し、委曲を盡《つく》した遺書を書いてくれたならどんなによかつたらうと惜しんでゐる」とまで評した。

　ここに掲載した書簡を二人が交わしてから、わずか数ヶ月後の大正五年十二月九日、漱石は胃潰瘍のため死去。漱石四十九歳、芥川は二十四歳だった。

往復書簡

（大正五年二月—九月）

夏目漱石／芥川龍之介

夏目漱石　大正五年二月十九日　牛込区早稲田南町七番地より　府下田端四百三十五番地芥川龍之介宛

拝啓新思潮のあなたのものと久米君のものと成瀬君のものを読んで見ましたあなたのものは大変面白いと思います落着があって巫山戯《ふざけ》ていなくって自然其儘《そのまま》の可笑味《おかしみ》がおっとり出ている所に上品な趣があります夫《それ》から材料が非常に新らしいのが眼につきます文章が要領を得て能《よ》く整っています敬服しました。ああいうものを是《これ》から二三十並べて御覧なさい文壇で類のない作家になれます然《しか》し「鼻」丈《だけ》では恐らく多数の人の眼に触れないでしょう触れてもみんなが黙過《もっか》するでしょうそんな事に頓着《とんちゃく》しないでずんずん御進みなさい群衆は眼中に置かない方が身体の薬です

久米君のも面白かったことに事実という話を聴いていたから猶《なお》の事《こと》興味がありました然し書き方や其他の点になるとあなたの方が申分《もうしぶん》なく行っていると思います。成瀬君のものは失礼ながら三人の中で一番劣ります是は当人も巻末で自白しているから蛇足ですが感じた通りを其儘つけ加えて置きます　以上

二月十九日　　　　夏目金之助

芥川龍之介様

夏目漱石　八月二十一日　牛込区早稲田南町七番地より　千葉県一ノ宮町一ノ宮館久米正雄、芥川龍之介へ

あなたがたから端書《はがき》がきたから奮発して此《この》手紙を上げます。僕は不相変《あいかわらず》「明暗」を午前中書いています。心持は苦痛、快楽、器械的、此三つをかねています。存外涼しいのが何より仕合せです。夫《それ》でも毎日百回近くもあんな事を書いていると大いに俗了《ぞくりょう》された心持になりますので三四日前から午後の日課として漢詩を作ります。日に一つ位です。そうして七言律《しちごんりつ》です。中々出来ません。厭《いや》になればすぐ已《や》めるのだからいくつ出来るか分りません。あなた方の手紙を見たら石印云々とあったので一つ作りたくなってそれを七言絶句に纏《まと》めましたから夫を披露します。久米君は丸で興味がないかも知れませんが芥川君は詩を作るという話だからここへ書きます。

尋仙未向碧山行。　住在人間足道情。　明暗双双三万字。　撫摩石印自由成。

（句読をつけたのは字くばりが不味《まず》かったからです。明暗双々というのは禅家で用いる熟字であります。三万字は好《いい》加減です。原稿紙で勘定すると新聞一回分が一千八百字位あります。だから百回に見積ると十八万字になります。然し明暗双々十八万字では字が多くって平仄《ひょうそく》が差支えるので致し方がありません故三万字で御免を蒙《こうむ》りました。結句に自由成とあるは少々手前味噌めきますが、是も自然の成行上已《やむ》を得ないと思って下さい）

一の宮という所に志田という博士がいます。山を安く買ってそこに住んでいます。景色の好い所ですが、どうせ隠遁するならあの位じゃ不充分です。もっと景色がよくなけりゃ田舎へ引込む甲斐はありません。

勉強をしますか。何か書きますか。君方は新時代の作家になる積《つもり》でしょう。僕も其《その》積であなた方の将来を見ています。どうぞ偉くなって下さい。然し無暗《むやみ》にあせっては不可《いけ》ません。ただ牛のように図々しく進んで行くのが大事です。文壇にもっと心持の好い愉快な空気を輸入したいと思います。それから無暗にカタカナに平伏する癖をやめさせてやりたいと思います。是《これ》は両君とも御同感だろうと思います。

今日からつくつく法師が鳴き出しました。もう秋が近づいて来たのでしょう。私はこんな長い手紙をただ書くのです。永い日が何時《いつ》迄《まで》もつづいて何《ど》うしても日が暮れないという証拠に書くのです。そういう心持の中に入っている自分を君等に紹介する為に書くのです。夫からそういう心持でいる事を自分で味って見るために書くのです。日は長いのです。四方は蟬の声で埋っています。以上

八月二十一日　　夏目金之助

久米正雄様

芥川龍之介様

芥川龍之介　大正五年八月二十二日　千葉県一ノ宮海岸一宮館より　東京牛込早稲田南町七　夏目漱石宛

先生

原稿用紙でごめんを蒙《こうむ》る事にします。

ここへ来てからもう彼是《かれこれ》一週間ばかりになりました。午前は勉強して午後は海へはいると云う事にきめては居りますが午前の日課はひるねをしたり駄弁をふるったりして兎角《とかく》閑却されがちです殊に新思潮の原稿を書いてしまってからはまるで解放されたようなのんきな心もちになってしまったので義理にも金儲けの翻訳には手をつける気になれません。勉強と云っても実はこの翻訳が大部分をしめているのです。

昨日新小説の校正が来ました（注・「新小説」誌に「芋粥」を執筆）。校正でだけ見た所では、どうも失敗の作らしいので大にまいってしまって居ります。私はいつでも一月ばかりたった後でないと自分の書いたものがどの位まで行っているのだかわかりません。そうすると今まいっていると云うのが矛盾のようですけれどまだ失敗したのだかどうだかわからない　わからないと思いながらそれでもどうも失敗したらしいのでまいってしまうのです。実際校正しながらも後から後から気になる所が出て来るので何度赤インキの筆を抛《ほう》り出してねころんでしまったかわかりません。久米がそばから大に鼓舞してくれるのですが気になるのは人の評価でなくて自分の評価ですから困ります。尤《もっと》も自分の評価も全然人の評価に左右されない事はなさそうですが。

くだらない事を長く書きました。何だかこのまいっている心もちを先生へ訴えたいような気がしたからです。そうでもさして頂かなければ妙に気がめいってやりきれません。

しけ（注・嵐）だものですから宿屋は大抵毎日芋ばかり食わせます。小説も芋粥ですから私は芋に祟《たた》られているのでしょう。

女中にやる祝儀が少かったものと見えてあまり優待されてはいません。或《あるい》は虐待されていると云った方が適当なのでしょう。朝戸をあけたり床をあげたりするのまで自分でやらせられるのですから。今朝なぞは顔を洗う水を何時までも持って来てくれないので大に弱りました。

　ここまで書いた時に先生の御手紙がつきました。私たちも如何に閑寂な日を送っているか御しらせする為に久米のスケッチ三枚と私の妙な画とを御送りします。私の詩はとても先生の塁は摩《ま》せそうもありませんが将来に於て私の絵は（先生位私が年をとったら）先生の達磨《だるま》に肩随《けんずい》する事が出来るかも知れないと思います。

　先生の所の芭蕉はもう葉がさけかかったでしょう。ここの砂浜にある弘法《こうぼう》麦も焦茶《こげちゃ》色の穂をみだすようになりました。「砂に知る日の衰へや海の秋」これは私の句ですが久米三汀《さんてい》（注・三汀は久米の俳号）宗匠の説によると月並だそうです　もう一つ「砂遠し穂蓼《ほたで》の上に海の雲」と云う句もふらふらと出来ました。詩はここに円機活法がないので作れません。作っても御披露する気にはなれないでしょう。詩を頂いた御礼に句と画とを御覧に入れる事にしてこの手紙をおしまいにします。

　八月廿二日　芥川龍之介

夏目漱石　八月二十四日　牛込区早稲田南町七番地より　千葉県一ノ宮町一ノ宮館芥川龍之介、久米正雄宛

　此《この》手紙をもう一本君等に上げます。君等の手紙があまりに潑溂《はつらつ》としているので、無精の僕ももう一度君等に向って何か云いたくなったのです。云わば君等の若々しい青春の気が、老人の僕を若返らせたのです。

　今日は木曜です。然《しか》し午後（今三時半）には誰も来ません。例の滝田樗陰《たきたちょいん》（注・「中央公論」の名物編

集者）君は木曜日を安息日と自称して必ず金太郎に似た顔を僕の書斎にあらわすのですが、その先生も今日は欠席するといってわざわざ断って来ました。そこで相変らず蟬の声の中で他から頼まれた原稿を読んだり手紙を書いたりしています。昨日作った詩に手も入れて見ました。「癲狂院《てんきょういん》の中より」という色々な狂人を書き分けたものだという原稿を読ませられました。中々思い付きを書く人があるものです。

芥川君の俳句は月並じゃありません。もっとも久米君のような立体俳句を作る人から見たら何《ど》うか知りませんが、我々十八世紀派はあれで結構だと思います。其《その》代り画は久米君の方がうまいですね。久米君の絵のうまいには驚ろいた。あの三枚のうちの一枚（夕陽の景？）は大変うまい。成程《なるほど》あれなら三宅恒方《つねかた》さんの絵をくさす筈です。くさしても構わないから、僕にいつか書いて呉《く》れませんか。（本当にいうのです）。同時に君がたは東洋の絵（ことに支那の画）に興味を有《も》っていないようだが、どうも不思議ですね。そちらの方面へも少し色眼を使って御覧になったら如何《いかが》ですか、其所には又そこで満更でないのもちょいちょいありますよ、僕が保証して上げます。

僕は此間《このあいだ》福田半香《はんこう》（崋山《かざん》の弟子）という人の三幅対《さんぷくつい》を如何わしい古道具屋で見て大変旨いと思って、爺さんに価を訊いたら五百円だと答えたので、大いに立腹しました。是《これ》は絵に五百円の価がないというのではありません。爺なるものが僕に手の出せないような価を云って、忠実に半香を鑑賞し得る僕を吹き飛ばしたからであります。僕は仕方なしに高いなあと云って、店を出てしまいましたが、其時心のうちでそんならおれにも覚悟があると云いました。其覚悟というのを一寸《ちょっと》披露しますす。笑っちゃいけません。おれにおれの好きな画を買わせないなら、已を得ない。おれ自身で其好きな画と同程度のものをかいてそれを掛けて置く。と斯《こ》ういうのです。それが実現された日にはあの達磨などは眼裏《まなうら》の一翳《いちえい》です。到底《とうてい》芥川君のラルブルなどに追い付かれる訳のものではないのですから、御用心なさい。

君方は能《よ》く本を読むから感心です。しかもそれを軽蔑し得るために読むんだから偉い。（ひやかすのじゃありません、賞めてるんです）。僕思うに日露戦争で軍人が露西亜《ロシア》に勝った以上、文人も何時《いつ》迄恐露《きょうろ》病に罹《かか》ってうんうん蒼い顔をしているべき次第のものじゃない。僕は此気焔《きえん》をもう余程《よほど》前から持ち廻っているが、君等を悩ませるのは今回を以て嚆矢《こうし》とするんだから、一遍丈《いっぺんだけ》は黙って聞いてお置きなさい。

本を読んで面白いのがあったら教えて下さい。そうして後で僕に借して呉《く》れ玉《たま》え。僕は近頃めちゃめちゃで昔し読んだ本さえ忘れている。此間芥川君がダヌンチオのフレーム　オフ　ライフ（注・小説「炎」）の話をして傑作だと云った時、僕はそんな本は知らないと申し上げたが其後何時も坐っている机の後ろにある本箱を一寸振り返って見たら、其所《そこ》に其本がちゃんとあるので驚ろいちまいました。たしかに読んだに相違《そうい》ないのだが何が書いてあるかもうすっかり忘れてしまった。出して見たら或《あるい》は鉛筆で評が書いてあるかも知れないが面倒だから其儘《まま》にしています。

きのう雑誌を見たらショウの書いた新らしいドラマの事が出ていました。是はとても倫敦《ロンドン》で興行出来ない性質のものだそうです。グレゴリー夫人（注・イギリスの劇作家）の勢力ですら、ダブリンの劇場で跳ね付けたという猛烈のもので、無論私の刊行物で数奇者《すきもの》の手に渡っている丈《だけ》なのです。兵隊がV.C.（注・ビクトリア十字勲章）を貰って色々なうそを並べ立てて景気よく応募兵を煽動してある所などが諷《ふう》してあるのです。ショウという男は一寸いたずらものですな。

一寸筆を休めて是から何を書こうかと考えて見たが、のべつに書けばいくらでも書けそうですが、書いた所で自慢にもならないから、此所《ここ》いらで切り上げます。まだ何か云い残した事があるようだけれども。

ああそうだ。そうだ。芥川君の作物の事だ。大変神経を悩ませているように久米君も自分も書いて来たが、それは受け合います。君の作物はちゃんと手腕がきまっているのです。決してある程度以下には書こうとしても書けないからです。久米君の方は好いものを書く代りに時としては、どっかり落ちないとも限らないように思えますが、君の方はそんな訳のあり得ない作風ですから大丈夫です。此予言が適中するかしないかはもう一週間すると分ります。適中したら僕に礼をお云いなさい。外れたら僕があやまります。

牛になる事はどうしても必要です。吾々はとかく馬になりたがるが、牛には中々なり切れないです。僕のような老猾《ろうかつ》なものでも、只今牛と馬とつがって孕《はら》める事ある相の子位な程度のものです。

あせっては不可《いけ》ません。頭を悪くしては不可せん。根気づくでお出でなさい。世の中は根気の前に頭を下げる事を知っていますが、火花の前には一瞬の記憶しか与えて呉れません。うんうん死ぬ迄押すのです。それ丈です。決して相手を拵《こし》らえてそれを押しちゃ不可せん。相手はいくらでも後から後からと出て来ます。そうして吾々を悩ませます。牛は超然として押して行くのです。何を押すかと聞くなら申します。人間を押すのです。文士を押すのではありません。

是から湯に入ります。

八月二十四日　　夏目金之助

芥川龍之介様

久米正雄様

君方が避暑中もう手紙を上げないかも知れません。君方も返事の事は気にしないでも構いません。

芥川龍之介　八月二十八日　千葉県一ノ宮町一ノ宮館より　牛込区早稲田南町七番地夏目漱石宛

先生

また、手紙を書きます。嘸《さぞ》、この頃の暑さに、我々の長い手紙をお読になるのは、御迷惑だろうと思いますが、これも我々のような門下生を持った因果と御あきらめ下さい、その代り、御返事の御心配には及びません。先生へ手紙を書くと云う事がそれ自身、我々の満足なのですから。

今日は、我々のボヘミアンライフを、少し御紹介致します。今居る所は、この家で別荘と称する十畳と六畳と二間つづきのかけはなれた一棟《ひとむね》ですが、女中はじめ我々以外の人間は、飯の時と夜、床をとる時との外《ほか》はやって来ません。これが先、我々の生活を自由ならしめる第一の条件です。我々は、この別荘の天地に、ねまきも、おきまきも一つで、ごろごろしています。来る時に二人とも時計を忘れたので、何時に起きて何時に寝るのだか、我々にはさっぱりわかりません。何しろ太陽の高さで、略々見当をつけるんですから、非常に「帳裡日月長《ちょうりじつげつながし》」と云う気がします。それから、甚《はなはだ》、尾籠《びろう》ですが、我々は滅多に後架《こうか》（注・便所）へはいりません。大抵は前の庭のような所へ、してしまうのです。砂地で、すぐしみこんでしまいますから、宿の者に発見される惧《おそれ》などは、万万ありません。第一、非常に手軽で、しかも爽快です。そう云う始末ですから、部屋の中は、原稿用紙や本や絵の具や枕やはがきで、我ながらだらしがないと思う程、雑然紛然《ふんぜん》としています。私は本来久米などより余程きれいずきなのですが、この頃はすっかり悪風に感染してしまいました。夜はそのぞうもつを、隅の方へつみかさねて、女中に床をとってもらいます。ふとんやかいまきは、可成《かなり》清潔ですが、蚊帳《かや》は穴があるようです。ようですと云うのは、何時でも中に蚊がはいっているからで、実際穴があるかどうか、面倒くさいから、しらべて見た事はありません。その代り、獅噛《しがみ》火鉢を一つ、蚊帳の中へ入れて、その中で盛《さかん》に、蚊やり線香をいぶしました。久米の説によると、いぶしすぎた晩は、あくる日、頭が痛いそうです。ではよそうかと訊きますと、蚊に食われるよりは、頭痛のする方がまだいいと云います。そこで、やはり毎晩、十本位ずつ燃やす事にきめました。頭痛はしないまでも、いぶしすぎると、翌日、鼻の穴が少しいぶり臭いようです、線香さえなくなれば、もういい加減にやめてもいいのですが、こてこて買って来たので、中々なくなりそうもありません、この頃は、それが少し苦になり出しました。

海へは、雨さえふっていなければ、何事を措《お》いてもはいります。ここは波の静《しずか》な時でも、外よりは余程大きなのがきますから、少し風がふくと、文字通りに、波《は》濤洶湧《とうきょうゆう》します。一昨日、我々がはいっていた時でした。私が少し泳いで、それから背の立つ所へ来て見ると、どうしたのだかいる筈の久米の姿が見えません、多分先へ上ったのだろうと思って、砂浜の方へ来て見ますと、果してそこにねころんでいました。が、いやな顔色をして、両手で面をおさえながら、うんうん云っているのです、久米は心臓の悪い男ですから、どうかしたのかと思って、心配しながら訊いて見ますと、実は、無理に遠くまで泳いで行った為にくたびれて帰れなくなった所へ、何度も頭から波をかぶったので、大へん苦しんだのだそうです、そうして、あまり鹹《から》い水をのんだので、もうこれは駄目かなと思ったのだそうです。では又、何故そんなに遠くへ行ったのだと云いますと、女でさえ泳いでいるのに、男が泳げなくちゃ外聞がわるいと思って、奮発したのだと云う事でした。つまらない見えをしたものです。事によると、この女なるものが、尋常一様の女ではなくって、久米のほれている女だったかもしれません。女と云えば、きれいな女は一人もいませんが、黒の海水着に、赤や緑の頭巾をかぶった女の子が、水につかっているのはきれいです。彼等は、全身が歓喜のように、躍ったり、跳ねたりしています。そうして、蟹が一つ這っていても、面白そうにころがって笑います、浜菊のさいている砂丘と海とを背景にして、彼等の一人を、ワットマン（注・図画用紙）へ画こうと云う計画があるんですが、まだ着手しません。画は、新思潮社同人中で、久米が一番早くはじめました。何でも大下藤次郎氏か三宅克己氏の弟子か何かになったのかも知れません、とにかく、セザンヌの孫弟子位には、かけるそうです。同人の中には、まだ松岡も画をかきます、しかし、彼の画は、倒にして見ても横にして見ても、差支えないと云う特色がある位ですから、まあ私と五十歩百歩でしょう。それでも二人とも、ピカソ位には行っていると云う自信があります。

いよいよ九月の一日が近づくので、あんまりいい気はしません。先生にあやまって頂くよりは、御礼を云うようになる事を祈っています。

今日、チエホフの新しく英訳された短篇をよんだのですが、あれは容易に軽蔑出来ません。あの位になるのも、一生の仕事なんでしょう。ソログウブを私が大に軽蔑したように、久米は書きましたが、そんなに軽蔑はしていません。ずいぶん頭の下るようなパッセエジも、たくさんあります、唯、ウエルスの短篇だけは、軽蔑しました。あんな俗小説家が声名があるのなら、英国の文壇よりも、日本の文壇の方が進歩していそうな気がします。

我々は海岸で、運動をして、盛《さかん》に飯を食っているんですから、健康の心配は入りませんが、先生は、東京で暑いのに、小説をかいてお出でになるんですから、そうはゆきません、どうかお体を御大事になすって下さい。修善寺の御病気以来、実際、我々は、先生がねてお出でになると云うと、ひやひやします。先生は少くとも我々ライズィングジェネレエションの為《た》めに、何時も御丈夫でなければいけません、これでやめます。

八月二十八日　　　芥川龍之介

夏目金之助様　梧下

夏目漱石　九月一日　牛込区早稲田南町七番地より　千葉県一ノ宮町一ノ宮館芥川龍之介、久米正雄へ

今日は木曜です。いつもなら君等が晩に来る所だけれども近頃は遠くにいるから会う事も出来ない。今朝の原稿は珍らしく九時頃済んだので、今閑《ひま》である。そこで昨日新思潮（注・大正五年九月号を指す）を読んだ感想でも二人の所へ書いて上げようかと思って筆を取り出しました。是《これ》は口で云えないから紙の上で御目にかけるのです。

今度の号のは松岡君のも菊池君のも面白い。そうして書き方だか様子だか何方《いずれ》にも似通った所がある。或《あるい》は其価値が同程度にあるので、しか思わせるのかも知れない。兎《と》に角纏《かくまとま》った小品ですそれから可《よ》い思付《おもいつき》を見付けてそれを物にしたものであります。

思い付というと、芥川君のにも久米君のにも前二氏と同様のポイントがあります。そうして前の二君のが「真」であるのに対して君方のが両方共一種の倫理観であるのも面白い。そうして其《その》倫理観は何方《どちら》もいい心持のするものです。

是から其不満の方を述べます。芥川君の方（注・「新思潮」掲載の短篇「猿」のこと）では、石炭庫へ入る所を後から抱きとめる時の光景が物足りない。それを解剖的な筆致で補ってあるが、その解剖的な説明が、僕にはひしひしと逼《せま》らない。無理とも下手とも思わないが、現実感が書いてある通りの所まで伴って行かれない。然しあすこが第一大切な所である事は作者に解っているから、ああ骨を折ってあるに違ないとすると、（読者が君の思う所迄引張られて行けないという点に於《おい》て）、君は多少無理な努力を必要上遣《つか》った、若《も》しくは前後の関係上遣《つかわ》らせられた事になりはしませんか。僕は君の意見を聴くのです、何《ど》うですか。それから最後の「落ち」又は落所《おとしどころ》はああで面白い又新らしい、そうして一篇に響くには違ないが、如何《いかん》せん、照応する双方の側が、文句として又は意味として貧弱過ぎる。と云うのはexpressiveであり乍《なが》ら力が足りないというのです。副長に対スル倫理的批評の変化、それが骨子《こっし》であるのに、誤解の方も正解の方も（叙述が簡単な為《せい》も累《るい》をなしている）強調されていない、ピンと頭へ来ない。それが欠点じゃないかと思います。

　此所《ここ》迄書いた所へ丁度かの○○○○先生が来ました。（先生はしきりに僕の作物の悪口を大っぴらに云うので恐縮します。然し僕はあの人を一向信用しません。だから啓発する訳にも行かず、又啓発を受ける訳にも行かないのです。先生は何だか原稿の周旋を頼むために僕の宅へ出入りをする人のように思われてならないのです）。その後へ例の豪傑滝田樗陰君がやって来て、大きな皿をくれました。あの人は能《よ》く物を呉れるので時々又呉《く》れるのかと疳違《かんちがい》して、彼の小脇に抱え込んでいる包《つつみ》に眼を着ける事があります。其代り能く僕に字を書かせます。僕はあの人を「ボロッカイ」又は「あくもの食《ぐ》い」と称しています。此《この》あくもの食いは大きな玉版箋《ぎょくばんせん》をひろげて屏風にするから大字を書けと注文するのです。僕は手習をする積《つもり》だから何枚でも書きます。其代り近頃は利巧になったから、書いた奴をあとからどんどん消しにします。あくもの食いは此方《こっち》で放って置くと何でも持ってちまいます。晩には豊隆、臼川、岡田、エリセフ、諸君のお相手を致しました。エリセフ君はペテルブルグ大学で僕の「門」を教えているのだから、是には本式の恐縮を表します。其上僕の略伝を知らせろというのです。何でも「門」を教える前に、僕の日本文壇に於《お》ける立場、作風、etcという様な講義をしたというのだから驚天《きょうてん》します。みんなの帰ったのは十一時過ですから、君等に上る手紙は其儘《そのまま》にして今九月一日の十一時少し前から再び筆を取り出したのです。

偖《さて》久米君は高等学校生活のスケッチを書く目的でいるとか何処《どこ》かに出ていましたが、材料さえあれば甚だ好い思い付です。どうぞお遣り下さい。今度の艶書《えんしょ》も見ました。Pointは面白い、叙述もうまい、行と行の間に気の利いた文句の使い分などがひょいひょいありますが、是《これ》は御当人自覚の事だから別に御注意する必要もありますまい、但《ただ》しあの淡いうちにもう少し何かあって欲しい気がします。艶書を見られた人の特色（見る方の心理及び其転換はあの通りで好《よ》いから）がもっと出ると充分だと思います。あれはああ云う人だと云う事丈《だけ》分ります。然《しか》しあれ丈分ったのでは聊《いささ》か喰い足りません。同じ平面でも好いからもっと深く切り下げられるか、或《あるい》は他の断面に移って彼の性格上に変化を与えるとか何とかもう少し工夫が出来るように考えられます。（「競漕」はあれ以上行けないのです。又あれ以上行く必要がないのです）

最後に芥川君の書いた「創作」（注・やはり「新思潮」九月号に発表された「創作」と題された小品のこと）に就《つ》いて云います。実は僕はあれをごく無責任に読みました。芥川君の妙な所に気の付く（アナトールフランスの様な、インテレクチュアルな）点があれにも出ています。然しあれはごく冷酷に批評すると割愛しても差支ないものでしょう。或は割愛した方が好いと云い直した方が適切かも知れません。

次に此間《このあいだ》君方から貰った手紙は面白かった。又愉快であった。に就いて、其所《そこ》に僕の眼に映った可《よ》くないと思う所を参考に云いましょう。一、久米君のの中に「私は馬鹿です」という句がありま す。あれは手紙を受取った方には通じない言葉です。従って意味があっさり取れないのです。其所に厭味が出やしないかと思います。それから芥川君のの中に、自分のようなものから手紙を貰うのは御迷惑かも知らないがという句がありました。あれも不可《いけま》せん。正当な感じをあんまり云い過ぎたものでしょう。False modesty（注・慇懃無礼）に陥りやすい言葉使いと考えます。

「なんぼ先生だって、僕から手紙を貰って迷惑だとも思うまいから又書きます」――以上はます。僕なら斯《こ》う書き気が付いたから云います。僕がそれを苦にしているという意味とは違います。それから極めて微細な点だから黙っていて然るべき事なのですが、つい書いてしまったのです。

あなた方は句も作り絵もかき、歌も作る。甚《はなは》だ賑やかでよろしい。此間の端書《はがき》にある句は中々うまい、歌も上手だ。僕は俳句というものに熱心が足りないので時々義務的に作ると、十八世紀以上には出られません。時々午後に七律《しちりつ》を一首位ずつ作ります。自分では中々面白い、そうして随分得意です。出来た時は嬉しいです。高青邱《こうせいきゅう》が詩作をする時の自分の心理状態を描写した長い詩があります。知っていますか。少し誇張はありますがよく芸術家の心持をあらわしています。つまりうれしいのですね。最後に久米君に忠告します。何《ど》うぞあの真四角な怒ったような字はよして下さい。是でお仕舞にします。以上

九月一日

夏目金之助

芥川龍之介様

久米正雄様

芥川龍之介　大正五年九月二日　千葉県一ノ宮海岸一宮館より　東京市牛込区早稲田南町七　夏目漱石宛

先生

昨日　先生の所へ干物をさしあげました。あんまりうまそうもありませんが召上って下さい。それでも大きな奴は少しうまいだろうと思います　あの中へ入れた句は久米が作りました。おしまいを「秋の風」とやった方がよかろうと僕が提議したのですが「残暑かな」とやらないと干物らしくないと云うのでああ書いたのです。あれを中へ入れて包んでから久米がこれでは句を見せたいので干物を送るとしか見えないなって悲観していました。

あんまり干物の講釈をするようで滑稽ですがあれは宿へたのんでこしらえて貰ったのです。出来上った所で一体どの位する物だねときいたら十枚三銭五厘とか云いました。すると久米が急に気が大きくなって先生の所へ百枚か二百枚送ろうじゃないかって云うのです（先生の所へ干物をあげると云う事は二人の中のどっちが云い出したか知りませんが始《はじめ》から殆《ほとんど》脅迫観念の如く僕たちに纏綿《てんめん》していました。今になって考えると何故干物ときめたか滑稽な気がします。）それをやっと五十枚に節約させたのは完《まった》く僕の苦心です。いくらうまくっても干物を百枚も二百枚も貰ってはどこのうちにしろ大へんだと思ったからです。所があれを菰《こも》へいれて小さく包んだ所を見ると僕は何だか久米の説に従った方がよかったような気がしました　そうして突然ブレエクの Exuberance is beauty

（注・過剰は美である）と云う句を思い出していらざる苦心をしたのが少し不快になりました。あとでは妙な行きがかりでブレエクを思出したのがばかばかしくなりましたが

　これだけ干物の因縁を書いて次へうつります。

「創作」は六号にも書いた通り発表を見合せる気の方が多かった作品です　それでも誤植が気になる程度の愛惜はありますが妙に高くとまった所が今では気になっていけません。

「猿」はもう少し自信があります。石炭庫の所は書いている時の心もちから云うと後から抱きとめる所までは或《ある》充実した感じで書けましたが信号兵の名をよぶ所からあとはそれが稀薄になるのを感じました。そうしてその稀薄さが出るのを惧《おそ》れたので二三度そこだけ書き直して見ました。つまり先生はその稀薄さを看破しておしまいになった事になるのでしょう。僕はそう云う意味であすこに無理な努力があるのを認めます。やはり実感の空疎なのがだめなのだとしみじみ思いました。技巧では僕として出来るだけの事をした気でいるのですが

「落ち」も少し口惜しいが先生の非難なすった事を認めざるを得ません。「口惜しいが」と云うより「口惜しい程明瞭に一々指摘してあると思った」と云う方が適切です　あれもやはり叙述の簡単が累《るい》をなしているよりは主として照応する二者の後にある主観がふわついているからでしょう。書く時はふわつかないつもりで書いているのですが出来上ったものを見るとふわついているのだから困ります。創作のプロセスに始終リファー（注・言及）してゆく批評は先生より外に僕たちは求められません。（僕たちがえらいから先生以外の人の批評を求めないと云う意味ではありません。外の人たちの批評にそう云う痛切な（僕たちに）所がないのです。）ですからこれからも御遠慮なくして頂きたいと思います。少し位手痛く参らせて下すっても恐れません。反《かえっ》て勇気が出ます

久米がたくさん書いたそうですから僕はこれで切上げます

九月二日朝　　　　　　　　　　　　芥川龍之介

夏目金之助様　梧下

夏目漱石　九月二日　牛込区早稲田南町七番地より　千葉県一ノ宮町一ノ宮館芥川龍之介へ

啓只今「芋粥」を読みました君が心配している事を知っている故《ゆえ》一寸感想を書いてあげます。あれは何時《いつ》もより骨を折り過ぎました。細叙絮説《さいじょじょせつ》に過ぎました。然《しか》し其所《そこ》に君の偉い所も現われています。だから細叙が悪いのではない。細叙するに適当な所を捕えていない点丈《だけ》がくだくだしくなるのです。too laboured（注・骨折り損）という弊《へい》に陥るのですな。うんと気張り過ぎるからああなるのです。物語り類は（西洋のものでも）シンプルなナイーヴな点に面白味が伴います。惜い事に君はそこを塗り潰してベタ塗りに蒔絵《まきえ》を施しました。是《これ》は悪い結果になります。然《しか》し。芋粥の命令が下ったあとは非常に出来がよろしい。立派なものです。然して御手際からいうと首尾一貫しているのだから文句をつければ前半の内容があれ丈《だけ》の労力に価しないという事に帰着しなければなりません。新思潮へ書く積《つも》りでやったら全体の出来栄《できばえ》もっと見事になったろうと思います。

然し是は悪くいう側からです。技巧は前後を通じて立派なものです誰に対したって恥《はずか》しい事はありません。段々晴《はれ》の場所へ書きなれると硬くなる気分が薄らいで余所《よそ》行《ゆき》はなくなります。そうしてどんな時にも日常茶飯でさっさと片付けて行かれます。その時始めて君の真面目は躍然として思う存分紙上に出て来ます。何でも生涯の修業でしょうけれどもことに場なれないという事は損です。

此《この》批評は君の参考の為《た》めです。僕自身を標準にする訳ではありません。自分の事は棚へ上げて君のために（未来の）一言するのです。ただ芋粥丈《だけ》を（前後を截断《せつだん》して）批評するならもっと賞めます。

今日カマスの干物が二人の名前できました。御好意を謝します。なにか欲しいものがあるなら送って上げます。遠慮なく云って御寄こしなさい。　頓首

九月二日夜　　　　　　　　夏目金之助

芥川龍之介様

此巻紙と状袋は例のアクモノグイが呉《く》れたものであります。彼は斯《こ》ういう賄賂《わいろ》を時々《じじ》刻々《こくこく》に使います。僕は彼の親切を喜ぶと共に気味をわるくします。同時に平気で貰います。久米君へよろしく

秋立つや一巻の書の読み残し

是はもっとうまい句だと思って即興を書いてしまったのであとから消す訳に行かなくなったから其儘《そのまま》にして置きます。

菊池寛の芥川龍之介・久米正雄宛葉書

「原稿（芥川ノ分）受納、ハガキ拝見、旅に若衆を見初むること獨《（独）》り坊主の旅行記中の出事のみならずと大にけなるがる《（うらやましがる）》。「猿」はなほ拝読せず、明朝活版所へ持参の筈、校正は貴地へ送る必要なきや、僕がするなれば充分コンシエンシヤスにやる、松岡病気にて原稿出来ずと云ひくる、但し誘勸《（勧誘？）》文をいだして四五日待つつもり。僕は小説と劇とありて孰《いず》れを出さんかと思案中　劇の題は〝The Return of the Prodigal Father〟」（大正五年八月二十二日）

大正五年夏、芥川が久米正雄と共に千葉の海辺の町へ卒業旅行に出かけ、漱石と手紙のやり取りをしているのと同時期に、菊池寛からこの葉書が届いた。菊池もやはりこの夏京都帝大を卒業して上京、早速「新思潮」の編集をめぐって芥川たちと意見や原稿の往来があったことがわかる。文中の「猿」は「新思潮」九月号に発表された芥川の短篇小説。松岡は松岡譲（のち漱石の長女筆子と結婚。筆子に求婚していた久米との仲がこじれることになる）。

末尾の英語は、『新約聖書』のエピソード「放蕩息子の帰還」をもじった「放蕩親父の帰還」。「新思潮」大正六年一月号に発表した菊池の出世作、戯曲「父帰る」の構想と思われる。

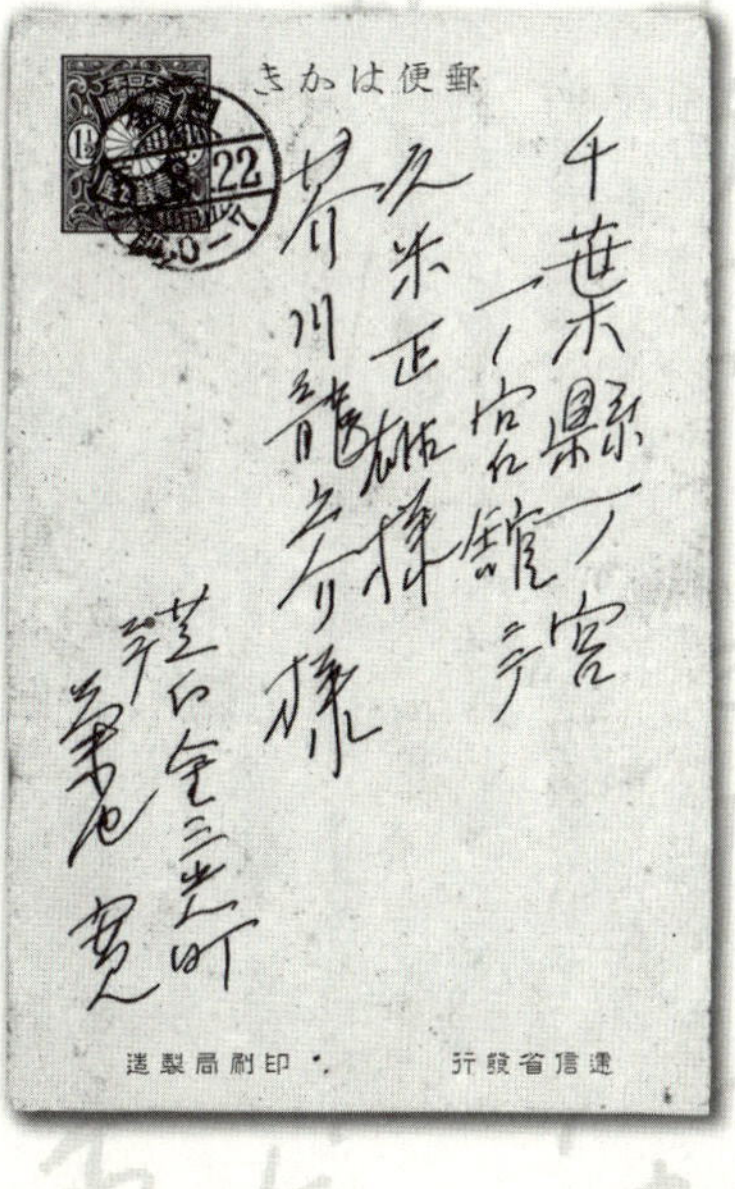

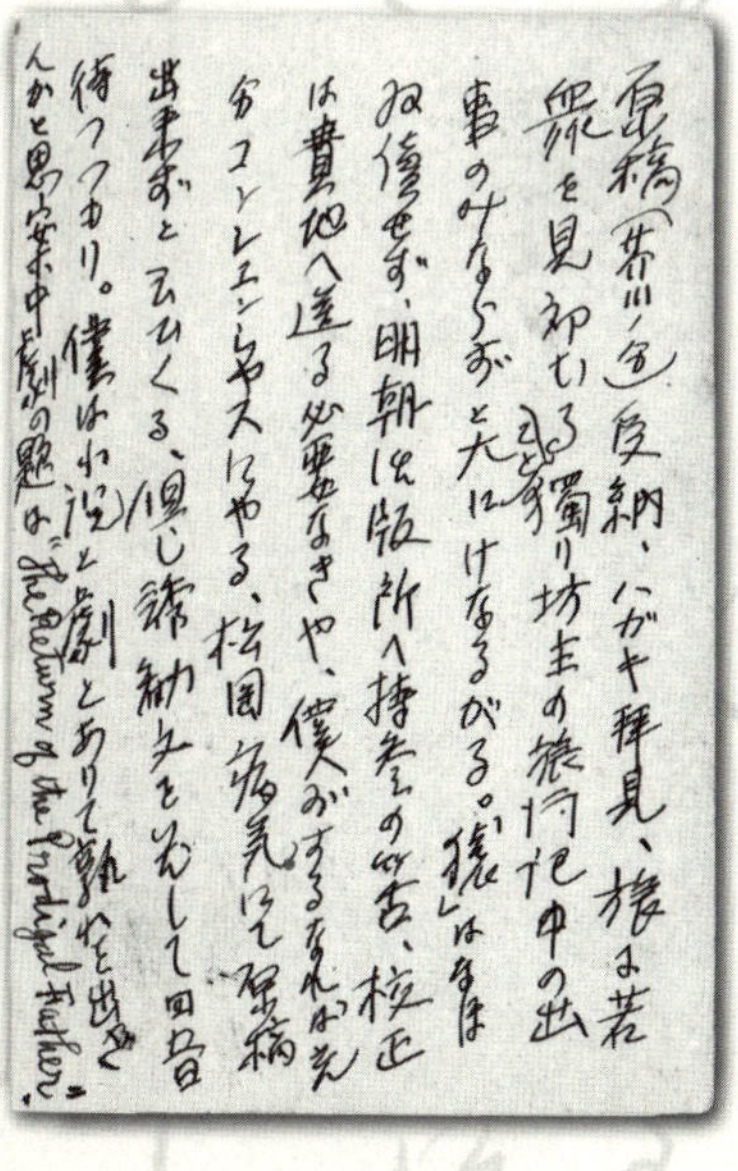

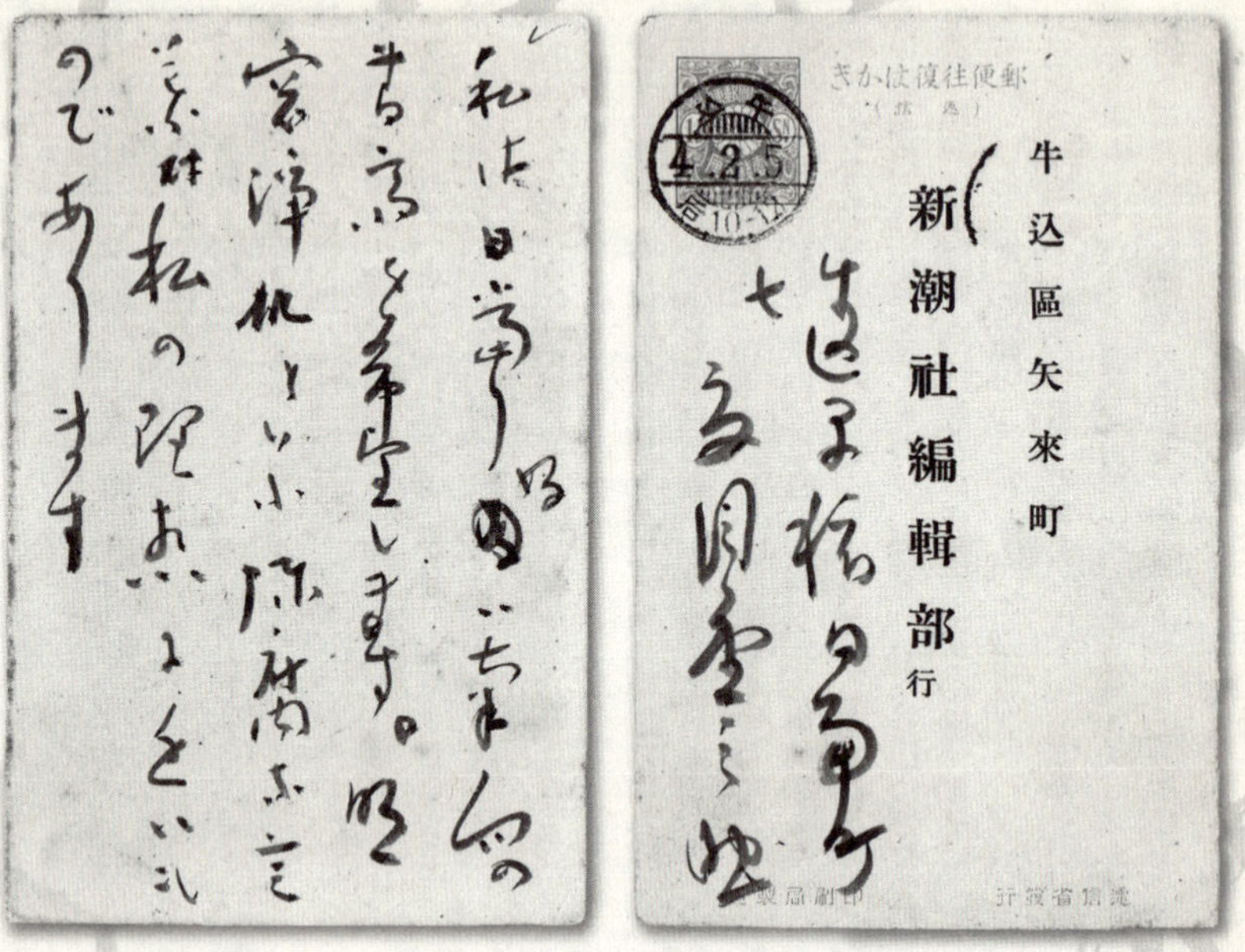

新発見資料

夏目漱石の葉書

「私は日当りの好い南向の書斎を希望します。明窓《めいそう》浄机《じょうき》といふ陳腐な言葉は私の理想に近いものであります」（大正四年二月五日）

「新潮」大正四（一九一五）年三月号のアンケート「書斎に対する希望」に答えたもの。アンケートへ応じた漱石の直筆葉書が残存しているのはきわめて珍しい。

実際の漱石の書斎は南、北、東の三方を白壁に囲まれ（壁の向こうはベランダ式回廊）、壁の窓から明かりをとる設計になっており、いささか「理想」とは異なるものだった。芥川はこの書斎で、作家生活はどうあるべきかを漱石から丁寧に教えてもらったことがある。

漱石旧居跡につくられた「漱石山房記念館」（新宿区早稲田南町七）で、再現された書斎を見ることができる。

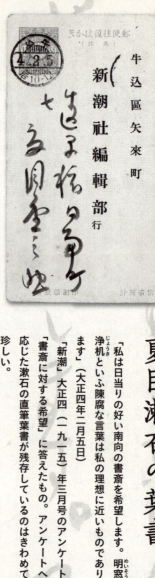

鼻

漱石絶賛の出世作

芥川龍之介

禅智内供《ぜんちないぐ》の鼻と云えば、池の尾で知らない者はない。長さは五六寸あって、上唇の上から顋《あご》の下まで下っている。形は元も先も同じように太い。云わば、細長い腸詰めのような物が、ぶらりと顔のまん中からぶら下っているのである。

五十歳を越えた内供は、沙弥《しゃみ》の昔から内道場供奉《ぐぶ》の職に陞《のぼ》った今日まで、内心では始終この鼻を苦に病んで来た。勿論表面では、今でもさほど気にならないような顔をしてすましている。これは専念に当来の浄土を渇仰《かつごう》すべき僧侶の身で、鼻の心配をするのが悪いと思ったからばかりではない。それより寧《むしろ》、自分で鼻を気にしていると云う事を、人に知られるのが嫌だったからである。内供は日常の談話の中に、鼻と云う語が出て来るのを何よりも惧れていた。

内供が鼻を持てあました理由は二つある。——一つは実際的に、鼻の長いのが不便だったからである。第一飯を食う時にも独りでは食えない。独りで食えば、鼻の先が鋺《かなまり》の中の飯へとどいてしまう。そこで内供は弟子の一人を膳の向うへ坐らせて、飯を食う間中、広さ一寸長さ二尺ばかりの板で、鼻を持上げていて貰う事にした。しかしこうして飯を食うと云う事は、持上げている弟子にとっても、持上げられている内供にとっても、決して容易な事ではない。一度この弟子の代りをした中童子が、嚏《くさめ》をした拍子に手がふるえて、鼻を粥の中へ落した話は、当時京都まで喧伝された。——けれどもこれは内供にとって、決して鼻を苦に病んだ重な理由ではない。内供は実にこの鼻によって傷《きずつ》けられる自尊心の為に苦しんだのである。

池の尾の町の者は、こう云う鼻をしている禅智内供の為に、内供の俗でない事を仕合せだと云った。あの鼻では誰も妻になる女があるまいと思ったからである。中には又、あの鼻だから出家したのだろうと批評する者さえあった。しかし内供は、自分が僧である為に、幾分でもこの鼻に煩される事が少くなったと思っていない。内供の自尊心は、妻帯と云うような結果的な事実に左右される為には、余りにデリケイトに出来ていたのである。そこで内供は、積極的にも消極的にも、この自尊心の毀《き》損《そん》を恢復しようと試みた。

第一に内供の考えたのは、この長い鼻を実際以上に短く見せる方法である。これは人のいない時に、鏡へ向って、いろいろな角度から顔を映しながら、熱心に工夫を凝らして見た。どうかすると、顔の位置を換えるだけでは、安心が出来なくなって、頰杖をついたり頤《あご》の先へ指をあてがったりして、根気よく鏡を覗いて見る事もあった。しかし自分でも満足する程、鼻が短く見えた事は、これまでに唯の一度もない。時によると、苦心すればする程、却《かえっ》て長く見えるような気さえした。内供は、こう云う時には、鏡を筥《はこ》へしまいながら、今更のようにため息をついて、不承不承に又元の経机へ観音経をよみに帰るのである。

それから又内供は、絶えず人の鼻を気にしていた。池の尾の寺は、僧供《そうぐ》講説などの屢《しばしば》行われる寺である。寺の内には、僧坊が隙なく建て続いて、湯屋では寺の僧が日毎に湯を沸かしている。従ってここへ出入する僧俗の類も甚《はなはだ》多い。内供はこう云う人々の顔を根気よく物色した。一人でも自分のような鼻のある人間を見つけて、安心がしたかったからである。だから内供の眼には、紺の水干《すいかん》も白の帷子《かたびら》もはいらない。まして柑子《こうじ》色の帽子や、椎鈍《しいにび》の法衣《ころも》なぞは、見慣れているだけに、有れども無きが如くである。内供は人を見ずに、唯、鼻を見た。——しかし鍵鼻はあっても、内供のような鼻は一つも見当らない。その見当らない事が度重なるに従って、内供の心は次第に又不快になった。内供が人と話しながら、思わずぶらりと下っている鼻の先をつまんで見て、年甲斐もなく顔を赤《あか》めたのは、全くこの不快に動かされての所為《しょい》である。

最後に、内供は、内典外典の中に、自分と同じような鼻のある人物を見出して、せめても幾分の心やりにしようとさえ思った事がある。けれども、目連や、舎利弗《しゃりほつ》の鼻が長かったとは、どの経文にも書いてない。勿論竜樹《りゅうじゅ》や馬鳴《めみょう》も、人並の鼻を備えた菩薩である。内供は、震旦の話の序《ついで》に蜀漢《しょくかん》の劉玄徳《りゅうげんとく》の耳が長かったと云う事を聞いた時に、それが鼻だったら、どの位自分は心細くなくなるだろうと思った。

内供がこう云う消極的な苦心をしながらも、一方では又、積極的に鼻の短くなる方法を試みた事は、わざわざここに云うまでもない。内供はこの方面でも、殆《ほとんど》出来るだけの事をした。烏瓜《からすうり》を煎じて飲んで見た事もある、鼠の尿《いばり》を鼻へなすって見た事もある。しかし何をどうしても、鼻は依然として、五六寸の長さをぶらりと唇の上にぶら下げているではないか。

ところが或年の秋、内供の用を兼ねて、京へ上った弟子の僧が、知己《しるべ》の医者から長い鼻を短くする法を教わって来た。その医者と云うのは、もと震旦から渡って来た男で、当時は長楽寺の供僧になっていたのである。

内供は、いつものように、鼻などは気にかけないと云う風をして、わざとその法もすぐにやって見ようとは云わずにいた。そうして一方では、気軽な口調で、食事の度毎に、弟子の手数をかけるのが、心苦しいと云うような事を云った。内心では勿論弟子の僧が、自分を説伏《ときふ》せて、この法を試みさせるのを待っていたのである。弟子の僧にも、内供のこの策略がわからない筈《はず》はない。しかしそれに対する反感よりは、内供のそう云う策略をとる心もちの方が、より強くこの弟子の僧の同情を動かしたのであろう。弟子の僧は、内供の予期通り、口を極めて、この法を試みる事を勧め出した。そうして、内供自身もまた、その予期通り、結局この熱心な勧告に聴従する事になった。

その法と云うのは、唯《ただ》、湯で鼻を茹《ゆ》でて、その鼻を人に踏ませると云う、極めて簡単なものであった。湯は寺の湯屋で、毎日沸かしている。そこで弟子の僧は、指も入れられないような熱い湯を、すぐに提《ひさげ》に入れて、湯屋から汲んで来た。しかしじかにこの提へ鼻を入れるとなると、湯気に吹かれて顔を火傷する惧《おそれ》がある。そこで折敷《おしき》へ穴をあけて、それを提の蓋《ふた》にして、その穴から鼻を湯の中へ入れる事にした。鼻だけはこの熱い湯の中へ浸しても、少しも熱くないのである。しばらくすると弟子の僧が云った。

――もう茹《うだ》った時分でござろう。

内供は苦笑した。これだけ聞いたのでは、誰も鼻の話とは気がつかないだろうと思ったからである。鼻は熱湯に蒸されて、蚤《のみ》の食ったようにむず痒い。

弟子の僧は、内供が折敷の穴から鼻をぬくと、そのまだ湯気の立っている鼻を、両足に力を入れながら、踏みはじめた。内供は横になって、鼻を床板の上へのばしながら、弟子の僧の足が上下に動くのを眼の前に見ているのである。弟子の僧は、時々気の毒そうな顔をして、内供の禿《は》げ頭を見下しながら、こんな事を云った。

――痛うはござらぬかな。医師は責めて踏めと申したで。じゃが、痛うはござらぬかな。

内供は、首を振って、痛くないと云う意味を示そうとした。ところが鼻を踏まれているので思う

ように首が動かない。そこで、上眼を使って、弟子の僧の足に皹《あかぎれ》のきれているのを眺めながら、腹を立てたような声で、

――痛うはないて。

と答えた。実際鼻はむず痒い所を踏まれるので、痛いよりも却て気もちのいい位だったのである。

しばらく踏んでいると、やがて、粟粒のようなものが、鼻へ出来はじめた。云わば毛をむしった小鳥をそっくり丸炙《まるやき》にしたような形である。弟子の僧はこれを見ると、足を止めて独り言のようにこう云った。

――これを鑷子《けぬき》でぬけと申す事でござった。

内供は、不足らしく頬をふくらせて、黙って弟子の僧のするなりに任せて置いた。勿論弟子の僧の親切がわからない訳ではない。それは分っても、自分の鼻をまるで物品のように取扱うのが、不愉快に思われたからである。内供は、信用しない医者の手術をうける患者のような顔をして、不承不承に弟子の僧が、鼻の毛穴から鑷子で脂をとるのを眺めていた。脂は、鳥の羽の茎のような形をして、四分ばかりの長さにぬけるのである。

やがてこれが一通りすむと、弟子の僧は、ほっと一息ついたような顔をして、

――もう一度、これを茹でればようござる。

と云った。

内供はやはり、八の字をよせたまま不服らしい顔をして、弟子の僧の云うなりになっていた。

さて二度目に茹でた鼻を出して見ると、成程《なるほど》、何時《いつ》になく短くなっている。これではあたりまえの鍵鼻と大した変りはない。内供はその短くなった鼻を撫でながら、弟子の僧の出してくれる鏡を、

極《きま》りが悪るそうにおずおず覗いて見た。

鼻は——あの顋の下まで下っていた鼻は、殆《ほとんど》嘘のように萎縮して、今は僅《わずか》に上唇の上で意気地なく残喘《ざんぜん》を保っている。所々まだらに赤くなっているのは、恐らく踏まれた時の痕《あと》であろう。こうなれば、もう誰も哂《わら》うものはないのにちがいない。——鏡の中にある内供の顔は、鏡の外にある内供の顔を見て、満足そうに眼をしばたたいた。

しかし、その日はまだ一日、鼻が又長くなりはしないかと云う不安があった。そこで内供は誦経《ずきょう》する時にも、食事をする時にも、暇さえあれば手を出して、そっと鼻の先にさわって見た。が、鼻は行儀よく唇の上に納まっているだけで、格別それより下へぶら下って来る気色もない。それから一晩寝て、あくる日早く眼がさめると内供は先《まず》、第一に、自分の鼻を撫でて見た。鼻は依然として短い。内供はそこで、幾年にもなく、法華経書写の功を積んだ時のような、のびのびした気分になった。

ところが二三日たつ中に、内供は意外な事実を発見した。それは折から、用事があって、池の尾の寺を訪れた侍が、前よりも一層可笑《おか》しそうな顔をして、話も碌々《ろくろく》せずに、じろじろ内供の鼻ばかり眺めていた事である。それのみならず、嘗、内供の鼻を粥の中へ落した事のある中童子なぞは、講堂の外で内供と行きちがった時に、始めは、下を向いて可笑しさをこらえていたが、とうとうこらえ兼ねたと見えて、一度にふっと吹き出してしまった。用を云いつかった下法師《しもほうし》たちが、面と向っている間だけは、慎んで聞いていても、内供が後さえ向けば、すぐにくすくす笑い出したのは、一度や二度の事ではない。

内供は始《はじめ》、これを自分の顔がわりがしたせいだと解釈した。しかしどうもこの解釈だけでは十分に説明がつかないようである。——勿論、中童子や下法師が哂《わら》う原因は、そこにあるのにちがいない。けれども同じ哂うにしても、鼻の長かった昔とは、哂うのにどことなく容子がちがう。見慣れた長い鼻より、見慣れない短い鼻の方が滑稽に見えると云えば、それまでである。が、そこにはまだ何かあるらしい。

――前にはあのようにつけつけとは哂わなんだて。

内供は、誦《ず》しかけた経文をやめて、禿げ頭を傾けながら、時々こう呟く事があった。愛すべき内供は、そう云う時になると、必《かならず》ぼんやり、傍にかけた普賢《ふげん》の画像を眺めながら、鼻の長かった四五日前の事を憶《おも》い出して、「今はむげにいやしくなりさがれる人の、さかえたる昔をしのぶがごとく」ふさぎこんでしまうのである。――内供には、遺憾ながらこの問に答を与える明が欠けていた。

――人間の心には互に矛盾した二つの感情がある。勿論、誰でも他人の不幸に同情しない者はない。ところがその人がその不幸を、どうにかして切りぬける事が出来ると、今度はこっちで何となく物足りないような心もちがする。少し誇張して云えば、もう一度その人を、同じ不幸に陥れて見たいような気にさえなる。そうして何時の間にか、消極的ではあるが、或敵意をその人に対して抱くような事になる。――内供が、理由を知らないながらも、何となく不快に思ったのは、池の尾の僧俗の態度に、この傍観者の利己主義をそれとなく感づいたからに外ならない。

そこで内供は日毎に機嫌が悪くなった。二言目には、誰でも意地悪く叱りつける。しまいには鼻の療治をしたあの弟子の僧でさえ、「内供は法慳貪《ほうけんどん》の罪を受けられるぞ」と陰口をきく程になった。殊《こと》に内供を忿《おこ》らせたのは、例の悪戯《いたずら》な中童子である。或日、けたたましく犬の吠える声がするので、内供が何気なく外へ出て見ると、中童子は、二尺ばかりの木の片をふりまわして、毛の長い、痩せた尨犬《むくいぬ》を逐《お》いまわしている。それも唯《ただ》、逐いまわしているのではない。「鼻を打たれまい。それ、鼻を打たれまい」と囃しながら逐いまわしているのである。内供は、中童子の手からその木の片《きれ》をひったくって、したたかその顔を打った。木の片は以前の鼻持上《はなもた》げの木だったのである。

内供はなまじいに、鼻の短くなったのが、反《かえっ》て恨めしくなった。

すると或夜の事である。日が暮れてから急に風が出たと見えて、塔の風鐸《ふうたく》の鳴る音が、うるさい程枕に通って来た。その上、寒さもめっきり加わったので、老年の内供は寝つこうとしても寝つかれない。そこで床の中でまじまじしていると、ふと鼻が何時になく、むず痒いのに気がついた。手をあてて見ると少し水気《すいき》が来たようにむくんでいる。どうやらそこだけ、熱さえもあるらしい。

——無理に短うしたで、病が起ったのかも知れぬ。

内供は、仏前に香花《こうげ》を供えるような恭《うやうや》しい手つきで、鼻を抑えながら、こう呟いた。

翌朝、内供が何時ものように早く眼をさまして見ると、寺内の銀杏や橡《とち》が、一晩の中に葉を落したので、庭は黄金《きん》を敷いたように明い。塔の屋根には霜が下りているせいであろう。まだうすい朝日に、九輪《くりん》がまばゆく光っている。禅智内供は、蔀《しとみ》を上げた椽《えん》に立って、深く息をすいこんだ。

殆《ほとんど》、忘れようとしていた或感覚が、再《ふたたび》内供に帰って来たのはこの時である。

内供は慌てて鼻へ手をやった。手にさわるものは、昨夜《ゆうべ》の短い鼻ではない。上唇の上から顋の下まで、五六寸あまりもぶら下っている、昔の長い鼻である。内供は鼻が一夜の中に、又元の通り長くなったのを知った。そうしてそれと同時に、鼻が短くなった時と同じような、はればれした心もちが、どこからともなく帰って来るのを感じた。

——こうなれば、もう誰も哂うものはないにちがいない。

内供は心の中でこう自分に囁いた。長い鼻をあけ方の秋風にぶらつかせながら。

追想 漱石先生

——「夏目先生」ほか

芥川龍之介

葬儀記

離れで電話をかけて、皺くちゃになったフロックの袖を気にしながら、玄関へ来ると、誰もいない。客間を覗いたら、奥さんが誰だか黒の紋付を着た人と話していた。が、そこと書斎との堺には、さっきまで柩《ひつぎ》の後に立ててあった、白い屏風が立っている。どうしたのかと思って、書斎の方へ行くと、入口の所に和辻さんや何かが二三人かたまっていた。中にも勿論大ぜいいる。丁度皆が、先生の死顔に、最後の別れを惜《おし》んでいる時だったのである。

僕は、岡田君のあとについて、自分の番が来るのを待っていた。もう明《あかる》くなった硝子戸の外には、霜よけの藁《わら》を着た芭蕉が、何本も軒《のき》近くならんでいる。書斎でお通夜をしていると、何時《いつ》もこの芭蕉が一番早く、うす暗い中からうき上って来た。——そんな事をぼんやり考えている中に、やがて人が減って書斎の中へはいれた。

書斎の中には、電灯がついていたのか、それとも蠟燭がついていたのか、それは覚えていない。が、何でも、外光だけではなかったようである。僕は、妙に改まった心もちで、中へはいった。そうして、岡田君が礼をした後で、柩の前へ行った。

柩の側には、松根さんが立っている。そうして右の手を平にして、それを臼《うす》でも挽く時のように動かしている。礼をしたら、順々に柩の後を廻って、出て行ってくれと云う合図だろう。

柩は寐棺《ねかん》である。のせてある台は三尺ばかりしかない。側に立つと、眼と鼻の間に、中が見下された。中には、細くきざんだ紙に南無阿弥陀仏と書いたのが、雪のようにふりまいてある。先生の顔は、半ば頬をその紙の中に埋めながら、静《しずか》に眼をつぶっていた。丁度、蠟ででもつくった、面型のような感じである。輪廓は、生前と少しもちがわない。が、どこか容子《ようす》がちがう。唇の色が黒んでいたり、顔色が変っていたりする以外に、どこかちがっている所がある。僕はその前で、殆《ほとんど》無感動に礼をした。「これは先生じゃない。」そんな気が、強くした。(これは始《はじめ》から、そうであった。現に今でも僕は誇張なしに先生が生きているような気がして仕方がない。)僕は、柩の前に一二分立っていた。それから、松根さんの合図通り、後《あと》の人に代って、書斎の外へ出た。

所が、外へ出ると、急に又先生の顔が見たくなった。何だかよく見て来るのを忘れたような心もちがする。そうして、それが取り返しのつかない、莫迦《ばか》な事だったような心もちがする。僕はよっぽど、もう一度行こうかと思った。が、何だかそれが恥しかった。それに感情を誇張しているような気も、少しはした。「もう仕方がない」——そう、思ってとうとうやめにした。そうしたら、いやに悲しくなった。

外へ出ると、松岡が「よく見て来たか」と云う。僕は、「うん」と答えながら、嘘をついたような気がして、不快だった。

青山の斎場へ行ったら、霧《もや》が完《まった》く晴れて、葉のない桜の梢にもう朝日がさしていた。下から見ると、その桜の枝が、丁度鉄網のように細く空をかがっている。僕たちはその下に敷いた新しい蓆《むしろ》の上を歩きながら、みんな、体を反らせて、「やっと眼がさめたような気がする」と云った。

斎場は、小学校の教室とお寺の本堂とを、一つにしたような建築である。丸い柱や、両方の硝子窓が、甚《はなは》だみすぼらしい。正面には一段高い所があって、その上に朱塗の曲彔《きょくろく》が三つ据えてある。それが、その下に、一面に並べてある安直な椅子と、妙な対照をつくっていた。「この曲彔を、書斎の椅子にしたら、面白いぜ」――僕は久米にこんな事を云った。久米は、曲彔の足をなでながら、うんとか何とかいい加減な返事をしていた。

斎場を出て、入口の休所へかえって来ると、もう森田さん、鈴木さん、安倍さん、などが、かんかん火を起した炉のまわりに集って、新聞を読んだり、駄弁を振ったりしていた。新聞に出ている先生の逸話や、内外の人の追憶が時々問題になる。僕は、和辻さんに貰った「朝日」を吸いながら、炉のふちへ足をかけて、ぬれた靴から煙が出るのを、ぼんやり、遠い所のものを見るように眺めていた。何だか、みんなの心もちに、どこか穴の明いている所でもあるような気がして、仕方がない。

そのうちに、葬儀の始まる時間が近くなって来た。「そろそろ受附へ行こうじゃないか。」――気の早い赤木君が、新聞を抛《ほう》り出しながら、「行」の所へ独特なアクセントをつけて云う。そこでみんな、ぞろぞろ、休所を出て、入口の両側にある受附へ分れ分れに、行く事になった。松浦君、江口君、岡君が、こっちの受附をやってくれる。向うは、和辻さん、赤木君、久米と云う顔ぶれである。その外、朝日新聞社の人が、一人ずつ両方へ手伝いに来てくれた。

やがて、霊柩車が来る。続いて、一般の会葬者が、ぽつぽつ来はじめた。休所の方を見ると、人影が大分ふえて、その中に小宮さんや野上さんの顔が見える。中幅の白木綿を薬屋のように、フロックの上からかけた人がいると思ったら、それは宮崎虎之助氏だった。

始めは、時刻が時刻だから、それに前日の新聞に葬儀の時間が間違って出たから、会葬者は存外少かろうと思ったが、実際はそれと全く反対だった。愚図々していると、会葬者の宿所を、帳面につけるのも間に合わない。僕はいろんな人の名刺をうけとるのに忙殺された。

すると、どこかで「死は厳粛である」と云う声がした。僕は驚いた。この場合、こんな芝居じみた事を云う人が、僕たちの中にいるわけはない。そこで、休所の方を覗くと、宮崎虎之助氏が、椅子の上へのって、伝道演説をやっていた。僕はちょいと不快になった。が、あまり宮崎虎之助らしいので、それ以上には腹も立たなかった。接待係の人が止めたが、やめないらしい。やっぱり右手で盛《さかん》なジェステュアをしながら、死は厳粛であるとか何とか云っている。

が、それも程なくやめになった。会葬者は皆、接待係の案内で、斎場の中へはいって行く。葬儀の始まる時刻が来たのであろう。もう受附へ来る人も、あまりない。そこで、帳面や香奠《こうでん》を始末していると、向うの受附にいた連中が、揃ってぞろぞろ出て来た。そうして、その先に立って、赤木君が、しきりに何か憤慨している。聞いて見ると、誰かが、受附掛《がかり》は葬儀のすむまで、受附に残っていなければならんと云ったのだそうである。至極尤《もっとも》な憤慨だから、僕も早速これに雷同した。そうして皆で、受附を閉じて、斎場へはいった。

正面の高い所にあった曲禄は、何時の間にか一つになって、それへ向うをむいた宗演老師が腰をかけている。その両側にはいろいろな楽器を持った坊さんが、一列にずっと並んでいる。奥の方には、柩があるのであろう。夏目金之助之柩と書いた幡が、下の方だけ見えている。うす暗いのと香の煙とで、その外は何があるのだかはっきりしない。唯花輪の菊が、その中で堆《うずたか》く、白いものを重ねている。――式はもう誦経《ずきょう》がはじまっていた。

僕は、式に臨んでも、悲しくなる気づかいはないと思っていた。そう云う心もちになるには、あまり形式が勝っていて、万事が大仰に出来すぎている。――そう思って、平気で、宗演老師の秉炬《へいきょ》法語を聞いていた。だから、松浦君の泣き声を聞いた時も、始めは誰かが笑っているのではないかと疑った位である。

所が、式がだんだん進んで、小宮さんが伸六さんと一しょに、弔辞を持って、柩の前へ行くのを見たら、急に瞼《まぶた》の裏が熱くなって来た。僕の左には、後藤末雄君が立っている。僕の右には、高等学校の村田先生が坐っている。僕は、何だか泣くのが外聞の悪いような気がした。けれども、涙はだんだん流れそうになって来る。僕の後に久米がいるのを、僕は前から知っていた。だからその方を見たら、どうかなるかもしれない。——こんな曖昧な、救助を請うような心もちで、僕は後をふりむいた。すると、久米の眼が見えた。が、その眼にも、涙が一ぱいにたまっていた。僕はとうとうやりきれなくなって、泣いてしまった。隣にいた後藤君が、けげんな顔をして、僕の方を見たのは、未だによく覚えている。

それから、何がどうしたか、それは少しも判然《はっきり》しない。唯久米が僕の肘《ひじ》をつかまえて、「おい、あっちへ行こう」とか何とか云った事だけは、記憶している。その後で、涙をふいて、眼をあいたら、僕の前に掃き溜めがあった。何でも、斎場とどこかの家との間らしい。掃き溜めには、卵の殻が三つ四つすててあった。

少したって、久米と斎場へ行って見ると、もう会葬者が大方出て行った後で、広い建物の中はどこを見ても、がらんとしている。そうして、その中で、埃のにおいと香のにおいとが、むせっぽく一しょになっている。僕たちは、安倍さんのあとで、御焼香をした。すると、又、涙が出た。

外へ出ると、ふてくされた日が一面に霜どけの土を照らしている。その日の中を向うへ突きって、休所へはいったら、誰かが蕎麦饅頭を食えと云ってくれた。僕は、腹がへっていたから、すぐに一つとって口へ入れた。そこへ大学の松浦先生が来て、骨上げの事か何か僕に話しかけられたように思う。僕は、甚天とうも蕎麦饅頭も癪にさわっていた時だから、甚無礼な答をしたのに相違ない。先生は手がつけられないと云う顔をして、帰られたようだった。あの時の事を今思うと、少からず恐縮する。

涙の乾いた後には、何だか張合ない疲労ばかりが残った。会葬者の名刺を束にする。弔電や宿所書きを一つにする。それから、葬儀式場の外の往来で、柩車《きゅうしゃ》の火葬場へ行くのを見送った。

その後は、唯、頭がぼんやりして、眠いと云う事より外に、何も考えられなかった。

漱石先生の話

木曜会

大正四五年の頃私達、私や久米君、松岡君、今東北帝大の先生をしている小宮豊隆先生、野上臼川《きゅうせん》先生などよく夏目先生の宅に出入りしました。と言っても一週一回、木曜日の夜に寄ることにしていましたが、木曜会とは誰が名づけたものかはっきりしません。先生のお宅は玄関の次ぎが居間で、その次ぎが客間で、その奥に先生の書斎があるのですが、書斎は畳なしで、板の上に絨氈《じゅうたん》を敷いた十畳位の室で、先生はその絨氈の上に座蒲団を敷き机に向って原稿を書いて居られた。其書斎は先生の自慢の一つであって、ある時こう言われたことがある。『先達《せんだって》、京都の茶室をたくさん見て来たが、あんな茶室より、俺の書斎の方がずっと雄大で立派だ……』

私達の木曜会はいつもその書斎で開かれました、先生の書斎の雄大さなど私にはよくわからなかったが、天井板に鼠の穴が見え、処々に鼠の小便の跡も見ることが出来ました、書斎に一つの高窓があるのですが、その高窓に監獄か、気狂い病院の窓にでもあるような頑丈な鉄格子がしてありました、どんな了簡《りょうけん》で先生があんな頑丈な鉄格子を用いたものか私にはまだ疑問の一つになって居ます——その書斎で私達は先生を中心に夜を更かしたものです。『もう遅いから帰りたまえ』と先生に注意されてはじめて座をたつという有様でした——先生のお宅は早稲田南町で、今では先生の宅の跡も大厦《たいか》高楼が並んで居りますがその頃、先生の宅を出ると道路の向う側がお医者さんの宅で、その側に小さい一尺ばかりのどぶがあった、夜更けて先生の宅を出た私達はきまってそのどぶに立小便をやりました。不思議なもので一人がやると、みんなやりました。今は大学教授の小宮先生や野上臼川先生も立小便の組でした。ある晩、僕と久米君とが両先生に一足おくれて外へ出てどぶへ立小便に行くと、小宮、野上両先生に並んで……やりながら、小宮先生が『僕は近頃、後頭部に白い髪がぼつぼつ出て来ましたよ。』というと野上先生も『僕も発見しました』と語り合っていたことをきいたことなどあります。——木曜会では色々な議論が出ました。小宮先生などは、先生に喰ってかかることが多く、私達若いものは、はらはらしたものです。ある時、例の通り夜更けに宅を出た、立小便のところで小宮先生に『あんなに先生に議論を吹っかけて良いものでしょうか』ときくと、小宮さんが言うには『先生は僕達の喰ってかかるのを一手に引受け、はじめは軽くあしらっておき、最後に猪《い》が兎を蹴散らすように、僕達をやっつけるのが得意なんだよ、あれは享楽しているんだから、君達もどんどんやり給え』……というので、それから私達もちょいちょい先生に喰ってかかるようになりました。

国辱

先生の書斎は先生自慢の一つだったに拘《かかわ》らず、こんなことがあった。——ある時、アメリカの女（もう少し尊敬して言えば、御婦人）が二人連名で、先生へ訪問を申し込んだことがある。その女と言うのは観光団か何かで日本に来たアメリカの文学——文学者とまで行かなくとも詩など好んで読んでいる女らしく、勿論英語で申込の手紙を先生に寄せたのです。それに対し先生は訪問を断られた。断りの手紙は矢張《やは》り英文で認《したた》めたのですが小説を一篇書くよりもその方が骨が折れたと申されました。……アメリカの女の訪問を断られたことは如何《いか》にも不審に思われたので、おそるおそる先生に『どうしてまた、アメリカの女が折角会いたいというのを、断られたんです』ときくと『夏目漱石ともあろうものが、こんなうすきたない書斎で鼠の小便の下に住んでいる所を、あいつ等に見せられるか、アメリカに帰って日本の文学者なんて実に悲惨なものだなんと吹聴されて見ろ、日本の国辱だ』といかつい顔をしました。先生は実にこうした一面が多かった人であります。

銭湯

先生はよく銭湯に出かけられた。ある日先生は流し場で石鹼をつかっていると、傍《そば》の上《あが》り湯のとこに一人の頑丈な男がどんどん湯を浴びながら、後に蹈《かが》んでいる先生の頭の上にその飛沫を遠慮会釈もなく浴びせかけた。——根がかんしゃく持の先生は一途にむっと腹が立ったのででかい声を張り上げて『馬鹿野郎』とどなりつけた。——どなりつけたまではよかったが、それと同時にこの男が自分に手向って来たらどうしょうと思うと、急に怖ろしくなって少しうろたえたそうですが、先生のえらい権幕におそれたものかその男が、素直な声で『すみません』と謝まった……『おかげでやっと助かったよ』と先生はほんとうに助かったように述懐されました。

詩作

先生の肝癪《かんしゃく》は実に有名なもので殊《こと》に胃腸の悪い日にはそれがひどかった。平素でも仕事をしている時はきちんと机に向って、気むずかしい顔をしてましたが大抵朝の九時頃から午前中原稿を書かれた。最も仕事に熱中されたのは『行人』の時と『明暗』の時で、朝の九時頃から午後の六時頃までぶっ通し書かれたことも珍らしくなかった。しかしそれは例外で、午後は仕事をきり上げて詩作に耽《ふ》けられた。詩と言っても新体詩ではなく漢詩です。漢詩という奴は（——私などさっぱりわかりませんが）韻《いん》などという六ケ敷《むつかし》い約束事があって仲々面倒臭く、漱石先生もよ程《ほど》その詩作が苦しかったと見え、うんうん唸って、七言絶句や五絶を一つか二つものしたものですがその詩作最中の先生と来たら迚《とて》もよりつき難いむずかし顔をしていたものです。

志賀君と先生

私などはじめて先生とこへ上ってお目通りした時はどうも胸に動悸がして膝頭がブルブルふるえたものでしたが——先輩の志賀直哉君がある日先生をは

じめて訪ねまして、例の書斎に通された。先生は机の側の座蒲団に厳然と座り、さあ何処《どこ》からでもやって来いと言わぬ許《ばか》りに構え、禅坊主が座禅の時のように落着いているので志賀君どこへもとりつく島がなく黙然《もくねん》と先生の前に控えたが、膝頭がガタガタとふるえ出して益々心細くなって来た頃一匹の蠅が飛んで来て先生の鼻の横っちょに留まった。先生はその蠅を追うために手をあげたら、志賀君も救われたのですが、先生は厳然としたまま頭を横に一つ強くふってその蠅を追った……ので志賀君はいよいよ困ってしまったという話がありますが其時《そのとき》の志賀君の震い方がよ程強かったものと見え、志賀君が帰った後で先生の奥さんが先生に『あの方は心臓病か何かでしょう』と言ったということです。

検束

先生のお宅は早稲田南町でしたがある晩界隈で火事があった。恰度《ちょうど》先生がその火事の町を通ってこれから宅の方へ帰りかけていた処へジャンと来たのですから、先生は非常線で囲まれてしまったのです。そんなことには頓着のない先生がぼつぼつ歩いて来るといよいよ非常線に差しかかった。巡査が威丈高《いたけだか》な声で『何《ど》っちから来た』ときいた。そこで先生は『はじめはこっちから(宅の方)来たが今はあっちの方(火事場の方)から来た』と頗《すこぶ》るロジカルな先生らしい答えをした。元よりそんなロジックなどわかろう筈もない巡査は、うろん臭い奴とにらんで早速先生を検束《けんそく》し、道側の材木を指して『かけろ』と言ったまま、又あたふたと出て行ったが間もなくもう一人の検束された者を引っぱって来た。巡査はいきなり『貴様は帰っても良い』と先生をにらみつけた。その時先生はこの儘其処《ままそこ》を去るのが惜しく、なんとか一晩位警察の監房で送って見たい気になって『代りが来たから追立《おいた》てるんですか、もう少し此処《ここ》へおかして下さい』と言った処《ところ》巡査は大へん怒った顔をして『ぐずぐず言わんで行け』と叫んだので仕方なく宅へ帰ったという話もあります。

禅坊主

ある禅寺に古画や器物の国宝があることを知った先生はある日俥《くるま》でわざわざ此《この》寺へ出かけ、一刻も早く国宝を見たさに靴の紐を解きかけた処、取次僧が跼《かが》んでいる先生の頭の上から大音声で『お前はなんで靴の紐をとくのだ、誰がお前に上がれというた』と叱りつけた。先生もいかにもと思って一寸《ちょっと》たじたじの形で顔を上げると、その瞬間取次僧は衝立の蔭にひらりと隠れた。叱られて何か言おうとした先生の形を見てとり衝立の物蔭に姿をかくしたところ流石《さすが》禅坊主だと内心打たれる所があり、そのまま靴の紐を結び直して引返そうとすると急に衝立の蔭からその坊主が表れて『怒らずに帰るのは感心、感心』とほめ立てたそうですが先生は『衝立の蔭にかくれたまではよかったが、後から感心感心と声をかけるなぞまだまだ臭い、あれだからまだ玄関番などしてるのだ』と思ったそうです。

女

ある人が先生に、『先生のような方でも女に惚れるようなことがありますか』ときくと、先生はしばらく無言でその人をにらみつけていたが『あばただと思って馬鹿にするな』と言ったということを極《ご》く最近ある友達からききました。

夏目先生

始めて先生に会った時、万歳と云うことを人の中で言ったことがあるか、ないかと云う話が出た。で僕は、一度もないと言った。そうしたら先生は、誰かの結婚式の時に、万歳と云う音頭をとって呉《く》れと頼まれて、その時に言ったことがあると言われた。それからその外に、よくは覚えていないが、二三度あると云う話であった。その時、何故万歳と云うのが言い難いんだろうと云う話になって、先生は、人の前で目立つことをするのは極《きま》りが悪いからだと言う、僕は、それもあるでしょうが、一体万歳と云う言葉が、人間が興奮して声を出す時に、フラアと云う言葉のように出ないで、万歳と云う言葉の響きが出にくいからなんだろうと言った時、それを先生は断乎《だんこ》として認めなかった。それを僕が強情に言い張るもんだから、先生は厭な顔をして黙ってしまって、僕はへこたれたことがある。それ以来、どうも先生に反感を持たれているような気がした。

＊

或時《あるとき》、僕が、志賀さんの文章みたいなのは、書きたくても書けないと言った。そして、どうしたらああ云う文章が書けるんでしょうねと先生に言ったら、先生は、文章を書こうと思わずに、思うまま書くからああ云う風に書けるんだろうとおっしゃった。そうして、俺もああ云うのは書けないと言われた。

＊

往来を歩いていたら、荷車の馬が車を離れて追かけて来た。で、逃げ出してよその家へ飛び込んだことがあるけれど、その馬は自分を本当に追かけたのか、外の人を追かけたのか、未だに分らないと言われたことがあった。

＊

正岡子規が「墨汁一滴」だか何かに、先生と一緒に早稲田あたりの田圃を散歩していた時、漱石が稲を知らないで驚いたと云うことを書いている。そうして先生とその話が出たことがあった。そうしたら先生が言うのには、いや俺は、米は田圃に植えるものから出来ることは知って居る、田圃に植って居るものが稲であると云うことも知って居る、唯、稲——目前にある稲と米との結合が分らなかっただけだ。正岡はそこまで論理的に考えなかったんだと、威張って居られた。

＊

或る晩のこと、みんなが先生に猛然として、論戦を吹かけた。僕は何とも思わなかったけれども、久米が気にして、あんなに先生に戦を挑んでいいのだろうかと小宮さんに聞いた。そうしたら小宮さんが、先生はあれが得意なんだと言った。皆に食ってかからせて蹴ちらすのが好きなんだと言った。

＊

エリシェエフ君が先生に、先生の物を飜訳《ほんやく》するのに、「庭に出た」と云うのと、「庭へ出た」と云うのと、どこが違うかと言ったら、先生は、俺も分らなくなっちゃったと言って居られた。

＊

タガヤサンのステッキの話。鈴木さんが、先生の小説の中にあるタガヤサンのステッキの話を見て、タガヤサンは堅い木で、とてもステッキなんかに切れる木ではないと言ったら、先生が真面目な顔で、でも今は鉄でさえも切れる機械があるのに、タガヤサンの木が切れない筈はないと言った。

＊

安井曾太郎の画を見て、先生は細かさが丁度俺に似て居ると言われた。

＊

先生は一寸したことでもよくおこった。僕が一ぺんこう云う話をした。人から聞いた話で、高楠順次郎が、夏目さんなんか大学に居るよりも、外へ出て作家になった方がよかった人だと云うことを言って居たと云う話をしたら、先生は忽《たちま》ちムッとして、俺に言わせれば高楠こそ大学に居ない方がいいんだと言った。

＊

先生が銭湯に入っていたら、傍に居た奴が水だか湯だかひっかけた。先生はムッとしてその男を取っつかまえて馬鹿野郎と言った。言ったが直《す》ぐに後で怖くなってどうしたらいいかと思っていたら、いい幸に向うがこっちの剣幕に驚いてあやまってくれたんで、俺も助かったと言って居られた。

＊

夜、どっかに火事があって、先生、火事を見に行って帰って来たら、刑事が非常線を張って居るのに引かかってしまった。刑事が、お前はどっちから来たんだと言った。火事場の方角から言えば向うから来たに違いないのだけれども、家の方角から言えば、こっちから来たに違いない、それで家は向うを出て来たが、火事場はこっちから帰って来たんだと言ったら、刑事が兎《と》に角《かく》そこへ待っていろと云ったから、丁度そこに材木のようなものが積んであるから、そこへかけて待って居た。そして警察へ行くのも面白いなどと考えて居る中に、又誰かが引かかって摑まって来た。そうしたら先生に、もうお前は行っても宜しいと言ったので、折角、一寸警察へ行って見たいなんて考えて居る時だったから、刑事にもう少しなんなら待って居ましょうかと聞いたら、もうよしよしと言われて帰って来た。

＊

骨董を集めるのが好きで、あるものを買ったが、その字が読めなくて、聞いたら、専売特許と云う字だった。

＊

たしか正月だったと思うけれど、先生のお膳に栗が付いて居た。先生は糖尿病で甘いものは何も食えないのだ。所が先生、その栗を食いながら、僕の家内はね、甘い物と云えば菓子だけだと思っているんだよ、外のものならかまわないと思ってるんだよって、首を縮めて食って居た。

＊

島崎柳塢《りゅうう》の話。

＊

先生はロダンを山師だと云い、モーパッサンを巾《きん》着《ちゃく》切りみたいな奴だと言っていた。

Ⅱ われら無頼派として死す

太宰治／坂口安吾／織田作之助

昭和二十年八月に戦争が終わって、まず登場したのは無頼派と呼ばれる作家たちだった。世の価値が紊乱し、既成の文学では満たされなくなった終戦直後の読者たちが諸手を挙げて迎えたのは、「斜陽」「ヴィヨンの妻」の太宰治であり、「堕落論」「白痴」の坂口安吾であり、「可能性の文学」「世相」の織田作之助だった。その三人による唯一の座談会が二十一年十一月二十五日に銀座で開かれている。

　彼らは破裂するように集中して書き、鮮やかな光芒を残して匆々に死んでいった。織田作は座談会からふた月もたたない二十二年一月に三十三歳で、太宰は二十三年六月に三十八歳で、安吾は三十年二月に四十八歳で没した。

　太宰は、「織田君の死」で、

「はじめて彼と銀座で逢い、『なんてまあ哀しい男だろう』と思い、私も、つらくてかなわなかった。彼の行く手には、死の壁以外に何も無いのが、ありありと見える心地がしたからだ。

　こいつは、死ぬ気だ。しかし、おれには、どう仕様もない。先輩らしい忠告なんて、いやらしい偽善だ。ただ、見ているより外は無い。（略）

　彼のこのたびの急逝は、彼の哀しい最後の抗議の詩であった。

　織田君！　君は、よくやった。」

と書いた。安吾は「大阪の反逆――織田作之助の死――」を書き、太宰が死んだ時には「不良少年とキリスト」を書くことになる。安吾への追悼文の名品としては、やはり無頼派に括られることが多かった石川淳の「安吾のいる風景」がある。

ダス・ゲマイネ

「文アル」に影響を与えた初期名品

太宰治

一　幻灯

当時、私には一日一日が晩年であった。

恋をしたのだ。そんなことは、全くはじめてであった。それより以前には、私の左の横顔だけを見せつけ、私のおとこを売ろうとあせり、相手が一分間でもためらったが最後、たちまち私はきりきり舞いをはじめて、疾風のごとく逃げ失せる。けれども私は、そのころすべてにだらしなくなっていて、ほとんど私の身にくっついてしまったかのようにも思われていたその賢明な、怪我《けが》の少い身構えの法をさえ持ち堪《こた》えることができず、謂《い》わば手放しで、節度のない恋をした。好きなのだから仕様がないという嗄《しわが》れた呟きが、私の思想の全部であった。二十五歳。私はいま生れた。生きている。生き、切る。私はほんとうだ。好きなのだから仕様がない。しかしながら私は、はじめから歓迎されなかったようである。無理心中という古くさい概念を、そろそろとからだで了解しかけて来た矢先、私は手ひどくはねつけられ、そうしてそれっきりであった。相手はどこかへ消えうせたのである。

友人たちは私を呼ぶのに佐野次郎左衛門《じろうざえもん》、もしくは佐野次郎《さのじろ》という昔のひとの名でもってした。

「さのじろ。——でも、よかった。そんな工合いの名前のおかげで、おめえの恰好もどうやらついて来たじゃないか。ふられても恰好がつくなんてのは、てんからひとに甘ったれている証拠らしいが、——ま、落ちつく」

馬場がそう言ったのを私は忘れない。そのくせ、私を佐野次郎なぞと呼びはじめたのは、たしかに馬場なのである。私は馬場と上野公園内の甘酒屋で知り合った。清水寺のすぐちかくに赤い毛氈《もうせん》を敷いた縁台を二つならべて置いてある小さな甘酒屋で知り合った。

私が講義のあいまあいまに大学の裏門から公園へぶらぶら歩いて出ていって、その甘酒屋にちょいちょい立ち寄ったわけは、その店に十七歳の、菊という小柄で利発そうな、眼のすずしい女の子がいて、それの様が私の恋の相手によくよく似ていたからであった。私の恋の相手というのは逢うのに少しばかり金のかかるたちの女であったから、私は金のないときには、その甘酒屋の縁台に腰をおろし、一杯の甘酒をゆるゆると啜《すす》り乍《なが》らその菊という女の子を私の恋の相手の代理として眺めて我慢していたものであった。ことしの早春に、私はこの甘酒屋で異様な男を見た。その日は土曜日で、朝からよく晴れていた。私はフランス叙情詩の講義を聞きおえて、真昼頃、梅は咲いたか桜はまだかいな。たったいま教ったばかりのフランスの叙情詩とは打って変ったかかる無学な文句に、勝手なふしをつけて繰りかえし繰りかえし口ずさみながら、れいの甘酒屋を訪れたのである。そのときすでに、ひとりの先客があった。私は、おどろいた。先客の恰好が、どうもなんだか奇態に見えたからである。ずいぶん痩せ細っているようであったけれども身丈《みたけ》は尋常であったし、着ている背広服も黒サアジのふつうのものであったが、そのうえに羽織っている外套がだいいち怪しかった。なんという型のものであるか私には判らぬけれども、ひとめ見た印象で言えば、シルレルの外套である。天鵞絨《ビロード》と紐釦《ボタン》がむやみに多く、色は見事な銀鼠《ぎんねず》であって、話にならんほどにだぶだぶしていた。そのつぎには顔である。これをもひとめ見た印象で言わせてもらえば、シューベルトに化け損ねた狐である。不思議なくらいに顕著なおでこと、鉄縁の小さな眼鏡とたいへんなちぢれ毛と、尖った顎と、無精鬚。皮膚は、大仰な言いかたをすれば、鶯の羽のような汚い青さで、まったく光沢がなかった。その男が赤毛氈の縁台のまんなかにあぐらをかいて坐ったまま大きい碾茶《ひきちゃ》の茶碗でたいぎそうに甘酒をすすりながら、ああ、片手あげて私へおいでおいでをしたでないか。ながく躊躇《ちゅうちょ》をすればするほどこれはいよいよ薄気味わるいことになりそうだな、とそう直覚したので、私は自分にもなんのことやら意味の分らぬ微笑を無理して浮べながら、その男の坐っている縁台の端に腰をおろした。

「けさ、とても固いするめを食ったものだから」わざと押し潰しているような低いかすれた声であった。「右の奥歯がいたくてなりません。歯痛ほど閉口なものはないね。アスピリンをどっさり呑めば、けろっとなおるのだが。おや、あなたを呼んだのは僕だったのですか？　しつれい。僕にはねえ」私の顔をちらと見てから、口角に少し笑いを含めて、「ひとの見さかいができねえんだ。めくら。——そうじゃない。僕は平凡なのだ。見せかけだけさ。僕のわるい癖でしてね。はじめに逢ったひとには、ちょっとこう、いっぷう変っているように見せたくてたまらないのだ。自縄自縛《じじょうじばく》という言葉がある。ひどく古くさい。いかん。病気ですね。君は、文科ですか？　ことし卒業ですね？」

私は答えた。「いいえ。もう一年です。あの、いちど落第したものですから」

「はあ、芸術家ですな」にこりともせず、おちついて甘酒をひと口すすった。「僕はそこの音楽学校にかれこれ八年います。なかなか卒業できない。まだいちども試験というものに出席しないからだ。ひとがひとの能力を試みるなんてことは、君、容易ならぬ無礼だからね」

「そうです」

「と言ってみただけのことさ。つまりは頭がわるいのだよ。僕はよくここにこうして坐りこみながら眼のまえをぞろぞろと歩いて通る人の流れを眺めているのだが、はじめのうちは堪忍できなかった。こんなにたくさんひとが居るのに、誰も僕を知っていない、僕に留意しない、そう思うと、――いや、そうさかんに合槌うたなくたってよい。はじめから君の気持ちで言っているのだ。けれどもいまの僕なら、そんなことぐらい平気だ。かえって快感だ。枕のしたを清水がさらさら流れているようで。あきらめじゃない。王侯のよろこびだよ」ぐっと甘酒を呑みほしてから、だしぬけに碾茶の茶碗を私の方へのべてよこした。「この茶碗に書いてある文字、――白馬驕不行《ハクバオゴリテユカズ》。よせばいいのに。てれくさくてかなわん。君にゆずろう。僕が浅草の骨董屋から高い金を出して買って来て、この店にあずけてあるのだ。とくべつに僕用の茶碗としてね。僕は君の顔が好きなんだ。瞳のいろが深い。あこがれている眼だ。僕が死んだなら、君がこの茶碗を使うのだ。僕はあしたあたり死ぬかも知れないからね」

それからというもの、私たちはその甘酒屋で実にしばしば落ち合った。馬場はなかなかに死ななかったのである。死なないばかりか、少し太った。蒼黒い両頬が桃の実のようにむっつりふくれた。彼はそれを酒ぶとりであると言って、こうからだが太って来ると、いよいよ危いのだ、と小声で附け加えた。私は日ましに彼と仲良くなった。なぜ私は、こんな男から逃げ出さずに、かえって親密になっていったのか。馬場の天才を信じたからであろうか。昨年の晩秋、ヨオゼフ・シゲティというブダペスト生れのヴァイオリンの名手が日本へやって来て、日比谷の公会堂で三度ほど演奏会をひらいたが、三度が三度ともたいへんな不人気であった。孤高狷介《けんかい》のこの四十歳の天才は、憤ってしまって、東京朝日新聞へ一文を寄せ、日本人の耳は驢馬《ろば》の耳だ、なんて悪罵《あくば》したものであるが、日本の聴衆へのそんな罵言の後には、かならず、「ただしひとりの青年を除いて」という一句が詩のルフランのように括弧でくくられて書かれていた。いったい、ひとりの青年とは誰のことなんだとそのじぶん楽壇でひそひそ論議されたものだそうであるが、それは、馬場であった。馬場はヨオゼフ・シゲティと逢って話を交した。日比谷公会堂での三度目の辱かしめられた演奏会がおわった夜、馬場は銀座のある名高いビヤホオルの奥隅の鉢の木の蔭に、シゲティの赤い大きな禿頭を見つけた。馬場は躊躇せず、その報いられなかった世界的な名手がことさらに平気を装うて薄笑いしながらビイルを舐めているテエブルのすぐ隣りのテエブルに、つかつか歩み寄っていって坐った。その夜、馬場とシゲティとは共鳴をはじめて、銀座一丁目から八丁目までのめぼしいカフエを一軒一軒、たんねんに呑んでまわった。勘定はヨオゼフ・シゲティが払った。シゲティは、酒を呑んでも行儀がよかった。黒の蝶ネクタイを固くきちんと結んだままで、女給たちにはついに一指も触れなかった。理智で切りきざんだ工合いの芸でなければ面白くないのです。文学のほうではアンドレ・ジッドとトオマス・マンが好きです、と言ってから淋しそうに右手の親指の爪を噛んだ。ジッドをチットと発音していた。夜のまったく明けはなれたころ、二人は、帝国ホテルの前庭の蓮の池のほとりでお互いに顔をそむけながら力の抜けた握手を交してそそくさと別れ、その日のうちにシゲティは横浜からエムプレス・オブ・カナダ号に乗船してアメリカへむけて旅立ち、その翌《あく》る日、東京朝日新聞にれいのルフラン附きの文章が掲載されたというわけであった。けれども私は、彼もさすがにてれくさそうにして眼を激しくしばたたかせながら、そうして、おしまいにはほとんど不機嫌になってしまって語って聞かせたこんなふうの手柄話を、あんまり信じる気になれないのである。彼が異国人と夜のまったく明けはなれるまで談じ合うほど語学ができるかどうか、そういうことからして怪しいもんだと私は思っている。疑いだすと果しがないけれども、いったい、彼にはどのような音楽理論があるのか、ヴァイオリニストとしてどれくらいの腕前があるのか、作曲家としてはどんなものか、そんなことさえ私には一切わかって居らぬのだ。馬場はときたま、てかてか黒く光るヴァイオリンケエスを左腕にかかえて持って歩いていることがあるけれども、ケエスの中にはつねに一物もはいっていないのである。彼の言葉に依れば、彼のケエスそれ自体が現代のサンボルだ、中はうそ寒くからっぽであるというんだが、そんなときには私は、この男はいったいヴァイオリンを一度でも手にしたことがあるのだろうかという変な疑いをさえ抱くのである。そんな案配であるから、彼の天才を信じるも信じないも、彼の技倆を計るよすがさえない有様で、私が彼にひきつけられたわけは、他にあるのにちがいない。私もまたヴァイオリンよりヴァイオリンケエスを気にする組ゆえ、馬場の精神や技倆より、彼の風姿や冗談に魅せられたのだというような気もする。彼は実にしばしば服装をかえて、私のまえに現われる。さまざまの背広服のほかに、学生服を着たり、菜葉服を着たり、あるときには角帯に白足袋という恰好で私を狼狽させ赤面させた。彼の平然と呟くところに依れば、彼がこのようにしばしば服装をかえるわけは、自分についてどんな印象をもひとに与えたくない心からなんだそうである。言い忘れていたが、馬場の生家は東京市外の三鷹村下《しも》連雀《れんじゃく》にあり、彼はそこから市内へ毎日かかさず出て来て遊んでいるのであって、親爺は地主か何かでかなりの金持ちらしく、そんな金持ちであるからこそ様様に服装をかえたりなんかしてみることもできるわけで、これも謂わば地主の悴《せがれ》の贅沢の一種類にすぎないのだし、――そう考えてみれば、べつだん私は彼の風采のゆえにひきつけられているのでもないようだぞ。金銭のせいであろうか。頗《すこぶ》る言いにくい話であるが、彼とふたりで遊び歩いていると勘定はすべて彼が払う。私を押しのけてまで支払うのである。友情と金銭とのあいだには、このうえなく微妙な相互作用がたえずはたらいているものらしく、彼の豊潤の状態が私にとっていくぶん魅力になっていたことも争われない。これは、ひょっとしたら、馬場と私との交際は、はじめっから旦那と家来の関係にすぎず、徹頭徹尾、私がへえへえ牛耳られていたという話に終るだけのことのような気もする。

ああ、どうやらこれは語るに落ちたようだ。つまりそのころの私は、さきにも鳥渡《ちょっと》言って置いたように金魚の糞のような無意志の生活をしていたのであって、金魚が泳げば私もふらふらついて行くというような、そんなはかない状態で馬場とのつき合いをもつづけていたにちがいないのである。ところが、八十八夜。――妙なことには、馬場はなかなか暦に敏感らしく、きょうは、かのえさる、仏滅だと言ってしょげかえっているかと思うと、きょうは端午だ、やみまつり、などと私にはよく意味のわからぬようなことまでぶつぶつ呟いていたりする有様で、その日も、私が上野公園のれいの甘酒屋で、はらみ猫、葉桜、花吹雪、毛虫、そんな風物のかもし出す晩春のぬくぬくした爛熟の雰囲気をからだじゅうに感じながら、ひとりしてビイルを呑んでいたのであるが、ふと気がついてみたら、馬場がみどりいろの派手な背広服を着ていつの間にか私のうしろのほうに坐っていたのである。れいの低い声で、「きょうは八十八夜」そうひとこと呟いたかと思うともう、てれくさくてかなわんとでもいうようにむっくり立ちあがって両肩をぶるっと大きくゆすった。八十八夜を記念しようという、なんの意味もない決心を笑いながら固めて、二人、浅草へ呑みに出かけることになったのであるが、その夜、私はいっそく飛びに馬場へ離れがたない親狎《しんこう》の念を抱くにいたった。浅草の酒の店を五六軒。馬場はドクタア・プラアゲと日本の楽壇との喧嘩を嚙んで吐きだすようにしながらながながと語り、プラアゲは偉い男さ、なぜって、とまた独りごとのようにしてその理由を呟いているうちに、私は私の女と逢いたくて、居ても立ってもいられなくなった。私は馬場を誘った。幻灯を見に行こうと囁いたのだ。馬場は幻灯を知らなかった。よし、よし。きょうだけは僕が先輩です。八十八夜だから連れていってあげましょう。私はそんなてれかくしの冗談を言いながら、プラアゲ、プラアゲ、となおも低く呟きつづけている馬場を無理、矢理、自動車に押しこんだ。急げ！　ああ、いつもながらこの大川を越す瞬間のときめき。幻燈のまち。そのまちには、よく似た路地が蜘蛛《くも》の巣のように四通八達していて、路地の両側の家々の、一尺に二尺くらいの小窓小窓でわかい女の顔が花やかに笑っているのであって、このまちへ一歩踏みこむと肩の重みがすっと抜け、ひとはおのれの一切の姿勢を忘却し、逃げ了《おお》せた罪人のように美しく落ちつきはらって一夜をすごす。馬場にはこのまちが始めてのようであったが、べつだん驚きもせずゆったりした歩調で私と少しはなれて歩きながら、両側の小窓小窓の女の顔をひとつひとつ熟察していた。路地へはいり路地を抜け路地を曲り路地へ行きついてから私は立ちどまり馬場の横腹をそっと小突いて、僕はこの女のひとを好きなのです。ええ、よっぽどまえからと囁いた。私の恋の相手はまばたきもせず小さい下唇だけをきゅっと左へうごかして見せた。馬場も立ちどまり、両腕をだらりとさげたまま首を前へ突きだして、私の女をつくづくと凝視しはじめたのである。やがて、振りかえりざま、叫ぶようにして言った。

「やあ、似ている。似ている」

はっとはじめて気づいた。

「いいえ、菊ちゃんにはかないません」私は固くなって、へんな応えかたをした。ひどくりきんでいたのである。馬場はかるく狼狽の様子で、

「くらべたりするもんじゃないよ」と言って笑ったが、すぐにけわしく眉をひそめ、「いや、ものごとはなんでも比較してはいけないんだ。比較根性の愚劣」と自分へ説き聞かせるようにゆっくり呟きながら、ぶらぶら歩きだした。あくる朝、私たちはかえりの自動車のなかで、黙っていた。一口でも、ものを言えば殴り合いになりそうな気まずさ。自動車が浅草の雑沓《ざっとう》のなかにまぎれこみ、私たちもただの人の気楽さをようやく感じて来たころ、馬場はまじめに呟いた。

「ゆうべ女のひとがねえ、僕にこういって教えたものだ。あたしたちだって、はたから見るほど楽じゃないんだよ」

私は、つとめて大袈裟《おおげさ》に噴きだして見せた。馬場はいつになくはればれと微笑み、私の肩をぽんと叩いて、

「日本で一番よいまちだ。みんな胸を張って生きているよ。恥じていない。おどろいたなあ。一日一日をいっぱいに生きている」

それ以後、私は馬場へ肉親のように馴《な》れて甘えて、生れてはじめて友だちを得たような気さえしていた。友を得たと思ったとたんに私は恋の相手をうしなった。それが、口に出して言われないような、われながらみっともない形で女のひとに逃げられたものであるから、私は少し評判になり、とうとう、佐野次郎というくだらない名前までつけられた。いまだからこそ、こんなふうになんでもない口調で語れるのであるが、当時は、笑い話どころではなく、私は死のうと思っていた。幻灯

のまちの病気もなおらず、いつ不具者になるかわからぬ状態であったし、ひとはなぜ生きていなければいけないのか、そのわけが私には呑みこめなかった。ほどなく暑中休暇にはいり、東京から二百里はなれた本州の北端の山の中にある私の生家にかえって、一日一日、庭の栗の木のしたで籐椅子《とうい す》にねそべり、煙草を七十本ずつ吸ってぼんやりくらしていた。馬場が手紙を寄こした。

拝啓。

死ぬことだけは、待って呉れないか。僕のために。君が自殺をしたなら、僕は、ああ僕へのいやがらせだな、とひそかに自惚《うぬぼ》れる。それでよかったら、死にたまえ。僕もまた、かつては、いや、いまもなお、生きることに不熱心である。けれども僕は自殺をしない。誰かに自惚れられるのが、いやなんだ。病気と災難とを待っている。けれどもいまのところ、僕の病気は歯痛と痔である。死にそうもない。災難もなかなか来ない。僕の部屋の窓を夜どおし明けはなして盗賊の来襲を待ち、ひとつ彼に殺させてやろうと思っているのであるが、窓からこっそり忍びこむ者は、蛾と羽蟻とかぶとむし、それから百万の蚊軍。（君曰《いわ》く、ああ僕とそっくりだ！）君、一緒に本を出さないか。僕は、本でも出して借金を全部かえしてしまって、それから三日三晩くらいぶっつづけにこんこんと眠りたいのだ。借金とは宙ぶらりんな僕の肉体だ。僕の胸には借金の穴が黒くぽかんとあいている。本を出したおかげでこの満たされぬ空洞がいよいよ深くなるかも知れないが、そのときにはまたそれでよし。とにかく僕は、僕自身にうまくひっこみをつけたいのだ。本の名は、海賊。具体的なことがらについては、君と相談のうえできめるつもりであるが、僕のプランとしては、輸出むきの雑誌にしたい。相手はフランスがよかろう。君はたしかにずば抜けて語学ができる様子だから、僕たちの書いた原稿をフランス語に直しておくれ。アンドレ・ジッドに一冊送って批評をもらおう。ああ、ヴァレリイと直接に論争できるぞ。あの眠たそうなプルウストをひとつうろたえさせてやろうじゃないか。(君曰く、残念、プルウストはもう死にました。)コクトオはまだ生きているよ。君、ラディゲが生きていたらねえ。デコブラ先生にも送ってやってよろこばせてやるか、可哀そうに。

こんな空想はたのしくないか。しかも実現はさほど困難でない。(書きしだい、文字が乾く。手紙文という特異な文体。叙述でもなし、会話でもなし、描写でもなし、どうも不思議な、それでいてちゃんと独立している無気味な文体。いや、ばかなことを言った。)ゆうべ徹夜で計算したところに依ると、三百円で、素晴らしい本が出来る。それくらいなら、僕ひとりでも、どうにかできそうである。君は詩を書いてポオル・フォオルに読ませたらよい。僕はいま海賊の歌という四楽章からなる交響曲を考えている。できあがったら、この雑誌に発表し、どうにかしてラヴェルを狼狽させてやろうと思っている。くりかえして言うが、実現は困難でない。金さえあれば、できる。実現不可能の理由としては、何があるか。君もはなやかな空想でせいぜい胸をふくらませて置いたほうがよい。どうだ。(手紙というものは、なぜおしまいに健康を祈らなければいけないのか。頭はわるし、文章はまずく、話術が下手くそでも、手紙だけは巧《うま》い男という怪談がこの世の中にある。)ところで僕は、手紙上手であるか。それとも手紙下手であるか。さよなら。

これは別なことだが、いまちょっと胸に浮んだから書いておく。古い質問、「知ることは幸福であるか」

馬場数馬。

佐野次郎左衛門様、

二　海賊

ナポリを見てから死ね！

Pirateという言葉は、著作物の剽窃者《ひょうせつしゃ》を指していうときにも使用されるようだが、それでもかまわないか、と私が言ったら、馬場は即座に、いよいよ面白いと答えた。Le Pirate,――雑誌の名はまずきまった。マラルメやヴェルレエヌの関係していたLa Basoche,ヴェルハアレン一派のLa Jeune Belgique,そのほかLa Semaine, Le Type.いずれも異国の芸苑《げいえん》に咲いた真紅の薔薇《ばら》。むかしの若き芸術家たちが世界に呼びかけた機関雑誌。ああ、われらもまた。暑中休暇がすんであたふたと上京したら、馬場の海賊熱はいよいよあがっていて、やがて私にもそのまま感染し、ふたり寄ると触るとLe Pirateについての、はなやかな空想を、いやいや、具体的なプランについて語り合ったのである。春と夏と秋と冬と一年に四回ずつ発行のこと。菊倍判六十頁。全部アート紙。クラブ員は海賊のユニフォオムを一着すること。胸には必ず季節の花を。クラブ員相互の合言葉。――一切誓うな。幸福とは？　審判する勿《なか》れ。ナポリを見てから死ね！　等々。仲間はかならず二十代の美青年たるべきこと。一芸に於《お》いて秀抜の技倆を有すること。The Yellow Bookの故智《こち》にならい、ビアズレイに匹敵する天才画家を見つけ、これにどんどん挿画をかかせる。国際文化振興会なぞをたよらずに異国へわれらの芸術をわれらの手で知らせてやろう。資金として馬場が二百円、私が百円、そのうえほかの仲間たちから二百円ほど出させる予定である。仲間、――馬場が彼の親類筋にあたる佐竹六郎という東京美術学校の生徒をまず私に紹介して呉れる段取りとなった。その日、私は馬場との約束どおり、午後の四時頃、上野公園の菊ちゃんの甘酒屋を訪れたのであるが、馬場は紺飛白《こんがすり》の単衣《ひとえ》に小倉の袴《はかま》という維新風俗で赤毛氈《もうせん》の縁台に腰かけて私を待っていた。馬場の足もとに、真赤な麻の葉模様の帯をしめ白い花の簪をつけた菊ちゃんが、お給仕の塗盆を持って丸く蹲《うずくま》って馬場の顔をふり仰いだまま、みじろぎもせずじっとしていた。馬場の蒼黒《あおぐろ》い顔には弱い西日がぽっと明るくさしていて、夕靄《ゆうもや》がもやもや烟《けむ》ってふたりのからだのまわりを包み、なんだかおかしな、狐狸《こり》のにおいのする風景であった。私が近づいていって、やあ、と馬場に声をかけたら、菊ちゃんが、あ、と小さく叫んで飛びあがり、ふりむいて私に白い歯を見せて挨拶したが、みるみる豊かな頬をあかくした。私も少しどぎまぎして、わるかったかな？　と思わず口を滑らせたら、菊ちゃんは一瞬はっと表情をかえて妙にまじめな眼つきで私の顔を見つめたかと思うと、くるっと私に背をむけお盆で顔をかくすようにして店の奥へ駈けこんでいったものだ。なんのことはない、あやつり人形の所作でも見ているような心地がした。私はいぶかしく思いながらその後姿をそれとなく見送り縁台に腰をおろすと、馬場はにやにやうす笑いして言いだした。

「信じ切る。そんな姿はやっぱり好《い》いな。あいつがねえ」白馬驕不行の碾茶の茶碗は流石《さすが》にてれくさい故をもってか、とうのむかしに廃止されて、いまは普通のお客と同じに店の青磁の茶碗。番茶を一口すすって、「僕のこの不精髭を見て、幾日くらいたてばそんなに伸びるの？　と聞くから、二日くらいでこんなになってしまうのだよ。ほら、じっとして見ていなさい。鬚がそよそよと伸びるのが肉眼でも判るほどだから、と真顔で教えたら、だまってしゃがんで僕の顎を皿のようなおおきい眼でじっと見つめるじゃないか。おどろいたね。君、無智ゆえに信じるのか、それとも利発ゆえに信じるのか。ひとつ、信じるという題目で小説でも書こうかなあ。AがBを信じている。そこへCやDやEやFやGやHやそのほかたくさんの人物がつぎつぎに出て来て、手を変え品を変え、さまざまにBを中傷する。――それから、――Aはやっぱり Bを信じている。疑わない。てんから疑わない。安心している。Aは女、Bは男、つまらない小説だね。ははん」へんにはしゃいでいた。私は、彼の言葉をそのままに聞いているだけで彼の胸のうちをべつだん何も忖度《そんたく》してはいないのだというところをすぐにも見せなければいけないと思ったから、

「その小説は面白そうですね。書いてみたら？」

できるだけ余念なさそうな口調で言って、前方の西郷隆盛の銅像をぼんやり眺めた。馬場は助かったようであった。いつもの不機嫌そうな表情を、円滑に、取り戻すことができたのである。

「ところが、――僕には小説が書けないのだ。君は怪談を好むたちだね？」

「ええ、好きですよ。なによりも、怪談がいちばん僕の空想力を刺激するようです」

「こんな怪談はどうだ」馬場は下唇をちろと舐めた。「知性の極というものは、たしかにある。身の毛もよだつ無間奈落《むけんならく》だ。こいつをちらとでも覗いたら最後、ひとは一こともものを言えなくなる。筆を執っても原稿用紙の隅に自分の似顔画を落書したりなどするだけで、一字も書けない。それでいて、そのひとは世にも恐ろしい或《あ》るひとつの小説をこっそり企てる。企てた、とたんに、世界じゅうの小説がにわかに退屈でしらじらしくなって来るのだ。それはほんとうに、おそろしい小説だ。たとえば、帽子をあみだにかぶっても気になるし、まぶかにかぶっても落ちつかないし、ひと思いに脱いでみてもいよいよ変だという場合、ひとはどこで位置の定着を得るかというような自意識過剰の統一の問題などに対しても、この小説は碁盤のうえに置かれた碁石のような涼しい解決を与えている。涼しい解決？　そうじゃない。無風。カットグラス。白骨。そんな工合いの冴え冴えした

解決だ。いや、そうじゃない。どんな形容詞もない、ただの、『解決』だ。そんな小説はたしかにある。けれども人は、ひとたびこの小説を企てたその日から、みるみる痩せおとろえ、はては発狂するか自殺するか、もしくは唖者になってしまうのだ。君、ラディゲは自殺したんだってね。コクトオは気がちがいそうになって日がな一日オピアムばかりやってるそうだし、ヴァレリイは十年間、唖者になった。このたったひとつの小説をめぐって、日本なんかでも一時ずいぶん悲惨な犠牲者が出たものだ。現に、君、——」

「おい、おい」という嗄れた呼び声が馬場の物語の邪魔をした。ぎょっとして振りむくと、馬場の右脇にコバルト色の学生服を着た背のきわめてひくい若い男がひっそり立っていた。

「おそいぞ」馬場は怒っているような口調で言った。「おい、この帝大生が佐野次郎左衛門さ。こいつは佐竹六郎だ。れいの画かきさ」

佐竹と私とは苦笑しながら軽く目礼を交した。佐竹の顔は肌理《きめ》も毛穴も全然ないてかてかに磨きあげられた乳白色の能面の感じであった。瞳の焦点がさだかでなく、硝子《ガラス》製の眼玉のようで、鼻は象牙細工のように冷く、鼻筋が剣のようにするどかった。眉は柳の葉のように細長く、うすい唇は苺のように赤かった。そんなに絢爛たる面貌にくらべて、四肢の貧しさは、これまた驚くべきほどであった。身長五尺に満たないくらい、痩せた小さい両の掌《てのひら》は蜥蜴《とかげ》のそれを思い出させた。佐竹は立ったまま、老人のように生気のない声でぼそぼそ私に話しかけたのである。

「あんたのことを馬場から聞きましたよ。ひどいめに遭ったものですねえ。なかなかやると思っていますよ」私はむっとして、佐竹のまぶしいほど白い顔をもいちど見直した。箱のように無表情であった。

馬場は音たかく舌打ちして、「おい佐竹、からからのはやめろ。ひとを平気でからからのは、卑劣な心情の証拠だ。罵《ののし》るなら、ちゃんと罵るがいい」

「からかってやしないよ」しずかにそう応えて、胸のポケットからむらさき色のハンケチをとり出し、頸《くび》のまわりの汗をのろのろ拭きはじめた。

「ああ」馬場は溜息ついて縁台にごろんと寝ころがった。「おめえは会話の語尾に、ねえ、とか、よ、とかをつけなければものを言えないのか。その語尾の感嘆詞みたいなものだけは、よせ。皮膚にべとつくようでかなわんのだ」私もそれは同じ思いであった。

佐竹はハンケチをていねいに畳んで胸のポケットにしまいこみながら、よそごとのようにして呟いた。「朝顔みたいなつらをしやがって、と来るんじゃないかね?」

馬場はそっと起きあがり、すこし声をはげまして言った。「おめえとはここで口論したくねえんだ。どっちも或る第三者を計算にいれてものを言っているのだからな。そうだろう?」何か私の知らない仔細があるらしかった。

佐竹は陶器のような青白い歯を出して、にやっと笑った。「もう僕への用事はすんだのかね?」

「そうだ」馬場はことさらに傍見《わきみ》をしながら、さもさもわざとらしい小さなあくびをした。

「じゃあ、僕は失敬するよ」佐竹は小声でそう呟き、金側の腕時計を余程ながいこと見つめて何か思案しているふうであったが、「日比谷へ新響を聞きに行くんだ。近衛もこのごろは商売上手になったよ。僕の座席のとなりにいつも異人の令嬢が坐るのでねえ。このごろはそれがたのしみさ」言い終えたら、鼠のような身軽さでちょこちょこ走り去った。

「ちえっ! 菊ちゃん、ビイルをおくれ。おめえの色男がかえっちゃった。佐野次郎、呑まないか。

僕はつまらん奴を仲間にいれたなあ。あいつは、いそぎんちゃくだよ。あんな奴と喧嘩したら、倒《さか》立《だ》ちしたってこっちが負けだ。ちっとも手むかいせずに、こっちの殴った手へべっとりくっついて来る」急に真剣そうに声をひそめて、「あいつ、菊の手を平気で握りしめたんだよ。あんなたちの男が、ひとの女房を易々と手にいれたりなどするんだねえ。インポテンスじゃないかと思うんだけれど。なに、名ばかりの親戚で僕とは血のつながりなんか絶対にない。——僕は菊のまえであいつと議論したくねえんだ。はり合うなんて、いやなこった。——君、佐竹の自尊心の高さを考えると、僕はいつでもぞっとするよ」ビイルのコップを握ったまま、深い溜息をもらした。「けれども、あいつの画だけは正当に認めなければいけない」

私はぼんやりしていた。だんだん薄暗くなって色々の灯でいろどられてゆく上野広小路の雑沓の様子を見おろしていたのである。そうして馬場のひとりごととは千里万里もかけはなれた、つまらぬ感傷にとりつかれていた。「東京だなあ」というたったそれだけの言葉の感傷に。

ところが、それから五六日して、上野動物園で貘《ばく》の夫婦をあらたに購入したという話を新聞で読み、ふとその貘を見たくなって学校の授業がすんでから、動物園に出かけていったのであるが、そのとき、水禽《みずどり》の大鉄傘ちかくのベンチに腰かけてスケッチブックへ何やらかいている佐竹を見てしまったのである。しかたなく傍へ寄っていって、軽く肩をたたいた。

「ああ」と軽くうめいて、ゆっくり私のほうへ頸をねじむけた。「あなたですか。びっくりしましたよ。ここへお坐りなさい。いま、この仕事を大急ぎで片づけてしまいますから、それまで鳥渡、待っていて下さいね。お話したいことがあるのです」へんによそよそしい口調でそう言って鉛筆を取り直し、またスケッチにふけりはじめた。私はそのうしろに立ったままで暫くもじもじしていた

が、やがて決心をつけてベンチへ腰をおろし、佐竹のスケッチブックをそっと覗いてみた。佐竹はすぐに察知したらしく、

「ペリカンをかいているのです」とひくく私に言って聞かせながら、ペリカンの様様の姿態をおそろしく乱暴な線でさっさと写しとっていた。「僕のスケッチをいちまい二十円くらいで、何枚でも買って呉れるというひとがあるのです」にやにやひとりで笑いだした。「僕は馬場みたいに出鱈目《でたらめ》を言うことはきらいですねえ。荒城の月の話はまだですか？」

「荒城の月、ですか？」私にはわけがわからなかった。

「じゃあ、まだですね」うしろむきのペリカンを紙面の隅に大きく写しながら、「馬場がむかし、滝廉《れん》太《た》郎《ろう》という匿名で荒城の月という曲を作って、その一切の権利を山田耕筰に三千円で売りつけた」

「それが、あの、有名な荒城の月ですか？」私の胸は躍った。

「嘘ですよ」一陣の風がスケッチブックをぱらぱらめくって、裸婦や花のデッサンをちらちら見せた。「馬場の出鱈目は有名ですよ。また巧妙ですからねえ。誰でもはじめは、やられますよ。ヨオゼフ・シゲティは、まだですか？」

「それは聞きました」私は悲しい気持ちであった。

「ルフラン附きの文章か」つまらなそうにそう言って、スケッチブックをぱちんと閉じた。「どうもお待たせしました。すこし歩きましょうよ。お話したいことがあるのです」

きょうは貘の夫婦をあきらめよう。そうして、私にとって貘よりもさらにさらに異様に思われるこの佐竹という男の話に、耳傾けよう。水禽の大鉄傘を過ぎて、おっとせいの水槽のまえを通り、小山のように巨大なひぐまの、檻《おり》のまえにさしかかったころ、佐竹は語りはじめた。まえにも何回

となく言って言い馴れているような諳誦口調であって、文章にすればいくらか熱のある言葉のようにもみえるが実際は、れいの嗄れた陰気くさい低声でもってさらさら言い流しているだけのことなのである。

「馬場は全然だめです。音楽を知らない音楽家があるでしょうか。僕はあいつが音楽について論じているのをついぞ聞いたことがない。ヴァイオリンを手にしたのを見たことがない。作曲する？おたまじゃくしさえ読めるかどうか。馬場の家では、あいつに泣かされているのですよ。いったい音楽学校にはいっているのかどうか、それさえはっきりしていないのです。むかしはねえ、あれで小説家になろうと思って勉強したこともあるんですよ。それがあんまり本を読みすぎた結果、なんにも書けなくなったのだそうです。ばかばかしい。このごろはまた、自意識過剰とかいう言葉のひとつ覚えで、恥かしげもなくほうぼうへそれを言いふらして歩いているようです。僕はむずかしい言葉じゃ言えないけれども、自意識過剰というのは、たとえば、道の両側に何百人かの女学生が長い列をつくってならんでいて、そこへ自分が偶然にさしかかり、そのあいだをひとりで、のこのこ通って行くときの一挙手一投足、ことごとくぎこちなく視線のやりば首の位置すべてに困じ果てきりきり舞いをはじめるような、そんな工合いの気持ちのことだと思うのですが、もしそれだったら、自意識過剰というものは、実にもう、七転八倒の苦しみであって、馬場みたいにあんな出鱈目な饒《じょう》舌《ぜつ》を弄《ろう》することは勿論できない筈だし、――だいいち雑誌を出すなんて浮いた気持ちになれるのがおかしいじゃないですか！　海賊。なにが海賊だ。好い気なもんだ。あなた、あんまり馬場を信じ過ぎると、あとでたいへんなことになりますよ。それは僕がはっきり予言して置いていい。僕の予言は当りますよ」

「でも」

「でも?」

「僕は馬場さんを信じています」

「はあ、そうですか」私の精一ぱいの言葉を、なんの表情もなく聞き流して、「今度の雑誌のことだって、僕は徹頭徹尾、信じていません。僕に五十円出せと言うのですけれども、ばからしい。ただわやわや騒いでいたいのですよ。一点の誠実もありません。あなたはまだごぞんじないかも知れないが明後日、馬場と僕と、それから馬場が音楽学校の或る先輩に紹介されて識《し》った太宰治とかいうわかい作家と、三人であなたの下宿をたずねることになっているのですよ。そこで雑誌の最後的プランをきめてしまうのだとか言っていましたが、――どうでしょう。僕たちはその場合、できるだけつまらなそうな顔をしてやろうじゃありませんか。そうして相談に水をさしてやろうじゃありませんか。どんな素晴らしい雑誌を出してみたところで、世の中は僕たちにうまく恰好をつけては呉れません。どこまでやっていっても中途半端でほうり出されます。僕はビアズレイでなくても一向かまわんですよ。懸命に画をかいて、高い価で売って、遊ぶ。それで結構なんです」

言い終えたところは山猫の檻のまえであった。山猫は青い眼を光らせ、脊《せ》を丸くして私たちをじっと見つめていた。佐竹はしずかに腕を伸ばして吸いかけの煙草の火を山猫の鼻にぴたっとおしつけた。そうして佐竹の姿は巖《いわお》のように自然であった。

三　登竜門

ここを過ぎて、一つ二銭の栄螺《さざえ》かな。


「なんだか、——とんでもない雑誌だそうですね」

「いいえ。ふつうのパンフレットです」

「すぐそんなことを言うからな。君のことは実にしばしば話に聞いて、よく知っています。ジッドとヴァレリイとをやりこめる雑誌なんだそうですね」

「あなたは、笑いに来たのですか」

　私がちょっと階下へ行っているまに、もう馬場と太宰が言い合いをはじめた様子で、お茶道具をしたから持って来て部屋へはいったら、馬場は部屋の隅の机に頬杖ついて居汚く坐り、また太宰という男は馬場と対角線をなして向きあったもう一方の隅の壁に背をもたせ細長い両の毛臑《けずね》を前へ投げだして坐り、ふたりながら眠たそうに半分閉じた眼と大儀そうなのろのろした口調でもって、けれども腹綿は恚忿《いふん》と殺意のために煮えくりかえっているらしく眼がしらや言葉のはしはしが児蛇の舌のようにちろちろ燃えあがっているのが私にさえたやすくそれと察知できるくらいに、なかなか険しくわたり合っていたのである。佐竹は太宰のすぐ傍にながながと寝そべり、いかにも、つまらなそうに眼玉をきょろきょろうごかしながら煙草をふかしていた。はじめからいけなかった。その朝、私がまだ寝ているうちに馬場が私の下宿の部屋を襲った。きょうは学生服をきちんと着て、そのうえに、ぶくぶくした黄色いレンコオトを羽織っていた。雨にびっしょり濡れたそのレンコオトを脱ぎもせずに部屋をぐるぐるいそがしげに廻って歩いた。歩きながら、ひとりごとのようにして呟くのである。

「君、君。起きたまえ。僕はひどい神経衰弱らしいぞ。こんなに雨が降っては、僕はきっと狂ってしまう。海賊の空想だけでも痩せてしまう。君、起きたまえ。ついせんだって僕は太宰治という男に逢ったよ。僕の学校の先輩から小説の素晴らしく巧い男だといって紹介されたのだが、――何も宿命だ。仲間にいれてやることにした。君、太宰ってのは、おそろしくいやな奴だぞ。そうだ。まさしく、いや、な奴だ。嫌悪の情だ。僕はあんなふうの男とは肉体的に相容れないものがあるようだ。頭は丸坊主。しかも君、意味深げな丸坊主だ。悪い趣味だよ。そうだ、そうだ。あいつはからだのぐるりを趣味でかざっているのだ。小説家ってのは、皆あんな工合いのものかねえ。思索や学究や情熱なぞをどこに置き忘れて来たのか。まるっきりの、根っからの戯作者《げさくしゃ》だ。蒼黒くてらてらした大きい油顔で、鼻が、――君レニエの小説で僕はあんな鼻を読んだことがあるぞ。危険きわまる鼻。危機一髪、団子鼻に堕そうとするのを鼻のわきの深い皺がそれを助けた。まったくねえ。レニエはうまいことを言う。眉毛は太く短くまっ黒で、おどおどした両の小さい眼を被いかくすほどもじゃもじゃ繁茂していやがる。額はあくまでもせまく皺が横に二筋はっきりきざまれていて、もう、なっちゃいない。首がふとく、襟脚はいやに鈍重な感じで、顎の下に赤い吹出物の跡を三つも僕は見つけた。僕の目算では、身丈は五尺七寸、体重は十五貫、足袋は十一文、年齢は断じて三十まえだ。おう、だいじなことを言い忘れた。ひどい猫脊で、とんとせむし、――君、ちょっと眼をつぶってそんなふうの男を想像してごらん。ところが、これは嘘なんだ。まるっきり嘘なんだ。おおやま師。装っているのだ。それにちがいないんだ。なにからなにまで見せかけなのだ。僕の睨んだ眼に狂いはない。ところどころに生え伸びたまだらな無精鬚。いや、あいつに無精なんてあり得ない。どんな場合でもあり得ない。わざとつとめて生やした鬚だ。ああ、僕はいったい誰のことを言っているのだ！　ごらん下さい、私はいまこうしています、ああしていますと、いちいち説明をつけなければ指一本うごかせず咳ばらい一つできない。いやなこった！　あいつの素顔は、眼も口も眉毛もないのっぺらぼうさ。眉毛を描いて眼鼻をくっつけ、そうして知らんふりをしていやがる。しかも君、それをあいつは芸にしている。ちぇっ！　僕はあいつを最初瞥見《べっけん》したとき、こんにゃくの舌で顔をぺろっと舐められたような気がしたよ。思えば、たいへんな仲間ばかり集って来たものさ。佐竹、太宰、佐野次郎、馬場、ははん、この四人が、ただ黙って立ち並んだだけでも歴史的だ。そうだ！　僕はやるぞ。なにも宿命だ。いやな仲間もまた一興じゃないか。僕はいのちをことし一年限りとしてLe Pirateに僕の全部の運命を賭ける。乞食になるか、バイロンになるか。神われに五ペンスを与う。佐竹の陰謀なんて糞くらえだ！」ふいと声を落して、「君、起きろよ。雨戸をあけてやろう。もうすぐみんなここへ来るよ。きょうこの部屋で海賊の打ち合せをしようと思ってね」

私は馬場の興奮に釣られてうろうろしはじめ、蒲団を蹴って起きあがり、馬場とふたりで腐りかけた雨戸をがたぴしこじあけた。本郷のまちの屋根屋根は雨でけむっていた。

ひるごろ、佐竹が来た。レンコオトも帽子もなく、天鵞絨《ビロード》のズボンに水色の毛糸のジャケツを着けたきりで、顔は雨に濡れて、月のように青く光った不思議な頬の色であった。夜光虫は私たちに一言の挨拶もせず、溶けて崩れるようにへたへたと部屋の隅に寝そべった。

「かんにんして呉れよ。僕は疲れているんだ」

すぐつづいて太宰が障子をあけてのっそりあらわれた。ひとめ見て、私はあわてふためいて眼をそらした。これはいけないと思った。彼の風貌は、馬場の形容を基にして私が描いて置いた好悪ふたつの影像のうち、わるいほうの影像と一分一厘の間隙もなくぴったり重なり合った。そうして尚さらいけないことには、そのときの太宰の服装がそっくり、馬場のかねがね最もいみきらっているたちのものだったではないか。派手な大島絣の袷《あわせ》に総絞りの兵古帯《へこおび》、荒い格子縞《こうしじま》のハンチング、浅黄の羽二重《はぶたえ》の長襦袢《ながじゅばん》の裾《すそ》がちらちらこぼれて見えて、その裾をちょっとつまみあげて坐ったものであるが、窓のそとの景色を、形だけ眺めたふりをして、

「ちまたに雨が降る」と女のような細い甲高い声で言って、私たちのほうを振りむき赤濁りに濁った眼を糸のように細くし顔じゅうをくしゃくしゃにして笑ってみせた。私は部屋から飛び出してお茶を取りに階下へ降りた。お茶道具と鉄瓶とを持って部屋へかえって来たら、もうすでに馬場と太宰が争っていたのである。

太宰は坊主頭のうしろへ両手を組んで、「言葉はどうでもよいのです。いったいやる気なのかね?」

「何をです」

「雑誌をさ。やるなら一緒にやってもいい」

「あなたは一体、何しにここへ来たのだろう」

「さあ、——風に吹かれて」

「言って置くけれども、御託宣と、警句と、冗談と、それから、そのにやにや笑いだけはよしにしましょう」

「それじゃ、君に聞くが、君はなんだって僕を呼んだのだ」

「おめえはいつでも呼べば必ず来るのかね？」

「まあ、そうだ。そうしなければいけないと自分に言い聞かせてあるのです」

「人間のなりわいの義務。それが第一。そうですね？」

「ご勝手に」

「おや、あなたは妙な言葉を体得していますね。ふてくされ。ああ、ごめんだ。あなたと仲間になるなんて！　とこう言い切るとあなたのほうじゃ、すぐもうこっちをポンチにしているのだからな。かなわんよ」

「それは、君だって僕だってはじめからポンチなのだ。ポンチにするのでもなければ、ポンチになるのでもない」

「私は在る。おおきいふぐりをぶらさげて、さあ、この一物をどうして呉れる。そんな感じだ。困りましたね」

「言いすぎかも知れないけれど、君の言葉はひどくしどろもどろの感じです。どうかしたのですか？　——なんだか、君たちは芸術家の伝記だけを知っていて、芸術家の仕事をまるっきり知っていないような気がします」

「それは非難ですか？　それともあなたの研究発表ですか？　答案だろうか。僕に採点しろというのですか？」

「——中傷さ」

「それじゃ言うが、そのしどろもどろは僕の特質だ。たぐい稀《まれ》な特質だ」

「しどろもどろの看板」

「懐疑説の破綻と来るね。ああ、よして呉れ。僕は掛合い万歳は好きでない」

「君は自分の手塩にかけた作品を市場にさらしたあとの突き刺されるような悲しみを知らないようだ。お稲荷さまを拝んでしまったあとの空虚を知らない。君たちは、たったいま、一の鳥居をくぐっただけだ」

「ちぇっ！　また御託宣か。――僕はあなたの小説を読んだことはないが、リリシズムと、ウイットと、ユウモアと、エピグラムと、ポオズと、そんなものを除き去ったら、跡になんにも残らぬような駄洒落小説をお書きになっているような気がするのです。僕はあなたに精神を感ぜずに世間を感ずる。芸術家の気品を感ぜずに、人間の胃腑を感ずる」

「わかっています。けれども、僕は生きて行かなくちゃいけないのです。たのみます、といって頭をさげる、それが芸術家の作品のような気さえしているのだ。僕はいま世渡りということについて考えている。僕は趣味で小説を書いているのではない。結構な身分でいて、道楽で書くくらいなら、僕ははじめから何も書きはせん。とりかかれば、一通りはうまくできるのが判っている。けれども、とりかかるまえに、これは何故に今さららしくとりかかる値打ちがあるのか、それを四方八方から眺めて、まあ、まあ、ことごとしくとりかかるにも及ぶまいということに落ちついて、結局、何もしない」

「それほどの心情をお持ちになりながら、なんだって、僕たちと一緒に雑誌をやろうなどと言うのだろう」

「こんどは僕を研究する気ですか？　僕は怒りたくなったからです。なんでもいい、叫びが欲しくなったのだ」

「あ、それは判る。つまり楯を持って恰好をつけたいのですね。けれども、――いや、そむいてみることさえできない」

「君を好きだ。僕なんかも、まだ自分の楯を持っていない。みんな他人の借り物だ。どんなにぼろぼろでも自分専用の楯があったら」

「あります」私は思わず口をはさんだ。「イミテエション！」

「そうだ。佐野次郎にしちゃ大出来だ。一世一代だぞ、これあ。太宰さん。附け髯模様の銀鍍金《めっき》の楯があなたによく似合うそうですよ。いや、太宰さんは、もう平気でその楯を持って構えていなさる。僕たちだけがまるはだかだ」

「へんなことを言うようですけれども、君はまるはだかの野苺《のいちご》と着飾った市場の苺とどちらに誇りを感じます。登竜門というものは、ひとを市場へ一直線に送りこむ外面如菩薩《げめんにょぼさつ》の地獄の門だ。けれども僕は着飾った苺の悲しみを知っている。そうしてこのごろ、それを尊く思いはじめた。僕は逃げない。連れて行くところまでは行ってみる」口を曲げて苦しそうに笑った。「そのうちに君、眼がさめて見ると、――」

「おっとそれあ言うな」馬場は右手を鼻の先で力なく振って、太宰の言葉をさえぎった。「眼がさめたら、僕たちは生きて居れない。おい、佐野次郎。よそうよ。面白くねえや。君にはわるいけれども、僕は、やめる。僕はひとの食いものになりたくないのだ。太宰に食わせる油揚げはよそを捜して見つけたらいい。太宰さん。海賊クラブは一日きりで解散だ。そのかわり、――」立ちあがって、つかつか太宰のほうへ歩み寄り、「ばけもの！」

太宰は右の頬を殴られた。平手で音高く殴られた。太宰は瞬間まったくの小児のような泣きべそを掻いたが、すぐ、どす黒い唇を引きしめて、傲然《ごうぜん》と頭をもたげた。私はふっと、太宰の顔を好きに思った。佐竹は眼をかるくつぶって眠ったふりをしていた。

雨は晩になってもやまなかった。私は馬場とふたり、本郷の薄暗いおでんやで酒を呑んだ。はじめは、ふたりながら死んだように黙って呑んでいたのであるが、二時間くらいたってから、馬場はそろそろしゃべりはじめた。

「佐竹が太宰を抱き込んだにちがいないのさ。下宿のまえまでふたり一緒に来たのだ。それくらいのことは、やる男だ。君、僕は知っているよ。佐竹は君に何かこっそり相談したことがありはしないか」

「あります」私は馬場に酌をした。なんとかしていたわりたかった。

「佐竹は僕から君をとろうとしたのだ。別に理由はない。あいつは、へんな復讐心を持っている。僕よりえらい。いや、僕にはよく判らない。――いや、ひょっとしたら、なんでもない俗な男なのかも知れん。そうだ、あんなのが世間から人並の男と言われるのだろう。だが、もういい。雑誌をよしてさばさばしたよ。今夜は僕、枕を高くしてのうのうと寝るぞ！　それに、君、僕はちかく勘当されるかも知れないのだよ。一朝めざむれば、わが身はよるべなき乞食であった。雑誌なんて、はじめから、やる気はなかったのさ。君を好きだから、君を離したくなかったから、海賊なんぞ持ちだしたまでのことだ。君が海賊の空想に胸をふくらめて、様様のプランを言いだすときの潤んだ眼だけが、僕の生き甲斐だった。この眼を見るために僕はきょうまで生きて来たのだと思った。僕は、ほんとうの愛情というものを君に教わって、はじめて知ったような気がしている。君は透明だ、純粋だ。おまけに、――美少年だ！　僕は君の瞳のなかにフレキシビリティの極致を見たような気がする。そうだ。知性の井戸の底を覗いたのは、僕でもない太宰でもない佐竹でもない、君だ！　意外にも君であった。――ちぇっ！　僕はなぜこうべらべらしゃべってしまうのだろう。軽薄。狂躁。ほんとうの愛情というものは死ぬまで黙っているものだ。菊のやつが僕にそう教えたことがある。君、ビッグ・ニュウス。どうしようもない。菊が君に惚れているぞ。佐野次郎さんには、死んでも言うものか。死ぬほど好きなひとだもの。そんな逆説めいたことを口走って、サイダアを一瓶、頭から僕にぶっかけて、きゃっきゃっと気ちがいみたいに笑った。ところで君は、誰をいちばん好きなんだ。太宰を好きか？　え。佐竹か？　まさかねえ。そうだろう？　僕、――」

「僕は」私はぶちまけてしまおうと思った。「誰もみんなきらいです。菊ちゃんだけを好きなんだ。川のむこうにいた女よりさきに菊ちゃんを見て知っていたような気もするのです」

「まあ、いい」馬場はそう呟いて微笑んでみせたが、いきなり左手で顔をひたと覆って、嗚咽《おえつ》をはじめた。芝居の台詞《せりふ》みたいな一種リズミカルな口調でもって、「君、僕は泣いているのじゃないよ。うそ泣きだ。そら涙だ。ちくしょう！　みんなそう言って笑うがいい。僕は生れたときから死ぬるきわまで狂言をつづけ了せる。僕は幽霊だ。ああ、僕を忘れないで呉れ！　僕には才分があるのだ。荒城の月を作曲したのは、誰だ。滝廉太郎を僕じゃないという奴がある。それほどまでにひとを疑わなくちゃ、いけないのか。嘘なら嘘でいい。――いや、うそじゃない。正しいことは正しく言い張らなければいけない。絶対に嘘じゃない」

私はひとりでふらふら外へ出た。雨が降っていた。ちまたに雨が降る。ああ、これは先刻、太宰が呟いた言葉じゃないか。そうだ、私は疲れているんだ。かんにんしてお呉れ。あ！　佐竹の口真似をした。ちぇっ！　ああ、舌打ちの音まで馬場に似て来たようだ。そのうちに、私は荒涼たる疑念にとらわれはじめたのである。私はいったい誰だろう、と考えて、慄然《りつぜん》とした。私は私の影を盗まれた。何が、フレキシビリティの極致だ！　私は、まっすぐに走りだした。歯医者。小鳥屋。甘栗屋。ベエカリイ。花屋。街路樹。古本屋。洋館。走りながら私は自分が何やらぶつぶつ低く呟いているのに気づいた。——走れ、電車。走れ、佐野次郎。走れ、電車。走れ、佐野次郎。出鱈目な調子をつけて繰り返し繰り返し歌っていたのだ。あ、これが私の創作だ。私の創った唯一の詩だ。なんというだらしなさ！　頭がわるいから駄目なんだ。だらしがないから駄目なんだ。ライト。爆音。星。葉。信号。風。あっ！

四

「佐竹。ゆうべ佐野次郎が電車にはね飛ばされて死んだのを知っているか」

「知っている。けさ、ラジオのニュウスで聞いた」

「あいつ、うまく災難にかかりやがった。僕なんか、首でも吊らなければおさまりがつきそうもないのに」

「そうして、君がいちばん長生きをするだろう。いや、僕の予言はあたるよ。君、——」

「なんだい」

「ここに二百円だけある。ペリカンの画が売れたのだ。佐野次郎氏と遊びたくてせっせとこれだけこしらえたのだが」

「僕におくれ」

「いいとも」

「菊ちゃん。佐野次郎は死んだよ。ああ、いなくなったのだ。どこを捜してもいないよ。泣くな」

「はい」

「百円あげよう。これで綺麗な着物と帯とを買えば、きっと佐野次郎のことを忘れる。水は器にしたがうものだ。おい、おい、佐竹。今晩だけ、ふたりで仲よく遊ぼう。僕がいいところへ案内してやる。日本でいちばん好《い》いところだ。——こうしてお互いに生きているというのは、なんだか、なつかしいことでもあるな」

「人は誰でもみんな死ぬさ」

堕落論

生きよ、堕ちよ

坂口安吾

半年のうちに世相は変った。醜《しこ》の御楯《みたて》といでたつ我は。大君《おおきみ》のへにこそ死なめかえりみはせじ。若者達は花と散ったが、同じ彼等が生き残って闇屋となる。ももとせの命ねがわじいつの日か御楯とゆかん君とちぎりて。けなげな心情で男を送った女達も半年の月日のうちに夫君の位牌《いはい》にぬかずくことも事務的になるばかりであろうし、やがて新たな面影を胸に宿すのも遠い日のことではない。人間が変ったのではない。人間は元来そういうものであり、変ったのは世相の上皮《うわがわ》だけのことだ。

昔、四十七士の助命を排して処刑を断行した理由の一つは、彼等が生きながらえて生き恥をさらし折角の名を汚《けが》す者が現れてはいけないという老婆心であったそうな。現代の法律にこんな人情は存在しない。けれども人の心情には多分にこの傾向が残っており、美しいものを美しいままで終らせたいということは一般的な心情の一つのようだ。十数年前だかに童貞処女のまま愛の一生を終らせようと大磯のどこかで心中した学生と娘があったが世人の同情は大きかったし、私自身も、数年前に私と極めて親しかった姪の一人が二十一の年に自殺したとき、美しいうちに死んでくれて良かったような気がした。一見清楚な娘であったが、壊れそうな危なさがあり真逆様《まっさかさま》に地獄へ堕ちる不安を感じさせるところがあって、その一生を正視するに堪えないような気がしていたからであった。

この戦争中、文士は未亡人の恋愛を書くことを禁じられていた。戦争未亡人を挑発堕落させてはいけないという軍人政治家の魂胆で彼女達に使徒の余生を送らせようと欲していたのであろう。軍人達の悪徳に対する理解力は敏感であって、彼等は女心の変り易さを知らなかったわけではなく、知りすぎていたので、こういう禁止項目を案出に及んだまでであった。

いったいが日本の武人は古来婦女子の心情を知らないと言われているが、之《これ》は皮相の見解で、彼等の案出した武士道という武骨千万な法則は人間の弱点に対する防壁がその最大の意味であった。

武士は仇討《あだうち》のために草の根を分け乞食となっても足跡を追いまくらねばならないというのであるが、真に復讐の情熱をもって仇敵《きゅうてき》の足跡を追いつめた忠臣孝子があったであろうか。彼等の知っていたのは仇討の法則と法則に規定された名誉だけで、元来日本人は最も憎悪心の少い又永続しない国民であり、昨日の敵は今日の友という楽天性が実際の偽らぬ心情であろう。昨日の敵と妥協否肝《いなかん》胆相照《たんあいてら》すのは日常茶飯事であり、仇敵なるが故に一そう肝胆相照らし、忽《たちま》ち二君に仕えたがるし、昨日の敵にも仕えたがる。生きて捕虜の恥を受けるべからず、というが、こういう規定がないと日本人を戦闘にかりたてるのは不可能なので、我々は規約に従順であるが、我々の偽らぬ心情は規約と逆なものである。日本戦史は武士道の戦史よりも権謀術数の戦史であり、歴史の証明にまつよりも自我の本心を見つめることによって歴史のカラクリを知り得るであろう。今日の軍人政治家が未亡人の恋愛に就《つ》いて執筆を禁じた如《ごと》く、古の武人は武士道によって自らの又部下達の弱点を抑える必要があった。

小林秀雄は政治家のタイプを、独創をもたずただ管理し支配する人種と称しているが、必ずしもそうではないようだ。政治家の大多数は常にそうであるけれども、少数の天才は管理や支配の方法に独創をもち、それが凡庸な政治家の規範となって個々の時代、個々の政治を貫く一つの歴史の形で巨大な生き者の意志を示している。政治の場合に於《おい》て、歴史は個をつなぎ合せたものでなく、個を没入せしめた別個の巨大な生物となって誕生し、歴史の姿に於て政治も亦《また》巨大な独創を行っているのである。この戦争をやった者は誰であるか、東条であり軍部であるか。そうでもあるが、然《しか》し又、日本を貫く巨大な生物、歴史のぬきさしならぬ意志であったに相違ない。日本人は歴史の前ではただ運命に従順な子供であったにすぎない。政治家によし独創はなくとも、政治は歴史の姿に於て独創をもち、意慾をもち、やむべからざる歩調をもって大海の波の如くに歩いて行く。何人《なんぴと》が武士道を案出したか。之《これ》も亦《また》歴史の独創、又は嗅覚であったであろう。歴史は常に人間を嗅ぎだしている。そして武士道は人性や本能に対する禁止条項である為に非人間的反人性的なものであるが、その人性や本能に対する洞察の結果である点に於ては全く人間的なものである。

私は天皇制に就《つい》ても、極めて日本的な（従って或いは独創的な）政治的作品を見るのである。天皇制は天皇によって生みだされたものではない。天皇は時に自ら陰謀を起したこともあるけれども、概して何もしておらず、その陰謀は常に成功のためしがなく、島流しとなったり、山奥へ逃げたり、そして結局常に政治的理由によってその存立を認められてきた。社会的に忘れられた時にすら政治的に担ぎだされてくるのであって、その存立の政治的理由はいわば政治家達の嗅覚によるもので、彼等は日本人の性癖を洞察し、その性癖の中に天皇制を発見していた。それは天皇家に限るものではない。代り得るものならば、孔子家でも釈迦《しゃか》家でもレーニン家でも構わなかった。ただ代り得なかっただけである。

すくなくとも日本の政治家達（貴族や武士）は自己の永遠の隆盛（それは永遠ではなかったが、彼等は永遠を夢みたであろう）を約束する手段として絶対君主の必要を嗅ぎつけていた。平安時代の藤原氏は天皇の擁立《ようりつ》を自分勝手にやりながら、自分が天皇の下位であるのを疑りもしなかったし、迷惑にも思っていなかった。天皇の存在によって御家《おいえ》騒動の処理をやり、弟は兄をやりこめ、兄は父をやっつける。彼等は本能的な実質主義者であり、自分の一生が愉しければ良かったし、そのくせ朝儀《ちょうぎ》を盛大にして天皇を拝賀する奇妙な形式が大好きで、満足していた。天皇を拝むことが、自分自身の威厳を示し、又、自ら威厳を感じる手段でもあったのである。

我々にとっては実際馬鹿げたことだ。我々は靖国神社の下を電車が曲るたびに頭を下げさせられる馬鹿らしさには閉口したが、或種《あるしゅ》の人々にとっては、そうすることによってしか自分を感じることが出来ないので、我々は靖国神社に就《つい》てはその馬鹿らしさを笑うけれども、外の事柄に就て、同じような馬鹿げたことを自分自身でやっている。そして自分の馬鹿らしさには気づかないだけのことだ。宮本武蔵は一乗寺下り松《いちじょうじさがりまつ》の果し場へ急ぐ途中、八幡様《はちまんさま》の前を通りかかって思わず拝みかけて思いとどまったというが、吾神仏《われしんぶつ》をたのまずという彼の教訓は、この自らの性癖に発し、又向けられた悔恨深い言葉であり、我々は自発的にはずいぶん馬鹿げたものを拝み、ただそれを意識しないというだけのことだ。道学《どうがく》先生は教壇で先ず《ま》書物をおしいただくが、彼はそのことに自分の威厳と自分自身の存在すらも感じているのであろう。そして我々も何かにつけて似たことをやっている。

日本人の如く権謀術数を事とする国民には権謀術数のためにも大義名分のためにも天皇が必要で、個々の政治家は必ずしもその必要を感じていなくとも、歴史的な嗅覚に於て彼等はその必要を感じるよりも自らの居る現実を疑ることがなかったのだ。秀吉は聚楽《じゅらく》に行幸《みゆき》を仰いで自ら盛儀に泣いていたが、自分の威厳をそれによって感じると同時に、宇宙の神をそこに見ていた。これは秀吉の場合であって、他の政治家の場合ではないが、権謀術数がたとえば悪魔の手段にしても、悪魔が幼児の如くに神を拝むことも必ずしも不思議ではない。どのような矛盾も有り得るのである。

要するに天皇制というものも武士道と同種のもので、女心は変り易いから「節婦《せっぷ》は二夫《じふ》に見《まみ》えず」という、禁止自体は非人間的、反人性的であるけれども、洞察の真理に於て人間的であることと同様に、天皇制自体は真理ではなく、又自然でもないが、そこに至る歴史的な発見や洞察に於て軽々しく否定しがたい深刻な意味を含んでおり、ただ表面的な真理や自然法則だけでは割り切れない。

まったく美しいものを美しいままで終らせたいなどと希《ねが》うことは小さな人情で、私の姪の場合にしたところで、自殺などせず生きぬきそして地獄に堕ちて暗黒の曠野《こうや》をさまようことを希うべきであるかも知れぬ。現に私自身が自分に課した文学の道とはかかる曠野の流浪であるが、それにも拘《かかわ》らず美しいものを美しいままで終らせたいという小さな希いを消し去るわけにも行かぬ。未完の美は美ではない。その当然堕ちるべき地獄での遍歴に淪落《りんらく》自体が美でありうる時に初めて美とよびうるのかも知れないが、二十《はたち》の処女をわざわざ六十の老醜の姿の上で常に見つめなければならぬのか。これは私には分らない。私は二十の美女を好む。

死んでしまえば身も蓋《ふた》もないというが、果してどういうものであろうか。敗戦して、結局気の毒なのは戦歿《せんぼつ》した英霊《えいれい》達だ、という考え方も私は素直に肯定することができない。けれども、六十すぎた将軍達が尚《なお》生に恋々として法廷にひかれることを思うと、何が人生の魅力であるか、私には皆目分らず、然《しか》し恐らく私自身も、もしも私が六十の将軍であったなら矢張り生に恋々として法廷にひかれるであろうと想像せざるを得ないので、私は生という奇怪な力にただ茫然たるばかりである。

私は二十の美女を好むが、老将軍も亦二十の美女を好んでいるのか。そして戦歿の英霊が気の毒なのも二十の美女を好む意味に於てであるか。そのように姿の明確なものなら、私は安心することもできるし、そこから一途に二十の美女を追っかける信念すらも持ちうるのだが、生きることは、もっとわけの分らぬものだ。

私は血を見ることが非常に嫌いで、いつか私の眼前で自動車が衝突したとき、私はクルリと振向いて逃げだしていた。けれども、私は偉大な破壊が好きであった。私は爆弾や焼夷弾に戦《おのの》きながら、狂暴な破壊に劇《はげ》しく亢奮《こうふん》していたが、それにも拘らず、このときほど人間を愛しなつかしんでいた時はないような思いがする。

私は疎開《そかい》をすすめ又すすんで田舎の住宅を提供しようと申出てくれた数人の親切をしりぞけて東京にふみとどまっていた。大井広介《ひろすけ》の焼跡の防空壕を、最後の拠点にするつもりで、そして九州へ疎開する大井広介と別れたときは東京からあらゆる友達を失った時でもあったが、やがて米軍が上陸し四辺に重砲弾の炸裂するさなかにその防空壕に息をひそめている私自身を想像して、私はその運命を甘受し待ち構える気持になっていたのである。私は死ぬかも知れぬと思っていたが、より多く生きることを確信していたに相違ない。然し廃墟に生き残り、何か抱負を持っていたかと云えば、私はただ生き残ること以外の何の目算もなかったのだ。予想し得ぬ新世界への不思議な再生。その好奇心は私の一生の最も新鮮なものであり、その奇怪な鮮度に対する代償としても東京にとどまることを賭ける必要があるという奇妙な呪文に憑《つ》かれていたというだけであった。そのくせ私は臆病で、昭和二十年の四月四日という日、私は始めて四周に二時間にわたる爆撃を経験したのだが、頭上の照明弾で昼のように明るくなった、そのとき丁度上京していた次兄が防空壕の中から焼夷弾《しょういだん》かと訊いた、いや照明弾が落ちてくるのだと答えようとした私は一応腹に力を入れた上でないと声が全然でないという状態を知った。又、当時日本映画社の嘱託《しょくたく》だった私は銀座が爆撃された直後、編隊の来襲を銀座の日映の屋上で迎えたが、五階の建物の上に塔があり、この上に三台のカメラが据えてある。空襲警報になると路上、窓、屋上、銀座からあらゆる人の姿が消え、屋上の高射砲陣地すらも掩壕《えんごう》に隠れて人影はなく、ただ天地に露出する人の姿は日映屋上の十名程の一団のみであった。先《ま》ず石川島に焼夷弾の雨がふり、次の編隊が真上へくる。私は足の力が抜け去ることを意識した。煙草をくわえてカメラを編隊に向けている憎々しいほど落着いたカメラマンの姿に驚嘆したのであった。

けれども私は偉大な破壊を愛していた。運命に従順な人間の姿は奇妙に美しいものである。麹町《こうじまち》のあらゆる大邸宅が嘘のように消え失せて余燼《よじん》をたてており、上品な父と娘がたった一つの赤皮のトランクをはさんで濠端《ほりばた》の緑草の上に坐っている。片側に余燼《よじん》をあげる茫々たる廃墟がなければ、平和なピクニックと全く変るところがない。ここも消え失せて茫々《ぼうぼう》ただ余燼をたてている道玄坂では、坂の中途にどうやら爆撃のものではなく自動車にひき殺されたと思われる死体が倒れており、一枚のトタンがかぶせてある。かたわらに銃剣の兵隊が立っていた。行く者、帰る者、罹災者達の蜿蜒《えんえん》たる流れがまことにただ無心の流れの如くに死体をすりぬけて行き交い、路上の鮮血にも気づく者すら居らず、たまさか気づく者があっても、捨てられた紙屑を見るほどの関心しか示さない。米人達は終戦直後の日本人は虚脱し放心していると言ったが、爆撃直後の罹災者達の行進は虚脱や放心と種類の違った驚くべき充満と重量をもつ無心であり、素直な運命の子供であった。笑っているのは常に十五六、十六七の娘達であった。彼女等の笑顔は爽やかだった。焼跡をほじくりかえして焼けたバケツへ掘りだした瀬戸物を入れていたり、わずかばかりの荷物の張番《はりばん》をして路上に日向ぼっこをしていたり、この年頃の娘達は未来の夢でいっぱいで現実などは苦にならないのであろうか、それとも高い虚栄心のためであろうか。私は焼野原に娘達の笑顔を探すのがたのしみであった。

あの偉大な破壊の下では、運命はあったが、堕落はなかった。無心であったが、充満していた。猛火をくぐって逃げのびてきた人達は、燃えかけている家のそばに群がって寒さの煖《だん》をとっており、同じ火に必死に消火につとめている人々から一尺離れているだけで全然別の世界にいるのであった。偉大な破壊、その驚くべき愛情。偉大な運命、その驚くべき愛情。それに比べれば、敗戦の表情はただの堕落にすぎない。

だが、堕落ということの驚くべき平凡さや平凡な当然さに比べると、あのすさまじい偉大な破壊の愛情や運命に従順な人間達の美しさも、泡沫《ほうまつ》のような虚しい幻影にすぎないという気持がする。

徳川幕府の思想は四十七士を殺すことによって永遠の義士たらしめようとしたのだが、四十七名の堕落のみは防ぎ得たにしたところで、人間自体が常に義士から凡俗へ又地獄へ転落しつづけていることを防ぎうるよしもない。節婦は二夫に見えず、忠臣は二君《にくん》に仕《つか》えず、と規約を制定してみても人間の転落は防ぎ得ず、よしんば処女を刺し殺してその純潔を保《たも》たしめることに成功しても、堕落の平凡な跫音《あしおと》、ただ打ちよせる波のようなその当然な跫音に気づくとき、人為《じんい》の卑小さ、人為によって保ち得た処女の純潔の卑小さなどは泡沫の如き虚しい幻像にすぎないことを見出さずにいられない。

特攻隊の勇士はただ幻影であるにすぎず、人間の歴史は闇屋となるところから始まるのではないのか。未亡人が使徒たることも幻影にすぎず、新たな面影を宿すところから人間の歴史が始まるのではないのか。そして或《あるい》は天皇もただ幻影であるにすぎず、ただの人間になるところから真実の天皇の歴史が始まるのかも知れない。

歴史という生き物の巨大さと同様に人間自体も驚くほど巨大だ。生きるという事は実に唯一の不思議である。六十七十の将軍達が切腹もせず轡《くつわ》を並べて法廷にひかれるなどとは終戦によって発見された壮観な人間図であり、日本は負け、そして武士道は亡びたが、堕落という真実の母胎によって始めて人間が誕生したのだ。生きよ堕《お》ちよ、その正当な手順の外に、真に人間を救い得る便利な近道が有りうるだろうか。私はハラキリを好まない。昔、松永弾正《だんじょう》という老獪《ろうかい》陰鬱な陰謀家は信長に追いつめられて仕方なく城を枕に討死《うちじに》したが、死ぬ直前に毎日の習慣通り延命の灸《きゅう》をすえ、それから鉄砲を顔に押し当て顔を打ち砕いて死んだ。そのときは七十をすぎていたが、人前で平気で女と戯れる悪どい男であった。この男の死に方には同感するが、私はハラキリは好きではない。

私は戦《おのの》きながら、然し、惚れ惚れとその美しさに見とれていたのだ。私は考える必要がなかった。そこには美しいものがあるばかりで、人間がなかったからだ。実際、泥棒すらもいなかった。近頃の東京は暗いというが、戦争中は真の闇で、そのくせどんな深夜でもオイハギなどの心配はなく、暗闇の深夜を歩き、戸締《とじまり》なしで眠っていたのだ。戦争中の日本は嘘のような理想郷で、ただ虚しい美しさが咲きあふれていた。それは人間の真実の美しさではない。そしてもし我々が考えることを忘れるなら、これほど気楽なそして壮観な見世物はないだろう。たとえ爆弾の絶えざる恐怖があるにしても、考えることがない限り、人は常に気楽であり、ただ惚れ惚れと見とれておれば良かったのだ。私は一人の馬鹿であった。最も無邪気に戦争と遊び戯れていた。

終戦後、我々はあらゆる自由を許されたが、人はあらゆる自由を許されたとき、自らの不可解な限定とその不自由さに気づくであろう。人間は永遠に自由では有り得ない。なぜなら人間は生きており、又死なねばならず、そして人間は考えるからだ。政治上の改革は一日にして行われるが、人間の変化はそうは行かない。遠くギリシャに発見され確立の一歩を踏みだした人性《じんせい》が、今日、どれほどの変化を示しているであろうか。

人間。戦争がどんなすさまじい破壊と運命をもって向うにしても人間自体をどう為《な》しうるものでもない。戦争は終った。特攻隊の勇士はすでに闇屋となり、未亡人はすでに新たな面影によって胸をふくらませているではないか。人間は変りはしない。ただ人間へ戻ってきたのだ。人間は堕落する。義士も聖女も堕落する。それを防ぐことはできないし、防ぐことによって人を救うことはできない。人間は生き、人間は堕ちる。そのこと以外の中に人間を救う便利な近道はない。

戦争に負けたから堕ちるのではないのだ。人間だから堕ちるのであり、生きているから堕ちるだけだ。だが人間は永遠に堕ちぬくことはできないだろう。なぜなら人間の心は苦難に対して鋼鉄の如くでは有り得ない。人間は可憐であり脆弱《ぜいじゃく》であり、それ故《ゆえ》愚かなものであるが、堕ちぬくためには弱すぎる。人間は結局処女を刺殺せずにはいられず、武士道をあみださずにはいられず、天皇を担ぎださずにはいられなくなるであろう。だが他人の処女でなしに自分自身の処女を刺殺し、自分自身の武士道、自分自身の天皇をあみだすためには、人は正しく堕ちる道を堕ちきることが必要なのだ。そして人の如くに日本も亦堕ちることが必要であろう。堕ちる道を堕ちきることによって、自分自身を発見し、救わなければならない。政治による救いなどは上皮《うわがわ》だけの愚にもつかない物である。

座談会　歓楽極まりて哀情多し

太宰治・坂口安吾・織田作之助

編集部　偶然にも今度、織田さんが大阪から来られて、また太宰さんは疎開先から帰って来られましたので、本当にいい機会ですから、今日の座談会は型破りというところで、ご自由に充分お話していただきたいと思います。

小股のきれあがった女とは

坂口　自然に語るんだね。

太宰　座談会をやることはぼくたちの生命ではない。政治家とか評論家とか、これが座談会を喜んでやる、生命なんです。ぼくは安吾さんにも織田君にも会って、飲むというだけの気持で出て来たのだよ。……傑作意識はいかん。

坂口　四方《よも》山《やま》話をしよう。

太宰　もっと傾向がウンと違った、仕様のない馬鹿がここにもう一人いると、また話が弾むことがあるかも知れない。

坂口　ぼくが最初に発言することにしよう。この間、織田君がちょっと言ったんで聞いたんだけれど、小股のきれあがった女というのは何ものであるか、そのきれあがっているとは如何《いか》なることであるか、具体的なことが判らぬのだよ。それはいったい、小股のきれあがっているというのは抑《そもそ》も何んですか！

太宰　それは井伏（鱒二）さんの随筆にあったね。ある人に聞いたら、そいつはこれだ、アキレス腱だ。（脚を敲《たた》いて）アキレス腱だ。それがきれあがったんだね。

織田　だから走れないのだね。

坂口　ハイ・ヒールを穿いた……。

織田　ぼくは、背の低い女には小股というものはない、背の高い女は小股というものを有《も》っていると思うのだ。

坂口　しかし、小股というのはどこにあるのだ？

太宰　アキレス腱さ。

坂口　どうも文士が小股を知らんというのはちょっと恥しいな。われわれ三人が揃っておって……。

織田　小股がきれあがったというけれども、小股がきれあがったというのは名詞でないのだ。形容詞なんだ。

太宰　だけどね。まア普通に考えれば、小股というのは、つまりぐっと脚が長くて……。

坂口　やはり、この間織田がそう言ったのだよ。そうすると、脚が長いとイヤなものですかね、女というものは？　しかし、脚が長いだけでは……。

太宰　そういうものでもないのだよ。

坂口　和服との関係だね。脚が長ければ裾が割れてヒラヒラするね。歩き方と露出する部分との関係、そういうものではないかなア……。

織田　非常に中年的なものだ。だから中学生が小股のきれあがった女に恋したというのはあまりない。

坂口　だけど、まだ小股のきれあがった女というものは判らない、どんなものか？

織田　判らないけれども、知っているんじゃないか。ぼくは眉毛が濃いということも一つの条件だとするね。

太宰　何かエロチックなものを感じさせるのに、大根脚というものがあるでしょう、こっちの足首まで同じ太さのがあるね、ああいうのが案外小股のきれあがったのかも知れんよ……。

織田　しかし、それは小股のたれさがったというのだよ。あれが日本人の……。

坂口　脚が長いという感じが伴わないといかんね。

太宰　安井曾太郎やなんかの裸体は、お湯へ入って太く短くなって見えるようでしょう。画家が好んでああいうものを描くでしょう。

織田　洋画家は欣《よろこ》ぶね。

太宰　エロチシズムはやはり若いような気がするね。風呂へ入ってバアッと拡がった脚がボッサリしていて、それこそ内股の深く刳られている感じの女は、裸にするとインワイではなくて、却って清潔な感じがする。

坂口　しかし、日本の昔の女にたいする感覚というのは、非常に肉体的でインワイなものだね。だいたいにおいて、精神美というものは何もないね。

太宰　ウン、芸者だとか娼婦だとかのいろいろな春画なんか、まるでいかんね。

坂口　ウン、まるでイカンね（傍《かたわ》らの女将に）あなた方は、小股のきれあがった女というのは、どういう風に考える、どういうことですか？　小股というのはどこにあるの？

女将　どこを言うんでございましょうね、判りませんわ。

太宰　アキレス腱だという説があるのだが。

女将　ハッキリしたひとを言うんじゃないんでしょうか。

織田　ハッキリというのはどういうことですか?

女将　グジャついていない。

太宰　キッパリ。黙阿弥《もくあみ》のト書にあるキッパリ。そうすると今の○子なんぞ、だが、小股がきれあがってるのかね。

女将　そうなんでしょうね……。

太宰　今の女形で小股のきれあがっているのは誰だろう……。

織田　花柳なんかではないでしょうか。章太郎、——そうだろうね、あれはガラガラとした声で……。ぼくはいつか花柳章太郎の楽屋へ行ったのだよ。「蛍草」という鷗外さんの芝居で出を待っている。腰巻を出して寝床を敷いてるんでね。辟易《へきえき》したよ。僕はやはり小股のきれあがった感じを受けたね。ガラガラした声でね。

坂口　鉄火《てっか》とも違うね。もっと色っぽいところがあるようだね。

太宰　鉄火は大股だよ。

女将　河合（武雄）さんがやった女形の方が小股のきれあがった感じが出ますね（花柳章太郎も河合武雄も新派を代表する女形役者）。

織田　大股、小股という奴があるわけだね。

いなせな男

太宰　男にないかしら、小股のきれあがった男というのはないかね。

織田　結局苦み走った、というのだろう。

女将　いなせなところのある……。

織田　苦みというのはどういうものかな。この男は苦いとか、甘いとかいうのは?

坂口　それは精神的なものだね。

織田　精神的だというけれども、女のひとは精神的な男が好きなようです。

坂口　やはり眉に来るな。額——、僕は額に来ると思うな。昔の江戸前で、何か額の狭いということを言うね。ああいう感じだね。狭い。

太宰　額の狭いというのは非常に魅力なんだよ。

坂口　江戸前の男を額の狭いという。あいつは苦み走った、額が狭くて眉の太い……。

太宰　いい容貌。

織田　春画を見ても額の広い春画は出て来ないね。

太宰　春画が出ちゃ敵わねえ。

坂口　近ごろ皆額が広くなったからね、われわれ見当がつかなくなった。

太宰　しかし、一時日本の美学で額が広いのは色男だということがありましたね。ぼくの知っている文学青年で剃ったんだね。剃ったら月代《さかやき》のようになって、そいつを月代といって笑ったけれども……。

織田　額を広くする術はあるけれど……。

坂口　しかし、額が狭いという江戸時代の日本的美学というものは面白いね。

太宰　いいね。額があがっちゃ敵《かな》わねえよ。「婦系図《おんなけいず》」の主税《ちから》なんかでも、飽くまでも額が狭い。(額に手をかざして) ここから……。
坂口　職人の感じだね。左官とか、大工とか、そういう……。
女将　め組 (注・火消) の辰五郎とか。
織田　一番女にもてる人種だよ。
坂口　近頃はもてないよ。新円でもてるかも知れないが。

どんな女がいいか

坂口　女の魅力は東京よりか大阪にあるような気がするね。女というものは、本質的なものはないからな、やはり附焼刃の方が多いんじゃないかな。
織田　ぼくは大阪によらず、東京によらずだね……。
太宰　女は駄目だね。
坂口　ぼくは徹頭徹尾女ばかり好きなんだがなあ。
織田　ぼくはどんな女がいいか、——と訊かれたって、明確に返答出来ないね。
坂口　君はいろいろなことを考えているからな。形を考えたり……、着物を考えたり……。
織田　いやいや。その都度好きなんだよ。いま混乱期なんだ。前はやはり飽くまで背が高くて、痩せてロマンチックだとか、いろいろ考えていたけれども、今はもう何でもいい。
太宰　おれは乞食女と恋愛したい。
坂口　ウン。そういうのも考えられるね。
織田　もう何でもいいということになるね。
坂口　ぼくは近ごろ八つくらいの女の児がいいと思うな。
太宰　そういうのは疲れ果てた好色の後の感じで、源氏物語の八つくらいの女の児を育てるとか、裏長屋のおかみとか、そういうのは疲れ果てた好色の後だな。
坂口　インワイでないね、源氏物語は……。
太宰　可哀相ですよ、あの光源氏というのは……。
坂口　インワイという感じがない。
太宰　何もする気がないのだよ。ただ子供にさわってみたり、あるいは継母の……。
坂口　醜女としてみたり……。
織田　自分の母親に似た女にほれるとか、自分の好みは、前の死んだ女房に似ているとか……。
太宰　却ってああいうのはインランだね。したいんだけれど、ただこじつけて死んだ女房に似ているという、あれはあわれだな、ああいうのは……。
坂口　それはね、調子とか、何か肉体的な健康というものはあるのだよ。それはちょっとわれわれ三人は駄目だと思うな。落第生だよ。
織田　しかし、われわれはあわれでないよ。お女郎屋へ行って、知っている限りの唄を歌ったり……。
太宰　ウン、唄を歌ってね……。
織田　しかし、ああいうのはやはりいじらしいよ。
太宰　歌うのは、酒を二杯飲めばもう歌っている。歌いたくて仕様がない。二杯飲めば……。

歓楽極まりて哀情多し

坂口　「歓楽極まりて哀情多し」というのは芸術家でないとないね。凡人にはちょっとないね。
太宰　歌が出るのは健康だね。
織田　新婚の悲哀。
坂口　哀情は出るね、ああいうやつは必ずあわれだよ。
太宰　料理屋から出てくるでしょう。それから暗い路へ出て、「今日は愉快だったね」というだろう。ぼくはあれを見ると、実は情けないのだ。「今日は愉快だったね」っていうのが……。
織田　何か、「おい頑張れ」なんかともいうだろう、あれはいったい、何を頑張るんだよ。
太宰　それをやったよ。
坂口　まだ頑張れの方がいい。哀情というのがなおいかんね。
太宰　ああいう人達は寂しいのだね。それだから、「今日は愉快だったね」というんだろうね。
織田　寂しいのだよ。
太宰　温泉やなんかへ行くだろう。すぐ宿のハガキを取寄せて書いているのだ。
坂口　あれが実に名文なんだよ。宿屋のハガキで書くのが、ぼくらなんかよりずっと文章が巧いよ。そういう文章の巧さでいったら、ぼくら悪文だよ。
織田　大悪文だ！
太宰　殊にぼくなんか。
坂口　女房や子供を説得する力というものはぼくらの領分ではないよ。
織田　文章だけでなしに、何につけても……。「ここがよかったら、もう一度来い」なんていわれて、また想い出して行くなんというのは、実際あわれだね。（笑声）
太宰　絵はがきの裏に、「ここへまた来ました」なんて……。
織田　帰りに宿屋を立ち出る時に、女中の名前を訊いて、「また来るよ、来年必ず来る、覚えておいてくれ」とかいって……。
太宰　身の上話をしてね。
織田　名刺を出して……。
坂口　あれもなかなかいいところがあるものです。
太宰　ぼくは身の上話というのはイヤだね。
坂口　あれはいいものだよ。
織田　いいものといっても一種の技巧だよ。身の上話を聴いてやる男は、必ず成功するね。

振られて帰る果報者

坂口　ところが、太宰さんは関西を何も知らない。静岡までしか行かないからね。ぼくは関西好きだな。

織田　関西か――。

坂口　しかし、実際ぼくはね、関西へ行った感じでいうと、祇園《ぎおん》に誰かが言った可愛いい女の子というのはいなかった。三十何人か会ったうち、二十七人ぐらいは見た。しかし、一人もいい子はいなかったよ、あの時はね。

織田　先斗町《ぽんとちょう》の方が居ります。

坂口　そう……。

太宰　気品というものは却ってある。

坂口　二流に気品をもっていますね。

織田　木屋町《きやまち》なんかにはいますね。一番雇女《やとな》にいますね。まア不見転《みずてん》芸者みたいなものだけれども……。

坂口　月極めという制度があるの？

織田　月極めはない。雇女はその都度。それは芸者だよ。

坂口　雇女は月極めで来るんじゃないか。

織田　あれはその都度《つど》。芸者が月極めなんですよ。東京の人はそれを知らないから……。

坂口　だからぼくは勘違いしておった。

織田　祇園なんかへ行くでしょう。お茶屋の女将が、「泊りなさい」とかいって、それから歌麿のような女が寝室へ案内に出て、何か紅い行灯《あんどん》の灯が入ってるところで、長襦袢《ながじゅばん》なんかパアパアさせて、そのまますぐ「サイナラ」といって帰って行く、あれはちょっと残酷な響《ひびき》だよ。

坂口　怖い響だね、「サイナラ」という響はね……。

織田　その時は薄情に聞える。

太宰　女郎は「お大事に」というね。

織田　「サイナラ」でも、惚れている男に言うのと惚れていない男に言うのと大分違うね。その都度違うね。蛇蝎《だかつ》のように女に嫌われていると……。

太宰　嫌われた方がいいな。

織田　嫌われる方が一番いいんじゃない。

太宰　振られて帰る果報者か……。

坂口　もてようという考えをもっては駄目だよ。ところで、これが人間のあさましさだな、やはりもてない方がいい。ところが、京都へ行くと、そういうことを感じなくなるね。あいうところへ行くとおれみたいな馬鹿なやつでも、もてようとか、えらくなろうとか、という感じを持てなくなってしまって、なんかこう流水のような、自然にどうにでもなりやがれ、という感じになってしまう。

織田　いま、一銭銅貨というものはないけれども、ああいうものをチャラチャラずぼんに入れておいて、お女郎がそれを畳むときに、バラバラとこぼれたりするだろう、そうするともてる。

太宰　どうするの？

織田　こいつは秘訣だよ。

太宰　一銭銅貨を撒くの？

織田　ポケットに入れておいて、お女郎がそれを畳もうとすると、バラバラこぼれるだろう。それがもてるんですよ。

太宰　ウソ教えている。

織田　百円札なんか何枚もあるということを見せたら、絶対にもてないね。

太宰　ウソ教えている。

坂口　そういう気質はあるかも知れない。京都でびっくりしたのは、一皮剝《む》くというやつがある。例えば祇園の女の子なんか一皮剝かないと美人になれないという。七ツ八ツのやつを十七八までに一皮むくんだね。ほんとにむけるそうだよ。むけるものだ。渋皮がむけるというのは、きっとそれだと思う。しかし、こすってるそうだよ。検番の板場の杉本老人というのに聞いたんだが、ほんとうにこすっているそうだよ。姉さん芸者が子供を垢摩《あかす》りでゴシゴシこすってるそうだよ。しかしね。こういう話は、現実的な伝説が多いので、割合にぼくは信用出来ないと思うけれどね。ヒイヒイ泣いているそうだよ。痛がってね……。そういうことを言っていたのだよ。

女を口説くには　どんな手が……

織田　何かぼくら関西の話で、そういう伝説的なあれを聞くけれども、実際に見ないのだね。関西の言葉でも、「こういう言葉があるか」と訊かれたって、ぼくは聞かないのだね。京都弁より大阪弁の方が奥行があるのですよ。誰が書いても京都弁は同じだけれども、大阪弁は誰が書いても違う。同じなのは、「サイナラ」だけだと思いますね。

坂口　ぼくが君たちに訊きたいと思うことはね、日本の小説を読むと、女の方が男を口説いている。これはどういう意味かな。たいがいの小説はね。昔から男の方が決して女を口説いておらぬのだね。

織田　あれは作者の憧れだね。現実では……。

坂口　どうも一理あるな、憧れがあるというのは……。

太宰　でも、近松秋江《しゅうこう》がずいぶん追駈けているね。荷車に乗ったりなんかしてね……。

坂口　現代小説の場合でもたいがいそうだよ。女が男を口説いている。こういう小説のタイプというものは変なものだね。

織田　そう。健康じゃないね。

太宰　兼好法師にあるね。女の方から、あな美《うつく》しの男と間違うて変な子供を生んでしまった。

坂口　すべての事を考え、ぼくたちの現実を考えて、男の方が女を口説かなかったら駄目だろう。

織田　ぼくらがやはり失敗したのはね、女の前で喋りすぎた。

太宰　ちょっと横顔を見せたりなんかして、口唇をひきつけて……。

坂口　日本のような口説き方の幼稚な国ではね、ちょっと口説き方に自信のあるらしいようなポーズがあれば、必ず成功するね。ぼくはそう思うね。日本の女なんというのは、口説かれ方をなんにも知らんのだからね……。

太宰　だから口説かれるんじゃないの……。

坂口　口説く手のモデルがない。男の方がなにももっていない。

織田　ぼくは友達にいったのだけれど、ここでひとつ教えてやろう。「オイ」といえばいいんだ……。「オイ」といえばね。

太宰　言ってみよう。それで失敗したら織田の責任だぞ。「オイ」なんて反対に殴られたりしちゃって……。

素人と玄人と

坂口　ところで、祇園あたりはあれかい、舞妓というのにも旦那様があるのかい？

織田　ない。舞妓の旦那になるということはね。舞妓の水揚げをするというのだよ。舞妓自身は、……一本になるとか、衿替《えりか》えとかね。それは判るんだよ。あの児《こ》はもう三月もすれば衿替えをするとか言ってね。

坂口　そういう生活費はどうなるの、あとはお前は誰に惚れてもいい、ということになるの？

織田　ならない。

坂口　やはり旦那様が？

織田　そう。素人のよさが出ていると思うね。

太宰　素人も何もちっとも面白くないじゃねえか。

坂口　やはり素人のよさがあるのだよ。あれは大変なものだ。

太宰　筋が？

坂口　君は玄人過ぎるんだよ。そういう点でね……。ぼくは半玄人だけれど、君は一番玄人だ。

太宰　井伏さんというのは玄人でしょう。「お前は羽織を脱がないからいけない」羽織を脱げ、芸人のように羽織を脱げ脱げというのだよ。

坂口　もっと素人だよ。もっと純粋の素人だけれど……。

織田　ぼくは人知れず死んで仰向けになって寝ているというのは好きなんだよ。

坂口　物語というのは作れないのだね、日本人というものは……。

太宰　そうなんですね。

坂口　太宰君なんか、君みたいな才人でも、物語というものは話に捉われてしまう。飛躍が出来ない。物語というものは飛躍が大切なんだ。

太宰　こんどやろうと思っているのですがね。四十になったら……。

坂口　飛躍しないと……。

太宰　ぼくはね、今までひとの事を書けなかったんですよ。この頃すこうしね、他人を書けるようになったんですよ。ぼくと同じ位に慈《いつく》しんで――慈しんでというのは口幅《くちはば》ったい。一生懸命やって書けるようになって、とても嬉しいんですよ。何か枠がすこうしね、また大きくなったなアなんと思って、すこうし他人を書けるようになったのですよ。

坂口　それはいいことだね。何か温たかくなればいいのですよ。

織田　ぼくはいっぺんね、もう吹き出したくなるような小説を書きたい。ぼくは将棋だって、必ず一手、相手が吹き出すような将棋を差す。

坂口　一番大切なことは戯作者ということだね。面倒臭いことでなしに、戯作者ということが大切だ。これがむずかしいのだ。ひとより偉くない気持ち……。

女が解らぬ、文学が解らぬ

織田　ぼくは欠陥があって、画が解らない。

太宰　文学が解らぬ。女が解らぬ。

坂口　何もわからぬ。ぼくは今のインチキ絵師のものだけは解る。

太宰　三人はみなお人好しじゃないかと思うのだ。

織田　ウン、そうだ。

坂口　すべてひどい目にあって、――ひどい目にあいますよ。

織田　やがて都落ちだよ。一座を組んで……。

坂口　そんなことはないよ。おれが頑張ったら……。このおれが……。

太宰　あなた（坂口氏に）が一番お人好しだよ。好人物だ。

織田　今、東京で芝居しているけれども、やがてどっかの田舎町の……。

坂口　そうじゃないよ。太宰が一番馬鹿だよ。

織田　今に旅廻りをする。どっか千葉県か埼玉県の田舎の部落会で、芝居をしてみせる。色男になるよ。一生懸命に白粉を塗ってね。

編集部　大変お話しが面白くなってきましたが、今日はこのへんで、どうも。

（一九四六・一一・二五）

不良少年とキリスト
――追悼　太宰治

坂口安吾

もう十日、歯がいたい。右頬に氷をのせ、ズルフォン剤をのんで、ねている。ねていたくないのだが、氷をのせると、ねる以外に仕方がない。ねて本を読む。太宰の本をあらかた読みかえした。

ズルフォン剤を三箱カラにしたが、痛みがとまらない。是非なく、医者へ行った。一向にハカバカしく行かない。

「ハア、たいへん、よろしい。私の申上げることも、ズルフォン剤をのんで、氷嚢《ひょうのう》をあてる、それだけです。それが何より、よろしい」

こっちは、それだけでは、よろしくないのである。

「今に、治るだろうと思います」

この若い医者は、完璧な言葉を用いる。今に、治るだろうと思います、か。医学は主観的認識の問題であるか、薬物の客観的効果の問題であるか。ともかく、こっちは、歯が痛いのだよ。

原子バクダンで百万人一瞬にたたきつぶしたって、たった一人の歯の痛みがとまらなきゃ、なにが文明だい。バカヤロー。

女房がズルフォン剤のガラスビンを縦に立てようとして、ガチャリと倒す。音響が、とびあがるほど、ひびくのである。

「コラ、バカ者！」

「このガラスビンは立てることができるのよ」

先方は、曲芸をたのしんでいるのである。

「オマエサンは、バカだから、キライだよ」

女房の血相が変る。怒り、骨髄《こつずい》に徹したのである。こっちは痛み骨髄に徹している。

グサリと短刀を頬へつきさす。エイとえぐる。気持、よきにあらずや。ノドにグリグリができている。そこが、うずく。耳が痛い。頭のシンも、電気のようにヒリヒリする。

クビをくれ。悪魔を亡ぼせ。退治せよ。すすめ。まけるな。戦え。

かの三文文士は、歯痛によって、ついに、クビをくくって死せり。決死の血相、ものすごし。闘志十分なりき。偉大。

ほめて、くれねえだろうな、誰も。

歯が痛い、などということは、目下、歯が痛い人間以外は誰も同感してくれないのである。人間ボートク！　と怒ったって、歯痛に対する不同感が人間ボートクかね。然《しか》らば、歯痛ボートク。いいじゃないですか。歯痛ぐらい。やれやれ。歯は、そんなものでしたか。新発見。

たった一人、銀座出版の升金編輯《へんしゅう》局長という珍妙な人物が、同情をよせてくれた。

「ウム、安吾さんよ。まさしく、歯は痛いもんじゃよ。歯の病気と生殖器の病気は、同類項の陰鬱じゃ」

うまいことを言う。まったく、陰《いん》にこもっている。してみれば、借金も同類項だろう。借金は陰鬱なる病気也。不治の病い也。これを退治せんとするも、人力の及ぶべからず。ああ、悲し、悲し。

歯痛をこらえて、ニッコリ、笑う。ちっとも、偉くねえや。このバカヤロー。

ああ、歯痛に泣く。蹴とばすぞ。このバカ者。

歯は、何本あるか。これが、問題なんだ。人によって、歯の数が違うものだと思っていたら、そうじゃ、ないんだってね。変なところまで、似せやがるよ。そうまで、しなくったって、いいじゃないか。だからオレは、神様が、きらいなんだ。なんだって、歯の数まで、同じにしやがるんだろう。気違いめ。まったくさ。そういうキチョウメンなヤリカタは、気違いのものなんだ。もっと、素直に、なりやがれ。

歯痛をこらえて、ニッコリ、笑う。ニッコリ笑って、人を斬る。黙って坐れば、ピタリと、治る。オタスケじいさんだ。なるほど、信者が集る筈だ。

余《よ》は、歯痛によって、十日間、カンシャクを起せり。女房は親切なりき。枕頭《ちんとう》に侍《はべ》り、カナダライに氷をいれ、タオルをしぼり、五分間おきに余のホッペタにのせかえてくれたり。怒り骨髄に徹すれど、色にも見せず、貞淑《ていしゅく》、女大学なりき。

十日目。

「治った?」

「ウム。いくらか、治った」

女という動物が、何を考えているか、これは利口な人間には、わからんよ。女房、とたんに血相変り、

「十日間、私を、いじめたな」

余はブンナグラレ、蹴とばされたり。

ああ、余の死するや、女房とたんに血相変り、一生涯、私を、いじめたな、と余のナキガラをナグリ、クビをしめるべし。とたんに、余、生きかえれば、面白し。

檀一雄《だんかずお》、来る。ふところより高価なるタバコをとりだし、貧乏するとゼイタクになる、タンマリお金があると、二十円の手巻きを買う、と呟きつつ、余に一個くれたり。

「太宰が死にましたね。死んだから、葬式に行かなかった」

死なない葬式が、あるもんか。

檀は太宰と一緒に共産党の細胞とやらいう生物活動をしたことがあるのだ。そのとき太宰は、生物の親分格で、檀一雄の話によると一団中で最もマジメな党員だったそうである。

「とびこんだ場所が自分のウチの近所だから、今度はほんとに死んだと思った」

檀仙人は神示《しんじ》をたれて、又、曰く、

「またイタズラしましたね。なにかしらイタズラするです。死んだ日が十三日、グッドバイが十三回目、なんとか、なんとかが、十三……」

檀仙人は十三をズラリと並べた。てんで気がついていなかったから、私は呆気《あっけ》にとられた。仙人の眼力《がんりき》である。

太宰の死は、誰より早く、私が知った。まだ新聞へでないうちに、新潮の記者が知らせに来たのである。それをきくと、私はただちに置手紙を残して行方をくらました、新聞、雑誌が太宰のことで襲撃すると直覚に及んだからで、太宰のことは当分語りた

くないから、と来訪の記者諸氏に宛て、書き残して、家をでたのである。これがマチガイの元であった。新聞記者は私の置手紙の日附が新聞記事よりも早いので、怪しんだのだ。太宰の自殺が狂言で、私が二人をかくまっていると思ったのである。

私も、はじめ、生きているのじゃないか、と思った。然《しか》し、川っぷちに、ズリ落ちた跡がハッキリしていたときいたので、それでは本当に死んだと思った。ズリ落ちた跡までイタズラはできない。新聞記者は拙者に弟子入りして探偵小説を勉強しろ。

新聞記者のカンチガイが本当であったら、大いに、よかった。一年間ぐらい太宰を隠しておいて、ヒョイと生きかえらせたら、新聞記者や世の良識ある人々はカンカンに怒るか知れないが、たまにはそんなことが有っても、いいではないか。本当の自殺よりも、狂言自殺をたくらむだけのイタズラができたら、太宰の文学はもっと傑《すぐ》れたものになったろうと私は思っている。

★

ブランデン氏は、日本の文学者どもと違って眼識ある人である。太宰の死にふれて（時事新報）文学者がメランコリイだけで死ぬのは例が少い、だいたい虚弱から追いつめられるもので、太宰の場合も肺病が一因ではないか、という説であった。

芥川も、そうだ。中国で感染した梅毒が、貴族趣味のこの人をふるえあがらせたことが思いやられる。芥川や太宰の苦悩に、もはや梅毒や肺病からの圧迫が慢性となって、無自覚になっていたとしても、自殺へのコースをひらいた圧力の大きなものが、彼らの虚弱であったことは本当だと私は思う。

太宰は、M・C、マイ・コメジアン、を自称しながら、どうしても、コメジアンになりきることが、できなかった（注・M・Cの語は「斜陽」にある）。

晩年のものでは、――どうも、いけない。彼は「晩年」という小説を書いてるもんで、こんぐらかって、いけないよ。その死に近きころの作品に於ては（舌がまわらんネ）「斜陽」が最もすぐれている。然し十年前の「魚服記《ぎょふくき》」（これぞ晩年の中にあり）は、すばらしいじゃないか。これぞ、M・Cの作品です。「斜陽」も、ほぼ、M・Cだけれども、どうしてもM・Cになりきれなかったんだね。「父」だの「桜桃《おうとう》」だの、苦しいよ。あれを人に見せちゃア、いけないんだ。あれはフツカヨイの中にだけあり、フツカヨイの中で処理してしまわなければいけない性質のものだ。

フツカヨイの、もしくは、フツカヨイ的の、自責や追懐の苦しさ、切なさを、文学の問題にしてもいけないし、人生の問題にしてもいけない。

死に近きころの太宰は、フツカヨイ的でありすぎた。毎日がいくらフツカヨイであるにしても、文学がフツカヨイじゃ、いけない。舞台にあがったM・Cにフツカヨイは許されないのだよ。覚醒剤をのみすぎ、心臓がバクハツしても、舞台の上のフツカヨイはくいとめなければいけない。

芥川は、ともかく、舞台の上で死んだ。死ぬ時も、ちょッと、役者だった。太宰は、十三の数をひねくったり、人間失格、グッド・バイと時間をかけて筋をたて、筋書き通りにやりながら、結局、舞台の上ではなく、フツカヨイ的に死んでしまった。

フツカヨイをとり去れば、太宰は健全にして整然たる常識人、つまり、マットウの人間であった。小林秀雄が、そうである。太宰は小林の常識性を笑っていたが、それはマチガイである。真に正しく整然たる常識人でなければ、まことの文学は、書ける筈がない。

今年の一月何日だか、織田作之助の一周忌に酒をのんだとき、織田夫人が二時間ほど、おくれて来た。その時までに一座は大いに酔っ払っていたが、誰かが織田の何人かの隠していた女の話をはじめたので、

「そういう話は今のうちにやってしまえ。織田夫人がきたら、やるんじゃないよ」

と私が言うと、

「そうだ、そうだ、ほんとうだ」

と、間髪《かんはつ》を入れず、大声でアイヅチを打ったのが太宰であった。先輩を訪問するに袴《はかま》をはき、太宰は、そういう男である。健全にして、整然たる、本当の人間であった。

然し、M・Cになれず、どうしてもフツカヨイ的になりがちであった。

人間、生きながらえば恥多し。然し、文学のM・Cには、人間の恥はあるが、フツカヨイの恥はない。

「斜陽」には、変な敬語が多すぎる。お弁当をお座敷にひろげて御持参のウィスキーをお飲みになり、といったグアイに、そうかと思うと、和田叔父が汽車にのると上キゲンに謡《うたい》をうなる、というように、いかにも貴族の月並な紋切型で、作者というものは、こんなところに文学のまことの問題はないのだから平気な筈なのに、実に、フツカヨイ的に最も赤面するのが、こういうところなのである。

まったく、こんな赤面は無意味で、文学にとって、とるにも足らぬことだ。

ところが、志賀直哉という人物が、これを採りあげて、やッつける。つまり、志賀直哉なる人物が、いかに文学者でないか、単なる文章家にすぎん、ということが、これによって明かなのであるが、ところが、これが又、フツカヨイ的には最も急所をついたもので、太宰を赤面混乱させ、逆上させたに相違ない。

元々太宰は調子にのると、フツカヨイ的にすべってしまう男で、彼自身が、志賀直哉の「お殺し」という敬語が、体《てい》をなさんと云って、やッつける(注・太宰は「如是我聞《にょぜがもん》」で志賀に反論した)。いったいに、こういうところには、太宰の一番かくしたい秘密があった、と私は思う。

彼の小説には、初期のものから始めて、自分が良家の出であることが、書かれすぎている。

そのくせ、彼は、亀井勝一郎が何かの中で自ら名門の子弟を名乗ったら、ゲッ、名門、笑わせるな、名門なんて、イヤな言葉、そう言ったが、なぜ、名門がおかしいのか、つまり太宰が、それにコダワッているのだ。名門のおかしさが、すぐ響くのだ。志賀直哉のお殺しも、それが彼にひびく意味があったのだろう。

フロイドに「誤謬《ごびゅう》の訂正」ということがある。我々が、つい言葉を言いまちがえたりすると、それを訂正する意味で、無意識のうちに類似のマチガイをやって、合理化しようとするものだ。

フツカヨイ的な衰弱的な心理には、特にこれがひどくなり、赤面逆上的混乱苦痛とともに、誤謬の訂正的発狂状態が起るものである。

太宰は、これを、文学の上でやった。

思うに太宰は、その若い時から、家出をして女の世話になった時などに、良家の子弟、時には、華族の子弟ぐらいのところを、気取っていたこともあったのだろう。その手で、飲み屋をだまして、借金を重ねたことも、あったかも知れぬ。

フツカヨイ的に衰弱した心には、遠い一生のそれらの恥の数々が赤面逆上的に彼を苦しめていたに相違ない。そして彼は、その小説で、誤謬の訂正をやらかした。フロイドの誤謬の訂正とは、誤謬を素直に訂正することではなくて、もう一度、類似の誤謬を犯すことによって、訂正のツジツマを合せようとする意味である。

けだし、率直な誤謬の訂正、つまり善なる建設への積極的な努力を、太宰はやらなかった。

彼は、やりたかったのだ。そのアコガレや、良識は、彼の言動にあふれていた。然し、やれなかった。そこには、たしかに、虚弱の影響もある。然し、虚弱に責を負わせるのは正理ではない。たしかに、彼が、安易であったせいである。

M・Cになるには、フツカヨイを殺してかかる努力がいるが、フツカヨイの嘆きに溺れてしまうには、努力が少くてすむのだ。然し、なぜ、安易であったか、やっぱり、虚弱に帰するべきであるかも知れぬ。

むかし、太宰がニヤリと笑って田中英光《ひでみつ》に教訓をたれた。ファン・レターには、うるさがらずに、返事をかけよ、オトクイサマだからな。文学者も商人だよ。田中英光はこの教訓にしたがって、せッせと返事を書くそうだが、太宰がせッせと返事を書いたか、あんまり書きもしなかろう。

しかし、ともかく、太宰が相当ファンにサービスしていることは事実で、去年私のところへ金沢だかどこかの本屋のオヤジが、画帖《がちょう》（だか、どうだか、中をあけてみなかったが、相当厚みのあるものであった）を送ってよこして、一筆かいてくれという。包みをあけずに、ほッたらかしておいたら、時々サイソクがきて、そのうち、あれは非常に高価な紙をムリして買ったもので、もう何々さん、何々さん、何々さん、太宰さんも書いてくれた、余は汝《なんじ》坂口先生の人格を信用している、というような変なことが書いてあった。虫の居どころの悪い時で、私も腹を立て、変なインネンをつけるな、バカ者め、と、包みをそっくり送り返したら、このキチガイめ、と怒った返事がきたことがあった。その時のハガキによると、太宰は絵をかいて、それに書を加えてやったようである。相当のサービスと申すべきであろう。これも、彼の虚弱から来ていることだろうと私は思っている。

いったいに、女優男優はとにかく、文学者とファン、ということは、日本にも、外国にも、あんまり話題にならない。だいたい、現世的な俳優という仕事と違って、文学は歴史性のある仕事であるから、文学者の関心は、現世的なものとは交りが浅くなるのが当然で、ヴァレリイはじめ崇拝者にとりまかれていたというマラルメにしても、木曜会の漱石にしても、ファンというより門弟で、一応才能の資格が前提されたツナガリであったろう。

太宰の場合は、そうではなく、映画ファンと同じようで、こういうところは、芥川にも似たところがある。私はこれを彼らの肉体の虚弱からきたものと見るのである。

彼らの文学は本来孤独の文学で、現世的、ファン的なものとツナガルところはない筈であるのに、つまり、彼らは、舞台の上のM・Cになりきる強靭《きょうじん》さが欠けていて、その弱さを現世的におぎなうようになったのだろうと私は思う。

結局は、それが、彼らを、死に追いやった。彼らが現世を突ッぱねていれば、彼らは、自殺はしなかった。自殺したかも、知れぬ。然し、ともかく、もっと強靭なM・Cとなり、さらに傑れた作品を書いたであろう。

芥川にしても、太宰にしても、彼らの小説は、心理通、人間通の作品で、思想性は殆《ほとん》どない。

虚無というものは、思想ではないのである。人間そのものに附属した生理的な精神内容で、思想というものは、もっとバカな、オッチョコチョイなものだ。キリストは、思想でなく、人間そのものである。

人間性（虚無は人間性の附属品だ）は永遠不変のものであり、人間一般のものであるが、個人というものは、五十年しか生きられない人間で、その点で、唯一の特別な人間であり、人間一般と違う。思想とは、この個人に属するもので、だから、生き、又、亡びるものである。だから、元来、オッチョコチョイなのである。

思想とは、個人が、ともかく、自分の一生を大切に、より良く生きようとして、工夫をこらし、必死にあみだした策であるが、それだから、又、人間、死んでしまえば、それまでさ、アクセクするな、と言ってしまえば、それまでだ。

太宰は悟りすまして、そう云いきることも出来なかった。そのくせ、よりよく生きる工夫をほどこし、青くさい思想を怖れず、バカになることは、尚、できなかった。然し、そう悟りすまして、冷然、人生を白眼視《はくがんし》しても、ちッとも救われもせず、偉くもない。それを太宰は、イヤというほど、知っていた筈だ。

太宰のこういう「救われざる悲しさ」は、太宰ファンなどというものには分らない。太宰ファンは、太宰が冷然、白眼視、青くさい思想や人間どもの悪アガキを冷笑して、フツカヨイ的な自虐作用を見せるたびに、カッサイしていたのである。

太宰はフツカヨイ的では、ありたくないと思い、もっともそれを呪っていた筈だ。どんなに青くさくても構わない、幼稚でもいい、よりよく生きるために、世間的な善行でもなんでも、必死に工夫して、よい人間になりたかった筈だ。

それをさせなかったものは、もろもろの彼の虚弱だ。そして彼は現世のファンに迎合し、歴史の中のM・Cにならずに、ファンだけのためのM・Cになった。

「人間失格」「グッド・バイ」「十三」なんて、いやらしい、ゲッ。他人がそれをやれば、太宰は必ず、そう言う筈ではないか。

太宰が死にそこなって、生きかえったら、いずれはフツカヨイ的に赤面逆上、大混乱、苦悶のアゲク、「人間失格」「グッド・バイ」自殺、イヤらしい、ゲッ、そういうものを書いたにきまっている。

★

太宰は、時々、ホンモノのM・Cになり、光りかがやくような作品をかいている。

「魚服記」、「斜陽」、その他、昔のものにも、いくつとなくあるが、近年のものでも、「男女同権」とか、「親友交歓」のような軽いものでも、立派なものだ。堂々、見あげたM・Cであり、歴史の中のM・Cぶりである。

けれども、それが持続ができず、どうしてもフツカヨイのM・Cになってしまう。そこから持ち直して、ホンモノのM・Cに、もどる。又、フツカヨイのM・Cにもどる。それを繰りかえしていたようだ。然し、そのたびに、語り方が巧《うま》くなり、よい語り手になっている。文学の内容は変っていない。それは彼が人間通の文学で、人間性の原本的な問題のみ取り扱っているから、思想的な生成変化が見られないのである。

今度も、自殺をせず、立ち直って、歴史の中のM・Cになりかえったなら、彼は更に巧みな語り手となって、美しい物語をサービスした筈であった。だいたいに、フツカヨイ的自虐作用は、わかり易いものだから、深刻ずきな青年のカッサイを博すのは当然であるが、太宰ほどの高い孤独な魂が、フツカヨイのM・Cにひきずられがちであったのは、虚弱の致すところ、又、ひとつ、酒の致すところであったと私は思う。

ブランデン氏は虚弱を見破ったが、私は、もう一つ、酒、この極めて通俗な魔物をつけ加える。

太宰の晩年はフツカヨイ的であったが、又、実際に、フツカヨイという通俗きわまるものが、彼の高い孤独な魂をむしばんでいたのだろうと思う。

酒は殆ど中毒を起さない。先日、さる精神病医の話によると、特に日本には真性アル中というものは殆どない由《よし》である。

けれども、酒を麻薬に非ず、料理の一種と思ったら、大マチガイですよ。

酒は、うまいもんじゃないです。僕はどんなウイスキーでもコニャックでも、イキを殺して、ようやく呑み下《くだ》しているのだ。酔っ払うために、のんでいるです。酔うと、ねむれます。これも効用のひとつ。

然し、酒をのむと、否、酔っ払うと、忘れます。いや、別の人間に誕生します。もしも、自分というものが、忘れる必要がなかったら、何も、こんなものを、私はのみたくない。

自分を忘れたい、ウソつけ。忘れたきゃ、年中、酒をのんで、酔い通せ。これをデカダンと称す。屁理窟を云ってはならぬ。

私は生きているのだぜ。さっきも言う通り、人生五十年、タカが知れてらア、そう言うのが、あんまり易しいから、そう言いたくないと言ってるじゃないか。幼稚でも、青くさくても、泥くさくても、なんとか生きているアカシを立てようと心がけているのだ。年中酔い通すぐらいなら、死んでらい。

一時的に自分を忘れられるということは、これは魅力あることですよ。たしかに、これは、現実的に偉大なる魔術です。むかしは、金五十銭、ギザギザ一枚にぎると、新橋の駅前で、コップ酒五杯のんで、魔術がつかえた。ちかごろは、魔法をつかうのは、容易なことじゃ、ないですよ。太宰は、魔法つかいに失格せずに、人間に失格したです。と、思いこみ遊ばしたです。

もとより、太宰は、人間に失格しては、いない。フツカヨイに赤面逆上するだけでも、赤面逆上しないヤツバラよりも、どれぐらい、マットウに、人間的であったか知れぬ。

小説が書けなくなったわけでもない。ちょッと、一時的に、M・Cになりきる力が衰えただけのことだ。

太宰は、たしかに、ある種の人々にとっては、つきあいにくい人間であったろう。たとえば、太宰は私に向って、文学界の同人について、いなっちゃったが、あれ、どうしたら、いいかね、と云うから、いいじゃないか、そんなこと、ほッたらかしておくがいいさ。アア、そうだ、そうだ、とよろこぶ。

そのあとで、人に向って、坂口安吾にこうわざとショゲて見せたら、案の定、大先輩ぶって、ポンと胸をたたかんばかりに、いいじゃないか、ほッたらかしとけ、だってさ、などと面白おかしく言いかねない男なのである。

多くの旧友は、太宰のこの式の手に、太宰をイヤがって離れたりしたが、むろんこの手で友人たちは傷つけられたに相違ないが、実際は、太宰自身が、わが手によって、内々さらに傷つき、赤面逆上した筈である。

もとより、これらは、彼自身がその作中にも言っている通り、現に眼前の人へのサービスに、ふと、言ってしまうだけのことだ。それぐらいのことは、同様に作家たる友人連、知らない筈はないが、そうと知っても不快と思う人々は彼から離れたわけだろう。

然し、太宰の内々の赤面逆上、自卑、その苦痛は、ひどかった筈だ。その点、彼は信頼に足る誠実漢であり、健全な、人間であったのだ。

だから、太宰は、座談では、ふと、このサービスをやらかして、内々赤面逆上に及ぶわけだが、それを文章に書いてはおらぬ。ところが、太宰の弟子の田中英光となると、座談も文学も区別なしに、これをやらかしており、そのあとで、内々どころか、大ッピラに、赤面混乱逆上などと書きとばして、それで当人救われた気持だから、助からない。

太宰は、そうではなかった。もっと、本当に、つつましく、敬虔《けいけん》で、誠実であったのである。それだけ、内々の赤面逆上は、ひどかった筈だ。

そういう自卑に人一倍苦しむ太宰に、酒の魔法は必需品であったのが当然だ。然し、酒の魔術には、フツカヨイという香《かんば》しからぬ附属品があるから、こまる。火に油だ。

料理用の酒には、フツカヨイはないのであるが、魔術用の酒には、これがある。精神の衰弱期に、魔術を用いると、淫《いん》しがちであり、ええ、ままよ、死んでもいいやと思いがちで、最も強烈な自覚症状としては、もう仕事もできなくなった、文学もイヤになった、これが、自分の本音のように思われる。実際は、フツカヨイの幻想で、そして、病的な幻想以外に、もう仕事ができない、という絶体絶命の場は、実在致してはおらぬ。

太宰のような人間通、色々知りぬいた人間でも、こんな俗なことを思いあやまる。ムリはないよ。酒は、魔術なのだから。俗でも、浅薄でも、敵が魔術だから、知っていても、人智は及ばぬ。ローレライです。

太宰は、悲し。ローレライに、してやられました。

情死だなんて、大ウソだよ。魔術使いは、酒の中で、女にほれるばかり。酒の中にいるのは、当人でなくて、別の人間だ。別の人間が惚れたって、当人は、知らないよ。

第一、ほんとに惚れて、死ぬなんて、ナンセンスさ。惚れたら、生きることです。

太宰の遺書は、体《てい》をなしていない。メチャメチャに酔っ払っていたようだ。十三日に死ぬことは、あるいは、内々考えていたかも知れぬ。ともかく、人間失格、グッド・バイ、それで自殺、まア、それとなく筋は立てておいたのだろう。内々筋は立ててあっても、必ず死なねばならぬ筈でもない。必ず死なねばならぬ、そのような絶体絶命の思想とか、絶体絶命の場というものが、実在するものではないのである。

彼のフツカヨイ的衰弱が、内々の筋を、次第にノッピキならないものにしたのだろう。

然し、スタコラサッちゃん（注・太宰の心中相手山崎富榮《とみえ》のこと）が、イヤだと云えば、実現はする筈がない。太宰がメチャメチャに酔って、言いだして、サッちゃんが、それを決定的にしたのであろう。

サッちゃんも、大酒飲みの由であるが、その遺書は、尊敬する先生のお伴をさせていただくのは身にあまる幸福です、というような整ったもので、一向に酔った跡はない。然し、太宰の遺書は、書体も文章も体をなしておらず、途方もない御酩酊《ごめいてい》に相違なく、これが自殺でなければ、アレ、ゆうべは、あんなことをやったか、と、フツカヨイの赤面逆上があるところだが、自殺とあっては、翌朝、目がさめないから、ダメである。

太宰の遺書は、体をなしていなすぎる。太宰の死にちかいころの文章が、フツカヨイ的であっても、ともかく、現世を相手のM・Cであったことは、たしかだ。もっとも、「如是我聞《にょぜがもん》」の最終回（四回目か）は、ひどい。ここにも、M・Cは、殆どいない。あるものは、グチである。こういうものを書くことによって、彼の内々の赤面逆上は益々ひどくなり、彼の精神は消耗して、ひとり、生きぐるしく、切なかったであろうと思う。然し、彼がM・Cでなくなるほど、身近の者からカッサイが起り、その愚かさを知りながら、ウンザリしつつ、カッサイの人々をめあてに、それに合わせて行ったらしい。その点では、彼は最後まで、M・Cではあった。彼をとりまく最もせまいサークルを相手に。

彼の遺書には、そのせまいサークル相手のM・Cすらもない。

子供が凡人でもカンベンしてやってくれ、という。奥さんには、あなたがキライで死ぬんじゃありません、とある。井伏さんは悪人です、とある。

そこにあるものは、泥酔の騒々しさばかりで、まったく、M・Cは、おらぬ。

だが、子供が凡人でも、カンベンしてやってくれ、とは、切ない。凡人でない子供が、彼はどんなに欲しかったろうか。凡人でも、わが子が、哀れなのだ。それで、いいではないか。太宰は、そういう、あたりまえの人間だ。彼の小説は、彼がまッとうな人間、小さな善良な健全な整った人間であることを承知して、読まねばならないものである。

然し、子供をただ憐れんでくれ、とは言わずに、特に凡人だから、と言っているところに、太宰の一生をつらぬく切なさの鍵もあったろう。つまり、彼は、非凡に憑かれた類の少い見栄坊《みえぼう》でもあった。その見栄坊自体、通俗で常識的なものであるが、志賀直哉に対する「如是我聞」のグチの中でも、このことはバクロしている。

宮様が、身につまされて愛読した、それだけでいいではないか、と太宰は志賀直哉にくッてかかっているのであるが、日頃のM・Cのすぐれた技術を忘れると、彼は通俗そのものである。それでいいのだ。通俗で、常識的でなくて、どうして小説が書けようぞ。太宰が終生、ついに、この一事に気づかず、妙なカッサイに合わせてフツカヨイの自虐作用をやっていたのが、その大成をはばんだのである。

くりかえして言う。通俗、常識そのものでなければ、すぐれた文学は書ける筈がないのだ。太宰は通俗、常識のまッとうな典型的人間でありながら、ついに、その自覚をもつことができなかった。

★

人間をわりきろうなんて、ムリだ。特別、ひどいのは、子供というヤツだ。ヒョッコリ、生れてきやがる。

不思議に、私には、子供がない。ヒョッコリ生れかけたことが、二度あったが、死んで生れたり、生れて、とたんに死んだりした。おかげで、私は、いまだに、助かっているのである。

全然無意識のうちに、変テコリンに腹がふくらんだりして、にわかに、その気になったり、親みたいな心になって、そんな風にして、人間が生れ、育つのだから、バカらしい。

人間は、決して、親の子ではない。キリストと同じように、みんな牛小屋か便所の中かなんかに生れているのである。

親がなくとも、子が育つ。ウソです。

親があっても、子が育つんだ。親なんて、バカな奴が、人間づらして、親づらして、腹がふくれて、にわかに慌てて、親らしくなりやがった出来損いが、動物とも人間ともつかない変テコリンな憐れみをかけて、陰にこもって子供を育てやがる。親がなきゃ、子供は、もっと、立派に育つよ。

太宰という男は、親兄弟、家庭というものに、いためつけられた妙チキリンな不良少年であった。

生れが、どうだ、と、つまらんことばかり、云ってやがる。強迫観念である。そのアゲク、奴は、本当に、華族の子供、天皇の子供かなんかであればいい、と内々思って、そういうクダラン夢想が、奴の内々の人生であった。

太宰は親とか兄とか、先輩、長者というと、もう頭が上らんのである。だから、それをヤッツケなければならぬ。口惜しいのである。然し、ふるいついて泣きたいぐらい、愛情をもっているのである。こういうところは、不良少年の典型的な心理であった。

彼は、四十になっても、まだ不良少年で、不良青年にも、不良老年にもなれない男であった。

不良少年は負けたくないのである。なんとかして、偉く見せたい。クビをくくって、死んでも、偉く見せたい。宮様か天皇の子供でありたいように、死んでも、偉く見せたい。四十になっても、太宰の内々の心理は、それだけの不良少年の心理で、そのアサハカなことを本当にやりやがったから、無茶苦茶な奴だ。

文学者の死、そんなもんじゃない。四十になっても、不良少年だった妙テコリンの出来損いが、千々《ちぢ》に乱れて、とうとう、やりやがったのである。

まったく、笑わせる奴だ。先輩を訪れる。先輩と称し、ハオリ袴で、やってきやがる。不良少年の仁義である。礼儀正しい。そして、天皇の子供みたいに、日本一、礼儀正しいツモリでいやがる。

芥川は太宰よりも、もっと大人のような、利口のような顔をして、そして、秀才で、おとなしくて、ウブらしかったが、実際は、同じ不良少年であった。二重人格で、もう一つの人格は、ふところにドスをのんで縁日かなんかぶらつき、小娘を脅迫、口説いていたのである。

文学者、もっと、ひどいのは、哲学者、笑わせるな。哲学。なにが、哲学だい。なんでもありゃしないじゃないか。思索ときやがる。

ヘーゲル、西田幾多郎、なんだい、バカバカしい。六十になっても、人間なんて、不良少年、それだけのことじゃないか。大人ぶるない。冥想《めいそう》ときやがる。

何を冥想していたか。不良少年の冥想と、哲学者の冥想と、どこに違いがあるのか。持って廻っているだけ、大人の方が、バカなテマがかかっているだけじゃないか。

芥川も、太宰も、不良少年の自殺であった。

不良少年の中でも、特別、弱虫、泣き虫小僧であったのである。腕力じゃ、勝てない。理窟でも、勝てない。そこで、何か、ひきあいを出して、その権威によって、自己主張をする。芥川も、太宰も、キリストをひきあいに出した。弱虫の泣き虫小僧の不良少年の手である。

ドストエフスキーとなると、不良少年でも、ガキ大将の腕《うで》ッ節《ぶし》があった。奴ぐらいの腕ッ節になると、キリストだの何だのヒキアイに出さぬ。自分がキリストになる。キリストをこしらえやがる。まったく、とうとう、こしらえやがった。アリョーシャ（注・「カラマーゾフの兄弟」の三男）という、死の直前に、ようやく、まにあった。そこまでは、シリメツレツであった。不良少年は、シリメツレツだ。

死ぬ、とか、自殺、とか、くだらぬことだ。負けたから、死ぬのである。勝てば、死にはせぬ。死の勝利、そんなバカな論理を信じるのは、オタスケじいさんの虫きりを信じるよりも阿呆らしい。

人間は生きることが、全部である。死ねば、なくなる。名声だの、芸術は長し、バカバカしい。私は、ユーレイはキライだよ。死んでも、生きてるなんて、そんなユーレイはキライだよ。

生きることだけが、大事である、ということ。たったこれだけのことが、わかっていない。本当は、分るとか、分らんという問題じゃない。生きるか、死ぬか、二つしか、ありやせぬ。おまけに、死ぬ方は、ただなくなるだけで、何もないだけのことじゃないか。生きてみせ、やりぬいてみせ、戦いぬいてみせなければならぬ。いつでも、死ねる。そんな、つまらんことをやるな。いつでも出来ることなんか、やるもんじゃないよ。

死ぬ時は、ただ無に帰するのみであるという、このツツマシイ人間のまことの義務に忠実でなければならぬ。私は、これを、人間の義務とみるのである。生きているだけが、人間で、あとは、ただ白骨、否、無である。そして、ただ、生きることのみを知ることによって、正義、真実が、生れる。生と死を論ずる宗教だの哲学などに、正義も、真理もありはせぬ。あれは、オモチャだ。

然し、生きていると、疲れるね。かく言う私も、時に、無に帰そうと思う時が、あるですよ。戦いぬく、言うは易く、疲れるね。然し、度胸は、きめている。是が非でも、生きる時間を、生きぬくよ。そして、戦うよ。決して、負けぬ。負けぬとは、戦う、ということです。それ以外に、勝負など、ありやせぬ。戦っていれば、負けないのです。決して、勝てないのです。人間は、決して、勝ちません。ただ、負けないのだ。

勝とうなんて、思っちゃ、いけない。勝てる筈が、ないじゃないか。誰に、何者に、勝つつもりなんだ。時間というものを、無限と見ては、いけないのである。そんな大ゲサな、子供の夢みたいなことを、本気に考えてはいけない。時間というものは、自分が生れてから、死ぬまでの間です。

大ゲサすぎたのだ。限度。学問とは、限度の発見にあるのだよ。大ゲサなのは、子供の夢想で、学問じゃないのです。

原子バクダンを発見するのは、学問じゃないのです。子供の遊びです。これをコントロールし、適度に利用し、戦争などせず、平和な秩序を考え、そういう限度を発見するのが、学問なんです。

自殺は、学問じゃないよ。子供の遊びです。はじめから、まず、限度を知っていることが、必要なのだ。

私はこの戦争のおかげで、原子バクダンは学問じゃない、子供の遊びは学問じゃない、戦争も学問じゃない、ということを教えられた。大ゲサなものを、買いかぶっていたのだ。

学問は、限度の発見だ。私は、そのために戦う。

新発見資料

太宰治『斜陽』原稿

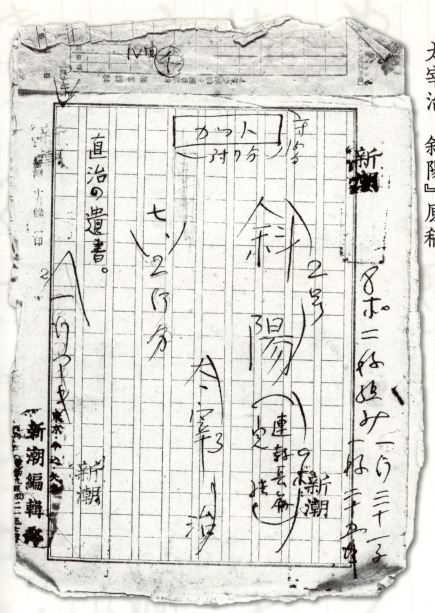

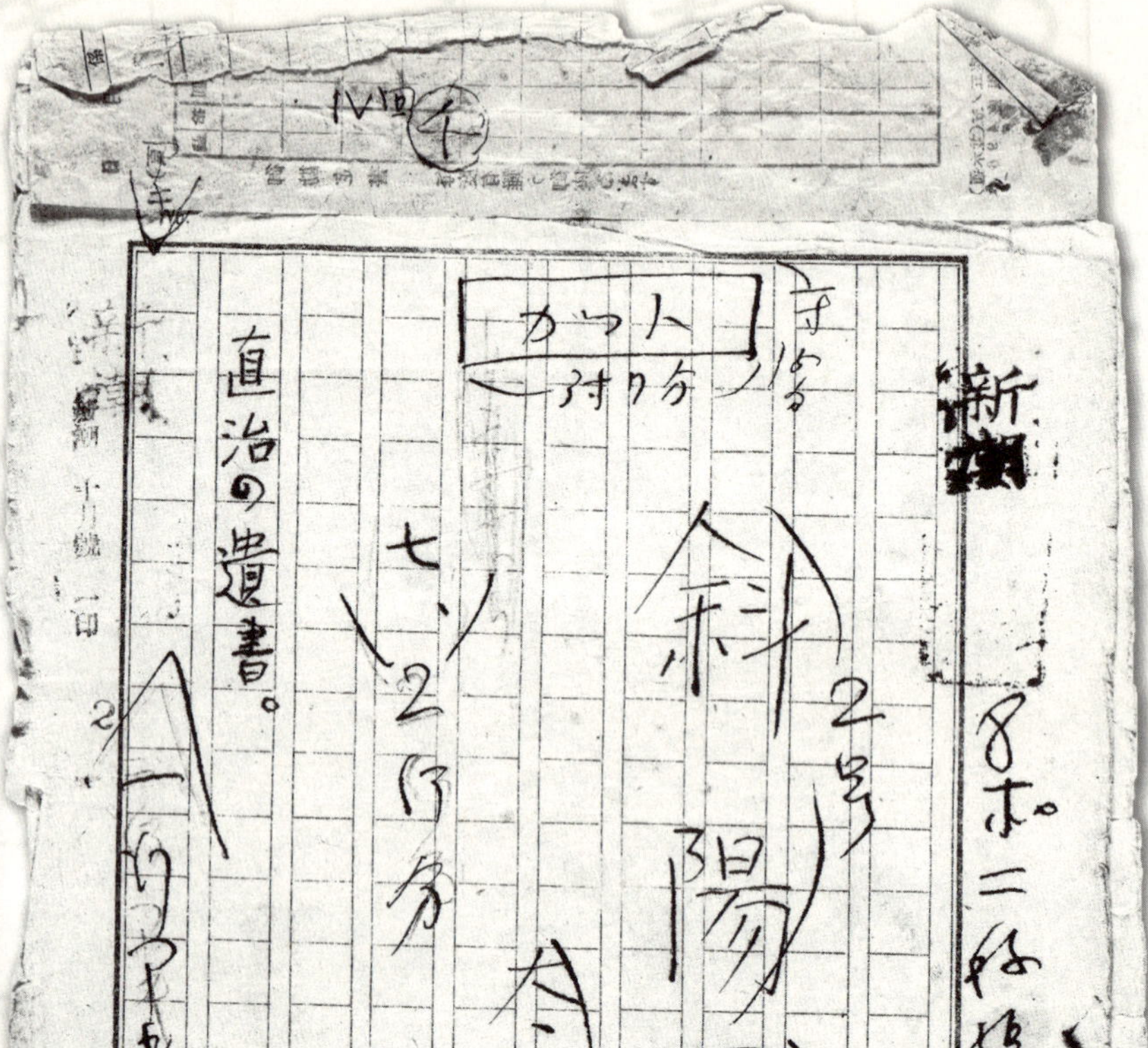

No.〜

姉さん。

だめだ。さきに行くよ。

僕は自分がなぜ生きてゐなければならないのか、それが全然わからないのです。

生きてゐたい人だけは、生きるがよい。

人間には生きる権利があると同様に、死ぬる権利もある筈です。

僕のこんな考へ方は、少しも新しいものでも何でも無く、こんな当り前の、それこそプリミチヴな事を、ひとはへんにこは

70

新潮　十月號　一印

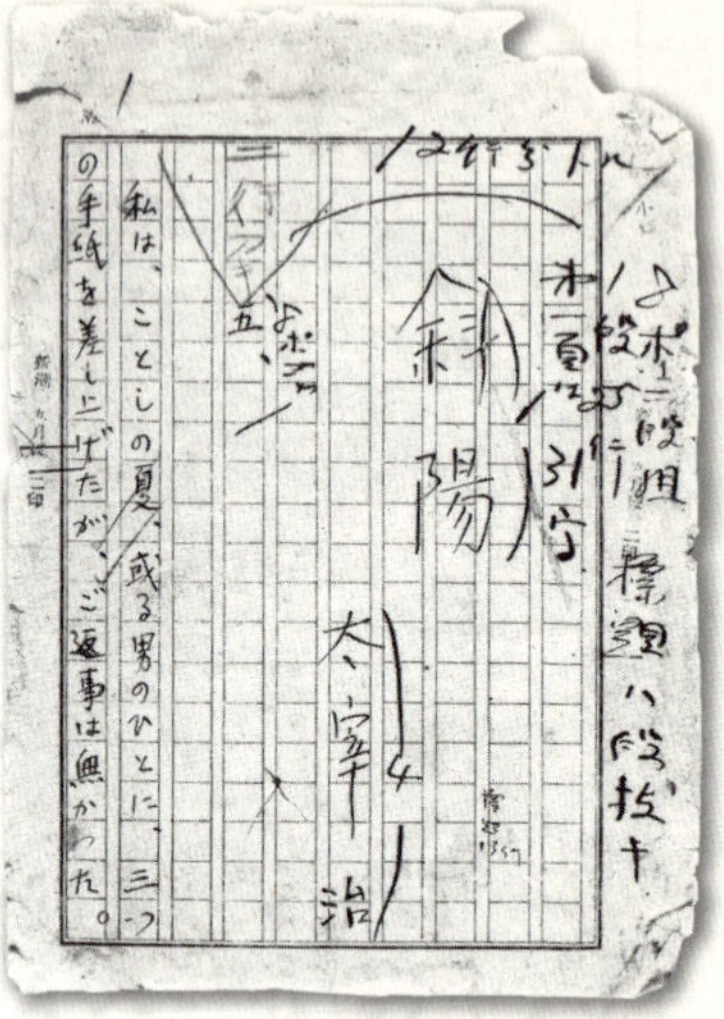

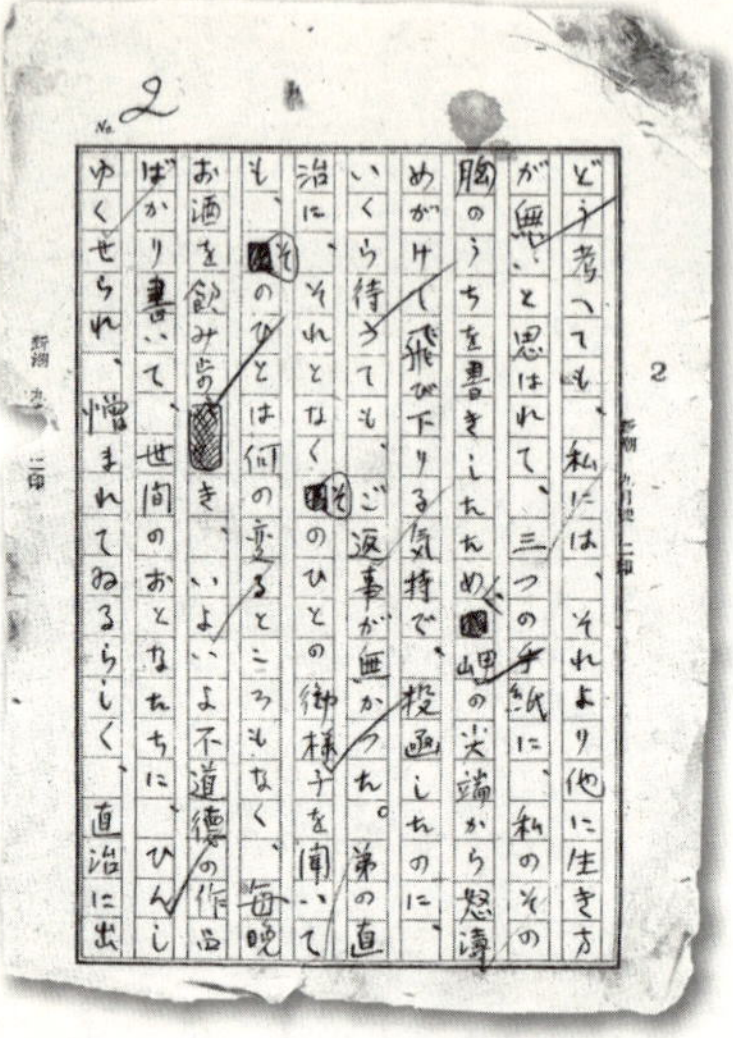

太宰の代表作「斜陽」の原稿は日本近代文学館に収められているが、欠けている箇所が数葉あり、このたびその一部が発見された。「新潮」に四回連載された（昭和二十二年七月号〜十月号）うち、三回目と最終回の原稿の冒頭部分がそれである。最終回は重要な登場人物、直治《なおじ》の遺書から始まる。「姉さん」と呼びかけられているのは、恋と革命のために生きようとする主人公かず子。

一二六、一二七ページに掲載した原稿用紙の左側欄外に〈新潮十月號一印〉とあるのは、その号で一番早く印刷所へ送られた原稿であることを示す。また、この最終回が載った「新潮」の編集後記には、「太宰治氏の長篇連載『斜陽』は、本号をもって完結した。七月号に第一回が発表されるや、各方面から激賞讃辞が殺到したが、現在までの連載ものでは往々竜頭蛇尾に了る例が数多かったので、一抹の不安があったが、二回、三回と続くに従って、それらの讃辞が決して空虚でないことが事実として証明された」とある。

太宰は「斜陽」にこの年の二月末から取り掛かっていたが、長部日出雄氏は「桜桃とキリスト　もう一つの太宰治伝」で「編集部としては、太宰の仕事ぶりに未だ不安定な要素があるのを見て取り、全篇完成のメドがつくのを待って、七月号から連載を開始したのであろう」と推定している。

そして「斜陽」は十二月に単行本が刊行されるや忽《たちま》ちベストセラーとなり、〈斜陽族〉という流行語を生むほどのブームを呼んだ。太宰が心中で亡くなったのは「斜陽」刊行からわずか半年後のことである。

Ⅲ 幼馴染にして終生のライバル

泉鏡花／尾崎紅葉／徳田秋声

明治二十五年、徳田秋声二十歳の三月、桐生悠々と共に尾崎紅葉の元を訪ねると、十八歳の泉鏡花がその玄関番をしていた。学年が異なるものの、鏡花は小学校も同じ同郷金沢の者で、秋声は「皮膚の美しい丸顔の青年」として彼を覚えていた。そのとき持参した原稿は形にならずそれっきりとなるが、三年後、鏡花の勧めで秋声は再び紅葉の門を叩き、今度は迎え入れられた。

鏡花は師である紅葉を神格化していたが、秋声は同じ文学を志す者同士として、紅葉を敬いつつも、対等に接していた。そんな師匠に対する接し方の違いが、やがて紅葉逝去ののち、秋声が漏らした師への些細な揶揄《やゆ》によって決定的な亀裂となって、二人は決別してしまう。

「外科室」「高野聖」など耽美な作風で独自の地位を築いていった鏡花には、同じく作家を志望しながらもなかなか日の目を浴びない弟・斜汀《しゃてい》がいた。斜汀が昭和八年、秋声の営むアパートの一室で危篤となり、そのまま秋声に看取られるという運命の巡り合わせによって、秋声と鏡花の関係は劇的に復活する。

果たして彼らが本当の意味で和解したのかどうか、それは畢竟本人たちにしかわからないことだが、斜汀の死に際して久々に再会した二人がお互いにどんな振舞いをしてみせたかは、秋声自身の「和解」、そして里見弴《とん》「二人の作家」に詳しい。

そして数年後、鏡花逝去の報せが秋声のもとに届く……。

外科室

究極の「ひと目惚れ」の果てに

泉鏡花

上

実は好奇心の故に、然《しか》れども予は予が画師たるを利器として、兎《と》も角《かく》も口実を設けつつ、予と兄弟もただならざる医学士高峰を強《し》いて、某《それ》の日東京府下の一病院に於《おい》て、渠《かれ》が刀《とう》を下すべき、貴船《きふね》伯爵夫人の手術をば予をして見せしむることを余儀なくしたり。

其《その》日午前九時過ぐる頃家を出でて病院に腕車《わんしゃ》を飛ばしつ。直《ただ》ちに外科室の方に赴く時、先方《むこう》より戸を排してすらすらと出先《いできた》れる華族の小間使とも見ゆる容目《みめ》妍《よ》き婦人《おんな》二三人と、廊下の半ばに行違《いきちが》えり。

見れば渠等の間には、被布《ひふ》着たる一個七八歳の娘を擁しつ、見送るほどに見えずなれり。これのみならず玄関より外科室、外科室より二階なる病室に通うあいだの長き廊下には、フロックコオト着たる紳士、制服着けたる武官、或《あるい》は羽織袴の扮装《いでたち》の人物、其他、貴夫人令嬢等いずれも尋常《ただ》ならず気高《けだか》きが、彼方《あなた》に行違い、此方《こなた》に落合い、或は歩し、或は停し、往復恰《あたか》も織るが如し。予は今門前に於て見たる数台《すだい》の馬車に思い合せて、密かに心に頷《うなず》けり。渠等の或者《あるもの》は沈痛に、或者は憂慮《きづかわ》しげに、はた或者は慌しげに、いずれも顔色穏《おだやか》ならで、忙《せわ》しげなる小刻の靴の音、草履の響、一種寂寞《せきばく》たる病院の高き天井と、広き建具と、長き廊下との間にて、異様の跫音《きょうおん》を響かしつつ、転《うた》た陰惨の趣《おもむき》をなせり。

予はしばらくして外科室に入りぬ。

時に予と相目《あいもく》して、脣辺《しんぺん》に微笑を浮べたる医学士は、両手を組みて良《やや》あおむけに椅子に凭《よ》れり。今にはじめぬことながら、殆《ほとん》ど我国の上流社会全体の喜憂に関すべき、この大《おおい》なる責任を荷える身の、恰《あたか》も晩餐の筵《むしろ》に望みたる如く、平然として冷かなること、恐らく渠の如きは稀《まれ》なるべし。助手三人と、立合の医博士一人と、別に赤十字の看護婦五名あり。看護婦其者にして、胸に勲章帯びたるも見受けたるが、あるやんごとなきあたりより特に下し給えるもありぞと思わる。他に女性《にょしょう》とてはあらざりし。なにがし公と、なにがし侯と、なにがし伯と、皆立合の親族なり。然して一種形容すべからざる面色《おももち》にて、愁然として立ちたるこそ、病者の夫の伯爵なれ。

室内のこの人々に瞻《みまも》られ、室外の彼《か》の方々に憂慮われて、塵《ちり》をも数うべく、明るくして、しかも何となく凄まじく侵すべからざる如き観ある処の外科室の中央に据えられたる、手術台なる伯爵夫人は、純潔なる白衣《びゃくえ》を絡《まと》いて、死骸の如く横われる、顔の色飽くまで白く、鼻高く、頤《おとがい》細りて手足は綾羅《りょうら》にだも堪えざるべし。脣の色少しく褪《あ》せたるに、玉の如き前歯幽《かす》かに見え、眼は固く閉《とざ》したるが、眉は思いなしか顰《ひそ》みて見られつ。纔《わずか》に束ねたる頭髪は、ふさふさと枕に乱れて、台の上にこぼれたり。

其かよわげに、且つ気高く、清く、貴く、美《うる》わしき病者の俤《おもかげ》を一目見るより、予は慄然《りつぜん》として寒さを感じぬ。

医学士はと、不図《ふと》見れば、渠は露ほどの感情をも動かし居らざるものの如く、虚心に平然たる状《さま》露《あらわ》れて、椅子に坐りたるは室内に唯《ただ》渠のみなり。其太《いた》く落着きたる、これを頼母《たのも》しと謂《い》わば謂え、伯爵夫人の爾《しか》き容体を見たる予が眼よりは寧《むし》ろ心憎きばかりなりしなり。

折からしとやかに戸を排して、静《しずか》にここに入来れるは、先刻《さき》に廊下にて行逢《いきあ》いたりし三人の腰元の中に、一際目立ちし婦人《おんな》なり。

そと貴船《きふね》伯に打向いて、沈みたる音調以《も》て、

「御前《ごぜん》、姫様《ひいさま》はようようお泣き止み遊ばして、別室に大人しゅう在《い》らっしゃいます。」

伯はものいわで頷けり。

看護婦は吾が医学士の前に進みて、

「それでは、貴下《あなた》。」

「宜しい。」

と一言答えたる医学士の声は、此時《このとき》少しく震《ふるい》を帯びてぞ予が耳には達したる。其顔色は如何《いか》にしけむ、俄《にわか》に少しく変りたり。

さては如何《いか》なる医学士も、驚破《すわ》という場合に望みては、さすがに懸念のなからむやと、予は同情を表したりき。

看護婦は医学士の旨を領《りょう》して後、彼の腰元に立向いて、

「もう、何ですから、彼《あ》のことを、一寸《ちょっと》、貴下から。」

腰元は其意を得て、手術台に擦寄《すりよ》りつ。優に膝の辺《あたり》まで両手を下げて、しとやかに立礼し、

「夫人《おくさま》、唯今、お薬を差上げます。何《ど》うぞ其を、お聞き遊ばして、いろはでも、数字でも、お算《かぞ》え遊ばしますように。」

伯爵夫人は答なし。

腰元は恐る恐る繰返して、

「お聞済《ききずみ》でございましょうか。」

「ああ。」とばかり答え給う。

念を推して、

「それでは宜《よろ》しゅうございますね。」

「何かい、麻酔剤《ねむりぐすり》をかい。」

「唯《はい》、手術の済みますまで、ちょっとの間でございますが、御寝《げし》なりませんと、不可《いけ》ませんそうです。」

夫人は黙して考えたるが、

「いや、よそうよ。」と謂《い》える声は判然として聞えたり。一同顔を見合せぬ。

腰元は諭すが如く、

「それでは夫人、御療治が出来ません。」

「はあ、出来なくッても可《い》いよ。」

腰元は言葉は無くて、顧《かえり》みて伯爵の色を伺えり。伯爵は前に進み、

「奥、そんな無理を謂《い》っては不可《いけ》ません。出来なくッても可いということがあるものか。我儘《わがまま》を謂ってはなりません。」

侯爵はまた傍《かたわら》より口を挟めり。

「余り、無理をお謂《い》いやったら、姫《ひい》を連れて来て見せるが可いの。疾《はや》く快《よ》くならんで何《ど》うするもの

か。」

「はい。」

「それでは御得心《ごとくしん》でございますか。」

腰元は其間に周旋せり。夫人は重げなる頭《かぶり》を掉《ふ》りぬ。看護婦の一人は優しき声にて、

「何故、其様《そんな》にお嫌い遊ばすの、ちっとも厭なもんじゃございませんよ、うとうと遊ばすと、直ぐ済んでしまいます。」

此時夫人の眉は動き、口は曲《ゆが》みて、瞬間苦痛に堪えざる如くなりし。半ば目を睜《ひら》きて、

「そんなに強いるなら仕方がない。私はね、心に一つ秘密がある。麻酔剤《ねむりぐすり》は譫言《うわごと》を謂うと申すから、それが恐くってなりません、何卒《どうぞ》もう、眠らずにお療治が出来ないようなら、もうもう快《なお》らんでも可い、よして下さい。」

聞くが如くんば、伯爵夫人は、意中の秘密を夢現《ゆめうつつ》の間に人に呟《つぶや》かんことを恐れて、死を以《も》てこれを守ろうとするなり。良人《おっと》たる者がこれを聞ける胸中いかん。此言をしてもし平生にあらしめば必ず一条の紛紜《ふんぬん》を惹起《じゃっき》すに相違なきも、病者に対して看護の地位に立てる者は何等のことも之を不問に帰せざるべからず。然も吾が口よりして、あからさまに秘密ありて人に聞かしむることを得ずと、断乎として謂出《いいいだ》せる、夫人の胸中を推《すい》すれば。

伯爵は温乎《おんこ》として、

「私《わし》にも、聞かされぬことなンか。え、奥。」

「はい、誰にも聞かすことはなりません。」

夫人は決然たるものありき。

「何も麻酔剤《ますいざい》を嗅いだからって、譫言を謂うという、極《きま》ったことも無さそうじゃの。」

「否《いいえ》、このくらい思って居れば、屹《きっ》と謂いますに違いありません。」

「そんな、また、無理を謂う。」

「もう、御免下さいまし。」

投棄《なげすて》るが如く傃《かく》謂いつつ、伯爵夫人は寝返りして、横に背《そむ》かんとしたりしが、病める身のままならで、歯を鳴らす音聞えたり。

ために顔の色の動かざる者は、唯彼《か》の医学士一人あるのみ。渠《かれ》は先刻《さき》に如何にしけむ、一度《ひとたび》其平生を失せしが、今やまた自若《じじゃく》となりたり。

侯爵は渋面造りて、

「貴船、こりゃ何でも姫《ひい》を連れて来て、見せることじゃの、なんぼでも児の可愛さには我《が》折れよう。」

伯爵は頷きて、

「これ、綾。」

「は。」と腰元は振返る。

「何を、姫を連れて来い。」

夫人は堪らず遮りて、

「綾、連れて来んでも可い。何故、眠らなけりゃ、療治は出来ないか。」

看護婦は窮《きゅう》したる微笑《えみ》を含みて、

「お胸を少し切りますので、お動き遊ばしちゃあ、危険《けんのん》でございます。」

「なに、私ゃ、じっとして居る。動きゃあしないから、切っておくれ。」

予は其余りの無邪気さに、覚えず森寒《しんかん》を禁じ得ざりき。恐らく今日の切開術は、眼を開きてこれを見るものあらじとぞ思えるをや。

看護婦はまた謂えり。

「それは夫人《おくさま》、いくら何んでも些少《ちっと》はお痛み遊ばしましょうから、爪をお取り遊ばすとは違いますよ。」

夫人はここに於てぱっちりと目を睜《ひら》けり。気もたしかになりけん、声は凜として、

「刀《とう》を取る先生は、高峰様だろうね！」

「はい、外科科長です。いくら高峰様でも痛くなくお切り申すことは出来ません。」

「可《い》いよ、痛かあないよ。」

「夫人、貴下の御病気は其様《そん》な手軽いのではありません。肉を殺《そ》いで、骨を削るのです。ちっとの間御辛抱なさい。」

臨検の医博士はいまはじめて愕謂《かく》えり。これ到底関雲長《とうていかんうんちょう》にあらざるよりは、堪え得《う》べきことにあらず。然るに夫人は驚く色なし。

「其事は存じて居ります。でもちっともかまいません。」

「あんまり大病なんで、何うかしおったと思われる。」

と伯爵は愁然たり。侯爵は傍より、

「兎《と》も角《かく》、今日はまあ見合すとしたら何うじゃの。後でゆっくりと謂聞《いいき》かすが可かろう。」

伯爵は一議もなく、衆《しゅう》皆これに同ずるを見て、彼の医博士は遮りぬ。

「一時《ひととき》後れては、取返しがなりません。一体、あなた方は病を軽蔑して居《お》らるるから埒《らち》あかん。感情をとやかくいうのは姑息です。看護婦一寸《ちょっと》お押え申せ。」

いと厳《おごそか》なる命《めい》の下に五名の看護婦はバラバラと夫人を囲みて、其手と足とを押えんとせり。渠等《かれら》は服従を以て責任とす。単に、医師の命をだに奉ずれば可《よ》し、敢《あえ》て他の感情を顧みることを要せざるなり。

「綾！　来ておくれ。あれ！」

と夫人は絶入《たえい》る呼吸《いき》にて、腰元を呼び給えば、慌てて看護婦を遮りて、

「まあ、一寸待って下さい。夫人、何うぞ、御堪忍遊ばして。」と優しき腰元はおろおろ声。

夫人の面《おもて》は蒼然として、

「何うしても肯《き》きませんか。それじゃ全快《なお》っても死んでしまいます。可いから此儘《このまま》で手術をなさいと申すのに。」

と真白く細き手を動かし、辛うじて衣紋を少し寛《くつろ》げつつ、玉の如き胸部を顕《あらわ》し、

「さ、殺されても痛かあない。ちっとも動きゃしないから、大丈夫だよ。切っても可い。」

決然として言放てる、辞色《じしょく》ともに動かすべからず。さすが高位の御身とて、威厳あたりを払うにぞ、満堂斉《ひと》しく声を呑み、高き咳《しわぶき》をも漏らさずして、寂然《せきぜん》たりし其瞬間、先刻《さき》より些《ち》との身動きだもせで、死灰《しかい》の如く、見えたる高峰、軽く身を起して椅子を離れ、

「看護婦、刀《メス》を。」

「ええ。」と看護婦の一人は、目を瞬《みは》りて猶予《ためら》えり。一同斉しく愕然として、医学士の面を瞻《みまも》る時、他の一人《いちにん》の看護婦は少しく震えながら、消毒したる刀を取りてこれを高峰に渡したり。

医学士は取ると其まま、靴音軽く歩を移して、衝《つ》と手術台に近接せり。

看護婦はおどおどしながら、

「先生、このままでいいんですか。」

「ああ、可いだろう。」

「じゃあ、お押え申しましょう。」

医学士は一寸手を挙げて、軽く押留め、

「なに、それにも及ぶまい。」

謂う時疾《はや》く其手は既に病者の胸を掻開《かきあ》けたり。夫人は両手を肩に組みて身動きだもせず。

係《かか》りし時医学士は、誓うが如く、深重厳粛なる音調もて、

「夫人、責任を負って手術します。」

時に高峰の風采は一種神聖にして犯すべからざる異様のものにてありしなり。

「何うぞ。」と一言答《いら》えたる、夫人が蒼白なる両の頬に刷《は》けるが如き紅《くれない》を潮《ちょう》しつ。じっと高峰を見詰めたるまま、胸に臨める鋭刀《ナイフ》にも眼を塞がんとはなさざりき。

唯《と》見れば雪の寒紅梅《かんこうばい》、血汐は胸よりつと流れて、さと白衣を染むるとともに、夫人の顔は旧《もと》の如く、いと蒼白くなりけるが、果せるかな自若《じじゃく》として、足の指をも動かさざりき。

ことのここに及べるまで、医学士の挙動脱兎の如く神速にして聊《いささ》か間なく、伯爵夫人の胸を割くや、一同は素《もと》より彼の医博士に到るまで、言《ことば》を挟《さしはさ》むべき寸隙《すんげき》とてもなかりしなるが、ここに於てか、わななくあり、面を蔽《おお》うあり、背向《そがい》になるあり、或は首を低《こうべ》《た》るるあり、予の如き、我を忘れて、殆ど心臓まで寒くなりぬ。

三秒《セコンド》にして渠《かれ》が手術は、ハヤ其佳境に進みつつ、刀《メス》骨に達すと覚《おぼ》しき時、

「あ。」と深刻なる声を絞りて、二十日以来寝返りさえも得せずと聞きたる、夫人は俄然《がぜん》器械の如く、其半身を跳起《はねお》きつつ、刀《とう》取れる高峰が右手《めて》の腕《かいな》に両手を確《しか》と取縋《とりすが》りぬ。

「痛みますか。」

「否《いいえ》、貴下《あなた》だから、貴下だから。」

恁言懸《かくいいか》けて伯爵夫人は、がっくりと仰向きつつ、凄冷《せいれい》極り無き最後の眼に、国手《こくしゅ》をじっと瞻《みま》もりて、

「でも、貴下は、貴下は、私を知りますまい！」

謂う時晩《おそ》し、高峰が手にせる刀に片手を添えて、乳《ち》の下深く掻切《かきき》りぬ。医学士は真蒼になりて戦《おのの》きつつ、

「忘れません。」

其声、其呼吸《いき》、其姿、其声、其呼吸、其姿。伯爵夫人は嬉しげに、いとあどけなき微笑《えみ》を含みて高峰の手より手をはなし、ばったり、枕に伏すとぞ見えし、唇の色変りたり。

其時の二人が状《さま》、恰も二人の身辺には、天なく、地なく、社会なく、全く人なきが如くなりし。

下

数うれば、はや九年前なり。高峰が其頃は未だ医科大学に学生なりし砌《みぎり》なりき。一日《あるひ》予は渠《かれ》とともに、小石川なる植物園に散策しつ。五月五日躑躅《つつじ》の花盛なりし。渠とともに手を携え、芳草の間を出つ、入りつ、園内の公園なる池を繞《めぐ》りて、咲揃いたる藤を見つ。

歩を転じて彼処《かしこ》なる躑躅の丘に上らむとて、池に添いつつ歩める時、彼方《かなた》より来りたる、一群の観客あり。

一個《ひとり》洋服の扮装にて煙突帽を戴きたる蓄髯《ちくぜん》の漢《おとこ》前衛して、中に三人の婦人を囲みて、後よりもまた同一様《おなじさま》なる漢来れり。渠等は貴族の御者なりし。中なる三人の婦人等は、一様に深張の涼傘《ひがさ》を指《さし》翳《かざ》して、裾捌《すそさばき》の音最冴《いとさや》かに、するすると練来《ねりきた》れる、ト行違《いきちが》いざま高峰は、思わず後を見返りたり。

「見たか。」

高峰は頷きぬ。「むむ。」

恪《かく》て丘に上りて躑躅を見たり。躑躅は美なりしなり。されど唯赤かりしのみ。

傍のベンチに腰懸けたる、商人体《あきうどてい》の壮者《わかもの》あり。

「吉《きっ》さん、今日は好いことをしたぜなあ。」

「そうさね、偶《たま》にゃお前の謂うことを聞くも可いかな、浅草へ行って此処《ここ》へ来なかったろうもんなら、拝まれるんじゃなかったっけ。」

「何しろ、三人とも揃ってらあ、どれが桃やら桜やらだ。」

「一人は丸髷《まるまげ》じゃあないか。」

「何《ど》の道はや御相談になるんじゃなし、丸髷でも、束髪でも、乃至《ないし》しゃぐまでも何でも可い。」

「ところでと、あの風じゃあ、是非、高島田《ぶんきん》と来る処を、銀杏《いちょう》と出たなあ何ういう気だろう。」

「銀杏、合点がいかぬかい。」

「ええ、わりい洒落だ。」

「何でも、貴姑《あなた》方がお忍びで、目立たぬようにという肚《はら》だ。ね、それ、真中のに水際が立ってたろう。いま一人が影武者というのだ。」

「そこでお召物は何と踏んだ。」

「藤色と踏んだよ。」

「え、藤色とばかりじゃ、本読が納まらねえぜ。足下《そこ》のようでもないじゃないか。」

「眩《まばゆ》くってうなだれたね、おのずと天窓《あたま》が上らなかった。」

「そこで帯から下へ目をつけたろう。」

「馬鹿をいわっし、勿体ない。見しやそれとも分かぬ間だったよ。ああ残惜《のこりおし》い。」

「あのまた、歩行振《あるきぶり》といったらなかったよ。唯もう、すうッとこう霞に乗って行くようだっけ。裾《すそ》捌《さばき》、褄《つま》はずれなんということを、なるほどと見たは今日が最初《はじめ》てよ。何うもお育柄《そだちがら》はまた格別違ったもんだ。ありゃもう自然、天然と雲上になったんだな。何うして下界の奴儕《やつばら》が真似ようたって出来るものか。」

「酷《ひど》くいうな。」

「ほんのこッたが私《わっし》ゃそれ御存じの通り、北廓《なか》を三年が間、金毘羅《こんぴら》様《さま》に断ったというもんだ。処が、何のこたあない。肌守《はだもり》を懸けて、夜中に土堤《どて》を通ろうじゃあないか。罰のあたらないのが不思議さね。もうもう今日という今日は発心《ほっしん》切った。あの醜婦《すべった》ども何うするものか。見なさい、アレアレちらほらとこう其処《そこ》いらに、赤いものがちらつくが、何うだ。まるでそら、芥塵《ごみ》か、蛆《うじ》が蠢《うご》めいて居るように見えるじゃあないか。馬鹿馬鹿しい。」

「これはきびしいね。」

「串戯《じょうだん》じゃあない。あれ見な、やっぱりそれ、手があって、足で立って、着物も羽織もぞろりとお召で、おんなじ様な蝙蝠傘《こうもりがさ》で立ってる処は、憚《はばか》りながらこれ人間の女だ、然も女の新造《しんぞ》だ。女の新造に違いはないが、今拝んだのと較べて、何うだい。まるでもって、くすぶって、何といって可いか汚れ切って居らあ。あれでもおんなじ女だっさ、へん、聞いて呆れらい。」

「おやおや、何《ど》うした大変なことを謂出《いい》したぜ。しかし全くだよ。私《わっし》もさ、今まではこう、ちょいとした女を見ると、ついそのなんだ。一所に歩くお前《めえ》にも、随分迷惑を懸けたっけが、今のを見てからもうもう胸がすっきりした。何だかせいせいとする、以来女はふッつりだ。」

「それじゃあ生涯ありつけまいぜ。源吉とやら、みずからは、とあの姫様が、言いそうもないからね。」

「罰があたらあ、あてこともない。」

「でも、あなたやあ、と来たら何うする。」

「正直な処、私は遁《に》げるよ。」

「足下《そこ》もか。」

「え、君は。」

「私も遁げるよ。」と目を合せつ。しばらく言途《ことば》絶えたり。

「高峰、ちっと歩こうか。」

予は高峰と共に立上りて、遠く彼《か》の壮佼《わかもの》を離れし時、高峰はさも感じたる面色にて、

「ああ、真の美の人を動かすことあの通りさ、君はお手のものだ、勉強し給え。」

予は画師たるが故に動かされぬ。行くこと数百歩《すひゃっぽ》、彼の樟《くす》の大樹の欝蓊《うつおう》たる木《こ》の下蔭の、稍《やや》薄暗きあたりを行く藤色の衣の端を遠くよりちらとぞ見たる。

園を出ずれば丈高く肥えたる馬二頭立ちて、磨硝子《すりガラス》入りたる馬車に、三個《みたり》の馬丁《べっとう》休らいたりき。其後九年を経て病院の彼のことありしまで、高峰は彼の婦人のことにつきて、予にすら一言をも語らざりしかど、年齢に於ても、地位に於ても、高峰は室《しつ》あらざるべからざる身なるにも関らず、家を納むる夫人なく、然も渠《かれ》は学生たりし時代より品行一層謹厳にてありしなり。予は多くを謂わざるべし。

青山の墓地と、谷中の墓地と所こそは変りたれ、同一日《おなじひ》に前後して相逝《あいゆ》けり。

語を寄す、天下の宗教家、渠等二人は罪悪ありて、天に行くことを得ざるべきか。

追慕 紅葉先生

――一番弟子による回想記

泉鏡花

紅葉先生逝去前十五分間

明治三十六年十月三十日十一時、……形勢不穏なり、予は二階に行きて、謹《つつし》みて鄰室に畏《かしこ》まれり。此処《ここ》には、石橋、丸岡、久我の三氏あり。

人々は耳より耳に、耳より耳に、鈍き、弱き、稲妻の如き囁《ささやき》を伝え居れり。

病室は唯寂《しん》として些《さ》のもの音もなし。

時々時計の軋《きし》る声とともに、すすり泣の聞ゆるあるのみ。

室と室とを隔てたる四枚の襖《ふすま》、其の一端、北の方《かた》のみ細目に開けたる間《あわい》より、五分措き、三分措きに、白衣《びゃくえ》、色新しき少看護婦、悄然として出でて、静《しず》かに、しかれども、ふらふらと、水の如き灯《ともしび》の中を過ぎりては、廊下に佇《たたず》める医師と相見て私語す。

雨頻《しき》りなり。

正に十分、医師は衝《つ》と入りて、眉に憂苦を湛へつつ、もはや、カンフルの注射無用なる由を説き聞かせり。

風又た一層を加う。

雨はただ波の漾《ただよ》うが如き気勢《けはい》して降りしきる。

これよりさき、病室に幽《かす》なるしわぶきの声あるだに、其の都度、皆慄然《りつぜん》として魂を消したるが、今や、偏に吐息といえども聞えずなりぬ。

時に看護婦は襖より半身を顕《あらわ》して、ソト医師に目くばせ為《せ》り、同時に相携えて病室に入りて見えずなれり。

石橋氏は椅子に凭《よ》りて、身を堪え支うること能わざるものの如く、且つ仰ぎ、且つ俯《ふ》し、左を見、右を見て、心地死なんとするものの如くなりき。

(角田氏入る。)

人々の囁きは漸く繁く濃《こまや》かに成り来れり、月の入、引汐、という声、閃き聞えつ。

十一時十五分、予は病室の事を語る能わず。

紅葉先生の玄関番

私は十九の年の九月に紅葉先生のところへ上って、それから四年ばかりお世話になって居た。其《その》間は、勝手に遊びに出るというようなことはなく、随《したが》って友達という友達も殆《ほとん》どなかった。それに先生も私を側へ置きたいという方であったので、外へ散歩や遊びに出る時は先生自身が私なども連れて行って下すった。何しろ客は多いし、その取次ぎやら、使いやら、朝晩の掃除やらで、なかなかのんきに遊ぶ暇などはない。ある時などは、巌谷《いわや》さんや、石橋さんや、川上さんや、中村さんなどが来られて、何か芝居の稽古をするんだとかで二階はドンドンガタガタという大騒ぎ、其処《そこ》へまた客でもあると、玄関には下駄が十四五足も並んで居るのに、留守だと言え、で、大《おお》に困ったことなどがある。

そんな風だから、一般の学生のように、下宿に居て気儘《きまま》に振舞うとは大に境遇が違って居た。けれども、私の為にはそれがよかったと思う。厳格ではあったが、先生はよく可愛がって下すった。手許《てもと》で、而《し》かも虫も付かずに育った。

それに私は、その頃まだ余り性慾というものの衝動を受けず、且《か》つ食べるという方の欲も、一般の青年のように劇《はげ》しくはなかった。けれども唯一つ非常に欲しいものがあった。それは煙草だ。是《これ》ばかりはどうしても忘れることは出来なかった。私は食べる物から、着物から、——何から何まで先生からして貰って居たが、小遣いも矢張《やは》り毎月五十銭ずつ貰って居た。その時分だから、五十銭あれば大抵なことは出来た筈であるが、今言う通り大の煙草好きで、五十銭の中から、紙を買ったり、筆を買ったりして居ると、その残りでは煙草代も不足勝であった。

　私が初めて先生の内へ上った頃、先生は、「紅白毒饅頭」というのを「読売」に書いて居られた。神楽坂とか、四谷見附とかいうようなところには、その大きな広告——紫の矢絣《やがすり》のを着た女がスッと立って、その足もとに蛇をあしらい、傍に紅白の腰高《こしだか》饅頭を書いた——が目立って見えた。ところが先生は遅筆の方だものだから、どうかして早く書けるようにと考えられた結果、先生の口述を私が筆記することとなった。それが丁度十四回目で、

「ややありて挨拶に罷《まか》り出たるは、此処に十三人の神官の司とは見るから著《しる》き服装《いでたち》なり。白羽二重《はぶたえ》の袷《あわせ》に、白襟三枚襲ね、雲立涌《くもたてわく》の葡萄《えび》綾《あや》の袴の折目正しき裾長に穿きなし、」というようなところを、「いでたちとは服装と書くんだよ。」「雲立涌とは斯《こ》ういう字さ。」と畳に書いて見せたり、「えびあやは葡萄綾と書く。」などと教えられたりして書いた。それが翌日立派に活版になって来るので、私は大文豪の書記にでもなったようで、得意だった。然《しか》しそれは一回きりで、後は皆先生が自分で書かれた。尤《もっと》も原稿の清書はよくした。そして翌日それが活版になって来るので、自分の書いたものでもあるように嬉しかった。ある時先生が匿名でモリエールの喜劇を飜案されて、春陽堂から出されたが、それには筆者を言い中《あ》てる懸賞であった。その時の原稿も私が清書したので、先生の作ということは、先生と私と、春陽堂の主人より外には誰も知らなかった。其時私が固く秘密を守ったので、非常に先生の信用を篤《あつ》くした。

　其頃私は妙に自分の物が書けなくなって了《しま》った。先生の内へ上るまでは、もう直ぐ作者にでもなれる気で居たが、先生の許へ参じて、眼が段々開いて来ると何だか怖気がついて、気ぬけがしたようで、些《ちっ》とも筆が立たない。そして今までは盲蛇に怖じずでやって居たということを感じた。そういうことは誰にもあることで。

当時困らされたのは、薪割《まきわり》と、弓と、紙鳶《たこ》上げのおつき合いだった。先生は運動の為だと言って、薪を買って来て、庭先で薪を割られる。それを私が黙って居る訳には行かないので、側に行って手伝をするのだ。それから先生は少し筆が渋る時は、よく弓を引かれた。私はその矢拾いである。ところが中《あた》らなかったりなんかすると、直ぐ癇癪《かんしゃく》が出て、随分小言を言われた。それから先生はよく紙鳶を揚げられた。横寺町の寺の墓地の側の家で、私が紙鳶を持って墓地の隅に立つと、先生は二階から廂《ひさし》の上に出て、糸をたぐられたものだ。下に立って持って居るのを、上からたぐるのだから、少々の風ではなかなかうまく揚らない。それが木の枝に引懸《ひっかか》ったり、廂《ひさし》先きに引懸ったりすると、例の癇癪を起して、けんつくで、随分ハラハラしたものだ。そういう時に巌谷さんでも来られると、「そう君言ったって仕様がない。」などと言ってなだめられるのであった。私はそれが嬉しかった。

そういう場合でなくても小言を食ったことがある。然し先生の小言は、毒舌でなく、而《し》かも譬喩《ひゆ》、警句、皮肉、口を銜いて出るので、叱られて居ながら笑うようなことがあった。それが面白くて、態《わざ》とでも叱られて見たいと思うことがあった。

先生の内へ上りたてには、いろんな失敗をやった。くさやの干物をお昼のおかずにつけられて、是《これ》は腐ッて居ると思って、そっと掃溜《はきだめ》に棄てたり、桜餅を貰って、是も腐って居ると思って窓から擲《ほう》ったりした。それからある晩、先生から大福餅を十銭だけ買って来いと言われて、横寺町の家を出て、船橋も、紅谷《べにや》も、亀澤も通り越して、態々《わざわざ》御苦労にも、大道の露店から買って帰った。ところが、そんなところに売って居る物でなくて、通り越した紅谷などにある上等な大福餅と分って、其儘《そのまま》私が貰ったことなどがある。私はまだそんな物があるということを知らなかったのだ。

柳川君が来てからは、二人で相談して、夜おそくそっと蕎麦食いに行ったり、焼芋を買ったりして食った。ある晩、先生が留守の時、二人で金を出し合せて焼芋を買って来たが、まだ襖一重の次の部屋には年寄方が起きて居られるので、焼芋を出すと匂いがするから、後で食べようと思って本箱の中に入れて置いた。その中に柳川君は机に凭《もた》れながらふらふらと眠り初めた。やがて次の部屋では眠られた様子、もう食っても可《い》いなと思って居ると、其処《そこ》へ先生がガラガラッと俥で外から帰って来られた。そこで「おい、柳川！」とドンと背を叩いて、「先生が帰られた。」と言うと、起されたのが癪に障ったのか、焼芋でも食って了《しま》ったと思ったのか、ツンとして何かブツブツ言いながら立って行った。そして其ままニ日ばかり一口も口をきかなかった。ところが或る日、私が石橋さんのところへ使いに行って帰る時になって、石橋さんから「おい！」と言って、立派な柿を五つ渡された。私はそれを持って帰って、「おい、どうだい。」と一つ柳川君に差し出すと、ウフフと笑って受取って、それから又口をきき出した。ところが後になって其柿は先生に上げるんだったということが分って、大いに恐縮したことがある。その石橋さんは、毎年お正月には極《きま》って二十銭ずつ下すった。それが大変有難かった。後ではそれを的《あて》にして、何を買おうなどと考えて居たものだ。

要するに、私のその時分の生活は、一から十まで先生の世話を受けて居たので、且つ先生というものが中心となって、私の自分というものはずっと引込んで居た。それだから、私は先生の話をきいて楽しみ、先生のされることを見て面白かった。更に言えば、何から何まで教えられたのであった。

和解

泉鏡花との因縁

徳田秋声

一

奥の六畳に、私はM―子と火鉢の間に対坐していた。晩飯には少し間があるが、晩飯を済したのでは、夜の部の映画を見るのに時間が遅すぎる――ちょうどそう云った時刻であった。陽気が春めいて来てから、私は何となく出癖がついていた。日に一度くらい洋服を著て靴をはいて街へ出てみないと、何か憂鬱であった。街へ出て見ても別に変ったことはなかった。どこの町も人と円タクとネオンサインと、それから食糧品、雑貨、出版物、低俗な音楽の氾濫であった。その日も私は為《し》たい仕事が目の前に山ほど積っているようで、その癖何一つ為《す》ることがないような気がしていた。その時T――（注・モデルは鏡花の弟、泉斜汀《しゃてい》。本名豊春《とよはる》）が、いつもの、私を信じ切っているような少し羞かしいような様子をして部屋の入口に現われた。そしてつかつかと傍へ寄って来た。

「済みませんけれど、一時お宅のアパアトにおいて戴きたいんですが……。家が見つかるまで。
――家を釘づけにされちゃったんで。」彼はそういって笑っていた。

「何うして？」

「それが実に乱暴なんです。壮士が十人も押掛けて来て、お巡りさんまで加勢して、否応《いやおう》なしに
……。」

私も笑ってるより外なかったが、困惑した。

「アパアトは一杯だぜ。三階の隅に六畳ばかり畳敷のところはあるけれど、あすこに住うのは違法なんだから。」

「そこで結構です。小島弁護士も、後で行って話すから、差当り先生のアパアトへ行くより外ないというんです。」

「小島君が何《ど》うかしてくれそうなもんだね。」

「こうなっては手遅れだというんです。防禦策は講じてあったんだけれど、先方の遣口《やりくち》が実に非道《ひど》いんです。」

「じゃ、まあ……為方《しかた》がないね。」

T—は部屋代に相当する金をポケットから出した。私は再三拒んだが、T—は押返した。私は彼が遣りかけている仕事に、最近聊《いささ》か助言を与えると共に、費用も出来る範囲で立換えていた。二三日前にも見本を地方へ送る郵税が、予想より超過したとかで、私はそれを用立てて一安心しているところであった。T—はそんな仕事の好い材料をもっていたけれど、少しばかり金を注ぎこんだところで、物になるか何うかは疑問であった。彼は又私のヒントで、俳文学の雑誌を発刊する計画も立てていた。まあ、何か彼か取りついて行けそうに思えた。私自身最近荒れ放題に荒れていた少し許《ばか》りの裏の空地に、百方工面して貧弱なアパアトを造ったくらいであった。世間からおいてきぼりを喰った、芸術家の晩年の寂しい姿を、自身にまざまざ見せつけられていた。この四五年事物が少しはっきり見えるような気がした。隠遁や死も悪くはなかったが、ねばるのも亦《また》よかった。T—もう相当の年輩であったが、今まで余り好い事はなかった。同じ芸術壇で、私の友人である兄は特異な地位を占めていたけれど、T―はその足もとへも寄りつけなかった。結核で八年間も苦しみ通した最初の細君のことを、私は余り知らなかったけれど、この前の細君は、三年程前、彼に新しい女が出来かかった頃、子供の問題などで、よく私のところへ遣って来たものだが、立派な性格破産者であったから、T―の結婚生活が幸福である筈もなかった。五年以来彼は今二十五になる恋人と幸福な同棲生活を続けて来た。遣《や》りかけた仕事が若《も》し巧《うま》く行けば、彼はその晩年において、生涯の償いが取れないとも限らなかった。それは全く望みのない事でもなかった。誰もが人の才能や運命に見切りをつけてはならなかった。

私はT―の金をM―子に預けた。そしてT―が帰ってから、背広に着かえてM―子と長男の芳夫をつれて外へ出た。

三人で通りの人通を歩いている、或る銀行の前の、老い朽ちた椎の木蔭の鉄柵のところで、赤靴を磨かせているT―を見た。T―は私達の顔を見て近眼鏡の下で微笑みかけた。

「お出かけ？」

「いや、ちょっと。」

その儘《まま》私たちは通りすぎた。そして三丁目の十字路を突切って、とある楽器店の前まで来た。東京社交舞踏教習所と書きつけた電灯が、その横の路次にある其のビルディングの入口に出ていた。M―子が自身私のパアトナアになるつもりで、最近そこで四五日ダンスを教わったのが因縁で、私も時々そこへ顔を出して、ステップの研究をやったりした。教養のある其処の若いマダムは、体の軽い私を、よく腋《さき》の下から持ちあげるようにして、気さくにステップを教えてくれた。いつか其《そ》のお父さんとも私は話をするようになった。

「渡瀬さんは何《ど》うなさいました。」お父さんはその令嬢が小さい時分、よく世話になった医者で、私のダンス仲間である渡瀬ドクトルのことを私に聞いた。

渡瀬ドクトルは区内の名士であったが、ダンスの研究にも熱心であった。

「渡瀬さん困りますよ。肝臓癌になっちまって。」私は暫く見舞いを怠っているドクトルのことを思い出した。

ドクトルも最近ここの牀で、マダムと踊ったこともあったが、善良なこの人達の家庭をよく知っていた。彼は医者としてよりも、人として一種ヒイロイックな人格の持主であった。最近まであれほど頑健で、時とすると一夜のうちに五十回も立続けに踊ったり、政治批評や恋愛談に興がわくと、夜が白々明けるまで、私の家のストオブの傍で話しに耽ったりしていたのに、三月へ入ってから急に顔や手足が鬱金《うこん》染めのように真黄色になって来た。私達はストオブのある板敷の部屋や、私の物を書くテイブルの傍などで、屢々《しばしば》豊富なタンゴの新しいステップを踏んで見せていた、肥った小さい其の姿を、暫らく見ることがなかった。

娘夫婦に道楽半分教習所をやらせている彼は少し口元の筋肉をふるわせて、眼鏡ごしに私の顔を見詰めていた。

ちょうどいつも踊ってくれるマダムは風邪をひいたので、出ていなかったし、マスタアの顔も見えなかったので私達は助手の女の人を相手に、一二回踊ってそこを出ると、下の広小路までぶらぶら歩いて、お茶を呑んで帰って来た。

「T—さん何うしたか知《し》ら。」私は家政をやってくれているおばさんに聞いた。

「子供さんがアパアトの廊下に遊んでいましたから、もうお引移りになったんでしょうよ。」

私は建築中も、一度も見に行かなかったくらいで、アパアトの方へ行くのも厭だったので、その晩は彼を訪ねもしなかった。

二

間《あいだ》一日おいた晩方、私はおばさんからT―君が病気で臥《ふ》せていることを聞いた。

「何んな風?」私はきいた。

「多分風邪だろうというんですの。突然九度ばかり熱が出たんだそうです。先刻奥さんに伺ったんですけれど。」

五年以来の其の若い細君の噂を、私は子供からも耳にしていたし、M―子の仕立物を頼んだりしていたので、二三度逢っていたおばさんからも、聞いていた。二男の友達がダンスを教えたりして、何か恋愛関係でもあったように思われたが、T―のものになったのは、それから間もないことらしかった。兎《と》に角《かく》仕立物をしたりして、T―を助けていることだけでも、近頃の教養婦人としては、好い傾向だと思った。

「九度?」私は首をひねった。

「九度とか四十度とか……ちょっと立話でしたから。」

「医者にかけたか知ら。」

「さあ、そこのところは存じませんけれど。」

「風邪ならいいけれど……。」

私は他の場合を想像しない訳にいかなかった。チブスとか肺炎とか……。私はアパアトに十人余りの人達がいるので、最悪の場合のことも気にしないではいられなかった。

「細君に、早速医者に診てもらうように言ってくれませんか。」

「そう言いましょう。」

「こういう時、渡瀬さんが丈夫だといいんだがな。」

「そうですね。」

「しかし浦上さんも、医者としては好いんだ。至急あの人を呼ぶように言って下さい。そして診察の様子を見よう。」

「そう申しておきましょう。」

私は裏へいって、三階へ上ってみようかと余程そう思ったけれど、逢ったこともない細君に遠慮もあったし、差当りT—の生活に触れるのも厭だった。

切迫した仕事があったので、その晩はそのままに過ぎた。それにおばさんはルーズな方じゃないので、医者に診てもらったに違いないと思っていた。

明日になっても、私は何か頭脳の底に、不安の影を宿しながらも、その問題にふれる機会もなくて過ぎた。多分感冒だったので、報告がないのだろうと思っていたが、夜、私は外から帰ってくると、急にまた気になりだした。私はおばさんに聞いてみた。

「T—君診てもらったかしら。」

「ええ、あの時そう申しましたんですが、知らない人に診てもらうのは厭なんですて。それで、牛込の懇意なお医者を呼びにいったんだけれど、その方も風邪で寝ていらっしゃるんで、多分明日あたり診ておもらいになるんでしょう。」

「呑気なことを言ってるんだな。何うして浦上さんを呼ばないんだろうな。」

しかし其の晩はもう遅かった。容態に変化がなさそうなので、私は風邪に片着けて、一時のがれに安心していようとした。何か自分流儀な潔癖をもったT―自身と細君の気分に闖入して行くのも憚られた。

三

翌々日の夜、或る会へ出席して、二三氏と銀座でお茶を呑んだりして帰ってくると、T―の病気が大分悪化したことを、おばさんから聞いた。誰かに見せたのかときくと、浦上ドクトルが昼間来て診察したというのであった。

私は自身の怠慢に、今度も亦《また》漸《ようや》っと気がついたように感じたと共に、浦上の診断を細君にききたかった。急いで庭を突切って、アパアトの裏口から入っていった。ちょうど二段になっている三階の段梯子を登りきったところで、そこの天井裏の広い板敷の薄闇黒《くらがり》に四十年輩の体の小締めな、私の見知らない紳士と、背のすらりとした若い女と、ひそひそ立話をしているのに出会《でくわ》した。私はちょっと躊躇したのち、今診察を終って、帰ろうとしている其の医者に話しかけた。

「失礼ですが、ちょっと私の部屋までおいで願いたいんですが。」

「よろしゅうございます。」

幼児のような柔軟さをもった彼は、足を浮かすようにして私について来た。

私達は取散《とりちら》かった私の書斎で、火鉢を間にして挨拶し合った。

「私は少々お門違いの婦人科でして、昼間病院にいるものですから。」彼は名刺を出した。

「じゃT―君が、最近瘭疽《ひょうそ》を癒していただいたのは貴方ですか。」

「そうですよ、は、はい。」

ドクトルはモダアンな少年雑誌の漫画のように愛嬌があった。

「病気はどんなですか。」

「は、は……実は昨日もちょっと来て診ましたが、その時は分明《はっきり》わかりませんでしたが、今診たところによりますと、肺炎でも窒扶斯《チブス》でもありませんな。原因はよくわかりませんが、脳膜炎ということだけは確実ですよ、は、は。」

「脳膜炎ですか。」

「今夜あたり、もう意識がありませんよ、は。兎に角これは重体です。去年旅先で、井戸へおちて、肋骨を打たれたので、或いは肺炎ではないかと思っておりましたが、どうも其れらしい症状は見出せません。」

「窒扶斯でもないんですか。」

「その疑いもないことはなかったのですが、断じてそうじゃありませんな。」

ドクトルは術語をつかって、詳しく症状を説明したが、明朝もう一度来てもらうことにして、私は玄関まで送りだした。

「では……は、は……ごめん、ごめん。」ドクトルは操り人形のような身振りで出て行った。

私は事態の容易でないことを感じた。T―自身にもだが、T―の兄のK―氏に対する責任が考えられた。たとい其れが不断何んなに仲のわるい友達同志であるにしても、T―の唯一の肉身であるK―氏の耳へ入れない訳にいかなかった。T―は兼々《かねがね》この兄に何かの助力を乞うことを、悉皆《しっかい》断念していた。勿論この兄弟は、本当に憎み合っている訳ではなかった。謂わばそれは優れた天才肌の偏倚的な芸術家と、普通そこいらの人生行路に歩みつかれて、生活の下積みになっている凡庸人とのあいだに掘られた溝のようなものであった。K―に奇蹟が現われて、センチメンタルな常識的人情感が、何らかの役目を演じてくれるか、T―が芸術的にか生活的にか、孰《いず》れかの点で、或《ある》程度までK―に追随することができたならば、二人の交渉は今までとはまるで違ったものであるに違いなかった。

ところで、K―と私自身とは、それとは全然違った意味で、長いあいだ殆んど交渉が絶えていた。それは芸術の立場が違っているせいもあったが、同じくO―先生の息のかかった同門同志の啀《いが》み合いでもあった。同じ後輩として、O―先生との個人関係の親疎や、愛敬の度合いなどが、O―先生の歿《ぼつ》後、いつの間にか、遠心的に二人を遠ざからしめてしまった。K―からいえば、芸術的にも生活的にもO―先生は絶対のものでなくてはならなかったが、私自身はもっと自由な立場にいたかった。その気持が、時には無遠慮にK―の芸術にまで立入って行った。そしてK―の後半期の芸術に対する反感が又反射的にO―先生の芸術へかかって行った。そしてそこに感情の不純が全くないとは言い切れなかった。勿論K―から遠ざけられているT―に、いくらかの助力と励みを与えたとしても、それは単にT―が人懐っこく縋《すが》ってくるからで、それとは何の関係もなかった。K―への敵意でもなかったし、認識された陰の好意からでは尚更らなかった。追憶的な古い話が出ると、私は時々T―にきいた。

「兄さんこの頃何うしてるのかね。」

「兄ですか。家に引こんで本ばかり読んでいますよ。もう大分白くなりましたよ。」

「兄さん白くなったら困るだろう。」

「でも為方《しかた》がないでしょう。」

そう言って笑っているT—が、一ト頃の私のように、髪を染めていることに、最近私はやっと気がついた。T—ももう順順にそういう年頃になっていた。

兎に角私はK—へ知らせておかなければならなかった。私は文士録をくって番号を調べてから、近くにある自働電話へかかって行った。耳覚えのある女の声がした。勿論それは夫人であった。

「突然ですが、T—さんが私のところで、病気になったんです。可《か》なり重態らしいのです。」

「T—さんがお宅で。まあ。」

「電話では詳しいお話も出来かねますけれど、誰方《だれ》か話のわかる方をお寄越しになって戴きたいんですが……。」

「そうですか。生憎《あいにく》主人が風邪で臥せっておりますので、今晩という訳にもまいりませんけれど、何とかいたしましょう。お宅でも飛んだ御迷惑さまで……。」

「いや、それはいいんですが……では、何うぞ。」

私は自働電話を出た。そして机の前へ来て坐ってみたが、落着かなかった。ベルを押して、義弟の沢を呼んだ。沢は私の家政をやってくれているお利加おばさんの夫であった。

「K—さん見えないんですか。」沢は火鉢の前へ来て坐った。

「さあ……K—君に来てもらっても困るんだが……。」私は少し苛《いら》ついた口調で、

「大分悪いようだから、病院へ入れなきゃあいけないと思うが、浦上さんの診断は何うなんかな。診察がすんだら、こちらへ寄ってもらうように言っておいたんだが……。」

「さあ、それは聞きませんでしたが……。」

「すまんけれど、浦上さんへ行ってきいてみてくれないか。」

沢は出て行ったが、間もなく帰って来た。部屋の入口へ現われた彼は悉皆興奮していた。

「あの医者はひどいですね。ベルをいくら押しても起きないんです。漸と起きて来て、戸をあけたかと思うと、恐ろしい権幕で脅かすんです。医者も人間ですよ、夜は寝なきゃあなりません、貴方のように夜夜中ベルを鳴らして、非常識にも程がある、と、こうなんです。」

「結局何うしたんだ。」

「あんな病人を、婦人科の医者にかけたりして、長く放抛《うっちゃ》らしておいて、今頃騒いだって、私は責任はもてません、と言うんです。私は余程ぶん殴ってしまおうかと思ったんですけれど、これから又ちょいちょい頼まなきゃあならないと思ったもんだから……。」

「あのお医者正直だからね。」私は苦笑していた。

四

翌朝診察を終った浦上ドクトルと、私は玄関寄りの部屋で話していた。誰か帝大の医者に、もう一度診察してもらったうえで、家で手当をするか、病室へかつぎこむかしようと思って、その医者の撰定《せんてい》について相談をしていた。

玄関の戸があいた。お利加さんが出た。

「わたし毛利です。K—先生の代理として伺ったんですが。」

毛利という声が、何んとなし私に好い感じを与えた。

毛利氏が入って来た。毛利君と私はつい最近入院中の渡瀬ドクトルの病室でも、久しぶりで顔を合せたが、渡瀬ドクトルが自宅療養のこの頃、又その二階の病室でも逢った。K—氏の古い弟子格のファンの一人であるところの毛利氏は、渡瀬氏ともまた年来の懇親であった。彼は会社の公用や私用やらで、大連からやって来て、大阪と東京とのあいだを、往ったり来たりしながら、暫らく滞在していた。

毛利氏は入って来た。

「あんたが来てくれれば。」

「いや、K—先生が来るとこだけど、ちょうど私がお訪ねしたところだったもんだから。」

「K—君に来てもらっても、方返しがつかないんだ。」

「貴方には飛んだ御迷惑で……T—君何処にいるんですか。」

私はアパアトの三階にいることについて、簡単に話した。

「そんなものがあるんですか。私はまた貴方のお宅だと思って……。」

T—の細君が、そっと庭からやって来た。

「何だか変なんです。脈が止ったようなんですが……。」彼女は泣きそうな顔をしていた。

「ちょっと見てあげましょう。」浦上ドクトルが、折鞄をもって起ちあがった。

「僕も往ってみよう。」毛利氏も庭下駄を突かけて、アパアトの方へいった。私も続いた。

私は初めてT—の病床を見た。三階の六畳に、彼は氷枕をして仰向きに寝ていた。大きな火鉢に湯気が立っていた。つい三日程前夕暮れの巷に、赭《あか》のどた靴を磨かせていたT—のにこにこ顔は、すっかり其の表情を失っていた。頬がこけて、鼻ばかり隆く聳《そび》えたち、広い額の下に、剝きだし放《ぱな》しの大きい目の瞳が、硝子玉《ガラスだま》のように無気味に淀んでいた。しかし私は、今まで幾度となく人間の死を見ているので、別に驚きはしなかった。それどころか、実を言うと、肝臓癌を宣告されている渡瀬ドクトルを見るよりも、心安かった。T―がすっかり脳を冒《お》かされているからであった。つい此の頃、あれ程勇敢に踊りを踊り、酒も飲み、若い愛人ももっていた渡瀬ドクトルの病気をきいては驚いていたが、今やそのT―が何うやら一足先きに退場するのではないかと思われて来た。

みんなで来て見ると、脈搏は元通りであったが、硬張《こわば》った首や手が、破損した機関のように動いて、喘ぐような息づかいが、今にも止まりそうであった。細君はおろおろしながら、その体に取りついていた。額に入染《にじ》む脂汗を拭き取ったり頭をさすったり、まるで赤ん坊をあやす慈母のような優しさであった。誰も口を利かなかったが、目頭が熱くなった。黒い裂《きれ》に蔽われた電灯の薄明りのなかに、何か外国の偉大な芸術家のデッド・マスクを見るような物凄いT―の顔が、緩漫に左右に動いていた。

暫くしてから、私達はそこを出て、旧《もと》の部屋へ還った。

「少し手遅れだったね。」私は言った。

「そうだな。去年旅行先きで、怪我をして、肋骨を折ったという。」

細君が又庭づたいにやって来た。

「大変苦しそうで、見ていられませんの。何とか出来ないものでしょうか。」

私達は医者の顔色を窺うより外なかった。

「さあ、どうも……。」ドクトルも当惑した。

「先刻注射したばかりですからね。他の人が来るまで附いていて下さい。大丈夫ですから。」

ドクトルはやがて帰って来た。

「それじゃ、僕はちょっと渡瀬さんとこへ行って、先生にもちょっと相談してみよう。」毛利氏はそう言って起《た》ちがけに、ポケットへ手を突込んで、幾枚かの紙幣を摑みだした。

「百円ありますが、差当りこれだけお預けしておきます。先立つものは金ですから、何うぞ適宜に。」

「じゃ、それ此の人に渡しておこう。」私はそこにいる細君の方を見た。

「いや、あんた預って下さい。」

「孰でも同じだが、預っておいても可い。しかし貴方差当り必要だったら……。」

「え少し戴いておきますわ。」

二十円ばかり細君の手に渡した。

「じゃ、僕は又後に来ます。」

毛利氏はそう言って出て行った。

私はずっとの昔し、彼が帝大を出たてくらいの時代に、電車のなかなどで、口を利いたことがあったが、渡瀬ドクトルと親密の関係にある毛利氏の人柄に、この頃漸と触れることができた。K―は今は文学以外の、実際自分の仕事にたずさわっている、それらの人達を、幾人となく其の周囲にもっていたが、この場合、私をも解ってくれそうな彼の来てくれたことは悉皆私の肩を軽くした。

その間に、私は義弟を走らせて、浦上ドクトルが指定してくれた医者の一人、島薗内科のF―学士を迎いにやったが、折あしく学士は不在であった。

「……それから自宅へ行ってみたんですが、矢張り居ませんでした。」

「そいつあ困ったな。」

「けど、帰られたら、すぐお出で下さるように、頼んでおきましたから。」沢は言うのであった。

一時間ほどして毛利氏も帰って来た。しかし待たれる医者は来なかった。

「どれ、僕行ってこよう。若《も》しかしたら、他の先生を頼んでみよう。」

毛利氏はまた出て行ったが、予備に紹介状をもらっておいた他の一人にも、可憎差閊《あいにくさしつか》えがあった。彼は空しく帰って来た。

私達は、今幽明の境に彷徨《さまよ》いつつあるT—に取って、殆《ほと》んど危機だと思われる幾時間かを、何んの施しようもなく仇に過さなければならなかった。

「今度の細君はよさそうだね。」

「あれはね……僕も初めて見たんだが、感心しているんだ。」

「兎角《とにかく》女房運のわるい男だったが、あれなら何うして……。先生幸福だよ。ところで、何うでしょうかね。あの病気は？」

「さあね。」

時間は四時をすぎていた。そしてF—医学士の来たのは、それから又大分たってからであった。彼は浦上ドクトルと一緒に、三階で診察をすましてから、私の部屋へやって来た。

「重体ですね。」いきなり医学士は言った。

「病気は何ですか。」

「私の見たところでは、何うも敗血病らしいですね。」

「窒扶斯じゃありませんね。」私はその事が気にかかった。

「そうじゃありませんね。」

「それで何うなんでしょう、病院へ担ぎこんだ方が、無論いいんでしょうが、迚《とて》も助からないようなら、あすこで出来るだけ手当をしたいとも思うんですけれど。」

「そうですね。実は寝台車に載せて連れて行くにしても、途中が何うかとおもわれる位で……。しかし近いですから、手当をしておいたら可いかも知れません。」

「これは細君の気持に委そう。」毛利氏が言うので、私達は彼女を見た。

「病院で出来るだけの手当をして頂きたいんですけれど……。」

やがて毛利氏が寝台車を傭《やと》いに行った。

五

その夜の十時頃、私はM―子と書斎にいた。M―子は読みかけた「緋文字」に読み耽《ふけ》っていたし、私は感動の既に静った和やかさで、煙草を喫《ふ》かしていた。

それはちょうど三時間ほど前、T―の寝台車が三階から担ぎおろされて行ってから、暫《しば》らくたって、私は私の貧しい部屋に、K―の来訪を受けたからであった。

「今度はどうもT―の奴が思いかけないことで、御厄介かけて……。」

「いや別に……。行きがかりで……。」

「何かい、君んとこにアパアトがあるのかい。僕はまた君の家かと思って。」

「そうなんだよ。T―君家がなくなったもんだから。」

K―はせかせかと気忙《きぜわ》しそうに、

「彼奴もどうも、何か空想じみたことばかり考えていて、足元のわからない男なんだ。何でもいいから、こつこつ稼いで……たとい夜店の古本屋でも、自分で遣るという気になるといいんだが、大きい事ばかり目論んで、一つも纏《まとま》らないんだ。」

私もそれには異議はなかった。

「そうさ。」

「またそういう奴にかぎって、自分勝手で……。」

「人が好いんだね。」

私は微笑ましくなった。現実離れのしたK―の芸術！　しかし、それは矢張り彼の犀利《さいり》な目が見通す現実であった。色々な地点からの客観や懐疑はなかったにしても、人間の弱点や、人生の滑稽さが、裏の裏まで見通された。怜悧な少年の感覚に、こわい小父《おじ》さんが可笑《おか》しく見えるような類だと言って可かった。

私は又た過去の懐かしい、彼との友情に関する思出《おもいで》が、眼の前に展開されて来るのを感じた。「高野聖」までの彼の全貌が――幻想のなかに漂っている、一貫した人生観、恋愛観が、レンズに映る草花のように浮びだして来た。

少し話してから、彼は腰をうかした。

「山の神をよこそうかと思ったんだがね、あれは病院へ行ってるんだ。僕もこれから行くところなんだ。」

「これから……又僕も行くが、君も来てくれたまえ。」

「ああ、来るとも。」

K―はT―とは、似ても似つかない、栗鼠《りす》の敏速さで、出て行った。

それから二時弱の時を、私は思いに耽りつかれていた。私は心持ち、持病の気管を悪くしていたので、寝ようかとも思ったが、洋服を出してもらおうかとも考えていた。担ぎこまれてからT―のことが気にかかった。

F―子の声が、あっちの方でしていた。そのF―子に言っている芳夫の声もした。

「K―さん、今来ていたんだよ。」

芳夫自身は、何か常識的、人情的な、有りふれた芸術が嫌いであった。

すると遽《すみや》かに、おばさんがやって来た。

「渡瀬さんからお使いで、病院から直ぐお出で下さるようにと、お電話だそうです。」

私は不吉の予感に怯えながら、急いで暖かい背広に身を固めた。そして念のためにM―子もつれて、円タクを飛ばした。

しかし私達が、真暗な構内の広場で車を乗りすてて、M―子が漸とのことで捜し当てた、ずっと奥の方にある伝染病室の無気味な廊下を通って、その病室を訪れたときには、T―は既に屍《しかばね》になっていた。

しかし私達は、T―が息を引取ってしまったとは、何うしても思えないのであった。何故なら、その時まで――それからずっと後になって、屍室に死骸が運ばれるまで、彼女は彼の顔や頭を両手でかかえて、生きた人に言うように、愛着の様々の言葉を、ヒステリイの発作のように間断なく口にしていたからであった。彼女は広いその額を撫でさすり、一文字なりに結んだ唇に接吻した。時とすると、顔がこわれてしまいはしないかと思われるほど、両手で弄《いじ》りまわした。

「T——はほんとうに好い人だったんですわね。」彼女は私に話しかけた。

「悪い人達に苦しめられどおしで、死んだのね。みんなが悪いんです。好い材料が沢山あったのに、好いものを書かしてやりとうございましたわ。」

彼女は聞えよがしに、そう言って、又彼の顔に顔をこすりつけた。

私はそっと病室から遁《に》げて、煙草を吸いに、炊事場へおりて行った。K——もやって来た。毛利氏や小山画伯もおりて来た。

「T——君も幸福だよ。」毛利氏は言った。

「あいつは少年時代に、年上の女に愛されて、そんな事にかけては、腕があったとみえるね。」K——も煙管で一服ふかしながら笑っていた。

私は又、同じあの病室で、脳膜炎で入院していた長女が、脊髄から水を取られるときの悲鳴を聞くのが厭さに、その時もこの炊事場で煙草《きせる》をふかしていた、十年前のことが、漫《そぞ》ろに思い出されて来た。年々建かわって行く病院も、此処ばかりは何も彼も昔のままであった。

「ところで、先刻ちょっと耳にしたんだけれど、先生お土産をおいて行ったらしんだ。」

私は有るべきことが、有るように在るのだと思った。

「成程ね。」

「よく有ることだがね。」毛利氏も苦笑したが、

「そこで何うするかね、こいつあ能《よ》く相談して取決めるべきことだけれど、あの細君の身の振方もだが、何よりもサクラさんのことだ。細君は自分で持っていく積りでいるらしいんだが……。」

サクラは此の前の細君の子であった。

話が後々のことに触れて行った。

六

三日目に、告別式がお寺で行われた。寺はK—や私に最も思出の深い、横寺町にあった。

K—と私とは、むかしこの辺を、朝となく夕となく一緒に歩いたときの気持を取返していた。生《なま》温《ぬ》るい友情が、或る因縁で繋《つな》がっていて、それから双方の方嚮《ほうきょう》に、年々開きが出て来たところで、全然相背反してしまったものが、今度は反動で、ぴったり一つの点に合致したように——それはしかし、考えてみれば、何うにもならないことが、余儀ない外面的の動機に強いられた妥協的なものだともいえば言えるので、いつ又た何《ど》んな機会に、或いは自然に徐々に、何うなって行くかは、容易に予想できないという不安が、全くない訳ではなかったけれど、しかし反目の理由は、既に私の気持で取除かれていたので、寧《むし》ろ前よりも和やかな友誼《ゆうぎ》が還って来たのであった。何等抵触する筈のない、異なった二つの存在であった。

三日前、火葬場へ行ったときも、二十幾年も前に、嘗《かつ》て私がK—の祖母を送ったときと同じ光景であった。

焼けるのを待つあいだ、私たちは傍らの喫茶店へ入って、紅茶を呑んだ。K—はお茶のかわりに、酒を呑んだ。

火葬場の帰りに、私は幾年ぶりかで、その近くに住んでいる画伯と一緒に、K—の家へ寄ってみた。K—は生涯の主要な部分を、殆んど全くこの借家に過したといってよかった。硝子ごしに、往来のみえる茶の間で、私は小卓を囲んで、私の好きな菓子を食べ、お茶を呑みながら、話をした。

地震のときのこと、環境の移りかわり、この家のひどく暑いことなど。

「夏は山がいいじゃないか。」

「ところが其奴《そいつ》がいけないんだ。例のごろごろさまがね。」

「家を建てた方がいいね。」

「それも何うもね。」

そうやって、長火鉢を間に向き合っているK―夫婦は、神楽坂の新婚時代と少しも変らなかった。ただ、それはそれなりに、面差しに年代の影が差しているだけだった。

K―の流儀で、通知を極度に制限したので、告別式は寂しかったけれど、惨《みじ》めではなかった。順々に引揚げて行く参列者を送り出してから、私達は寺を出た。

「ちょっと行ってみよう。」K―が言い出した。

それは勿論O―先生の旧居のことであった。その家は寺から二町ばかり行ったところの、路次《ろじ》の奥にあった。周囲は三十年の昔《むか》し其儘《そのまま》であった。井戸の傍らにある馴染《なじみ》の門の柳も芽をふいていた。門が締まって、ちょうど空き家になっていた。

「この水が実にひどい悪水でね。」

K―はその井戸に、宿怨でもありそうに言った。K―はここの玄関に来て間もなく、ひどい脚気《かっけ》に取りつかれて、北国の郷里へ帰って行った。O―先生はあんなに若くて胃癌で斃《たお》れてしまった。

「これは牛込の名物として、保存すると可《よ》かった。」

「その当時、その話もあったんだが、維持が困難だろうというんで、僕に入れというんだけれど、何うして先生の書斎なんかにいられるもんですか恐《おっ》かなくて……。」

私達は笑いながら、路次を出た。そして角の墓地をめぐって、ちょうど先生の庭からおりて行けるようになっている、裏通りの私達の昔しの塾の迹《あと》を尋ねてみた。その頃の悒鬱《むさくる》しい家や庭がすっかり潰されて、新らしい家が幾つも軒を並べていた。昔しの面影はどこにも忍ばれなかった。

今は私も、憂鬱なその頃の生活を、まるで然《そ》うした一つの、夢幻的な現象として、振返ることが出来るのであった。それに其処で一つ鍋の飯を食べた仲間は、みんな死んでしまった。私一人が取残されていた。K—はその頃、大塚の方に、祖母とT—と、今一人の妹とを呼び迎えて、一戸を構えていた。

私達は神楽坂通りのたわら屋で、軽い食事をしてから、別れた。

数日たって、若い未亡人が、K—からの少なからぬ手当を受取って、サクラをつれて田舎へ帰ってから、私達は銀座裏にある、K—達の行きつけの家で、一夕会食をした。そしてそれから又幾日かを過ぎて、K—は或日自身がくさくさの土産をもって、更《あらた》めて私を訪ねた。そして誰よりもK—が先生に愛されていたことと、客分として誰よりも優遇されていた私自身が一つも不平を言うところがない筈だことと、それから病的に犬を恐れる彼の恐怖癖を、独得の話術の巧さで一席弁ずると、そこそこに帰っていった。

私は又《ま》た何か軽い当味《あてみ》を喰ったような気がした。

二人の作家

——鏡花の「弟子」から見た「秋声と鏡花の歳月」

里見弴

二十歳台で「白樺」に幼稚な作品を載せ始めた頃の私からすれば、徳田秋声も、泉鏡花も、共にひと干支《まわり》以上年長《としうえ》の、遥か彼方に欝然と立っている大家だった。この二人は、明治初葉に二年違いで北陸の都会に生を享けて、同窓の幼馴染でもあり、上京後は、当時の小説家の大半を糾合、結束したかの観ある硯友社《けんゆうしゃ》の頭領で、且《かつ》また読書子の人気の焦点となっていた尾崎紅葉の門下に加わり、一つ竈《かま》の飯を頒ち合った仲でもあったが、作風も人成《ひととなり》も、まるッきり異ったもの、——正反対とも言えるもののように思われたし、そのせいでか、永らく交りが絶《たた》れているという噂にも間違《まちがい》はなさそうだった。尾崎紅葉が、行年三十七歳という夭折《わかじに》をしたあと、次第に衰退の色を濃くしつつあった硯友社一派のロマンティシズムから、いち早く離脱して、轗軻《かんか》不遇を託《かこ》っていた秋声も、日露戦役後、自然主義勃興の気運に迎え容《い》れられて、国木田独歩、田山花袋、島崎藤村等と肩を並べ、じみながら、文壇の主流に堅実な位置を築いて了《い》った。一方、尾崎紅葉の愛弟子ではあり、年少にして夙《つと》に鬼才の名を擅《ほしいまま》にしながら、幾多の傑作を発表し、二つ年嵩《としかさ》の秋声などを、遥か後方《しりえ》に瞠《どう》若《じゃく》たらしめて来た鏡花は、依然一部の愛読者によって偶像化されるほどの人気は保っていたにもせよ、一種傍系的存在として、とかく文壇人からの蔑視は免《まぬが》れなかった。——「スバル」第二次の「新思潮」「三田文学」それに私たちの「白樺」などが、そろそろ世人の注目を惹《ひ》くようになったのが、恰度《ちょうど》そういう時代だった。

小波《さざなみ》たちのお伽噺《とぎばなし》から引き続きに、蘆花《ろか》、紅葉、柳浪《りゅうろう》、一葉《いちよう》、緑雨《りょくう》、そして鏡花の、殆ど全部の諸作によって、無条件に魅了せられつけた私一個の、単なる好悪を露呈するならば、じめじめと、煙脂《やに》臭《くさ》い下宿屋を想わせるような題材の多い国産自然主義には、大体に於て反撥を感じていたが、さればとて、捨てて顧《かえり》みないわけでもなかった。現在と違って、雑誌の数も少かったし、根が好きから踏み込んだ道ゆえに、大抵は読んでいた。大正五六年か、「犠牲」という題で、不精《ぶしょう》ッたらしく、ふんぎりの悪い父親をもった何人かの幼児が、つぎつぎに疫痢《えきり》で斃《たお》れて行く有様を、当時の慣用語で謂う「平面描写」――いやに落ちつき払った筆法で描いた秋声の作品で、私はむしょうに腹を立てさせられて了《しま》った。もっとも、最初の子を生後五十日たらずで奪《と》られたあと、次のが生れて間のない頃だったせいでもあったろう、――犠牲とは、さほどでない者が、よりよき者を、更によくするために身を亡《ほろ》ぼす場合にだけ許される、容易ならざる言葉で、この作品の父親が、死んだ子供たちより、果してよりよき者かどうか、また、子を亡《なく》したために、彼が更によくなりそうなめどでもついているかどうか、読了後の筆者には、そこに毛筋ほどの敬意も希望ももてなかったのに、これを呼ぶに「犠牲」の語を以《も》ってするとは、天意人道にも悖《もと》る僭上《せんじょう》の沙汰と言うべきである、――そんな主旨の、批評とよりは、若き父親の義憤から発した抗議の如き文章を、某紙の文芸欄に投書した。早速、同じ紙上に、秋声からの、――家内に死なれたり、子供を亡したりで、ひどく気落がしているところを、鈍刀で、ごしごしと鋸挽《のこぎりび》きにされたのではやりきれない、という風な、作品から受けていた感じとはだいぶ隔《へだ》たりのある、存外すなおな返事が出たので、今さら気の毒に思ったこともあるが、それでも、好きにはなれなかった。

一体、先輩、後進というような、階級的な感情に乏しく、時にはそれを軽蔑し、蹂躙《じゅうりん》したがるような気風が、今は知らず、近衛《このえ》篤麿《あつまろ》を院長に戴いていた頃の学習院にはあり、大部分がそこの卒業生だった

「白樺」同人の、謂うところの「文壇」なるものに対する冷淡や無関心も、因《もと》を糺《ただ》せばそこから来ていた。それと、大家、――世俗的の意味で謂う「成功者」の多くが、その生家《うまれ》や生育《おいたち》からみて、一種「成金」のように思われ、立志伝的人物の臭味《くさみ》の感じられないこともなかった。小説を書いている由を聞き知った父に呼びつけられて、――そんな、幇間《たいこもち》や髪結床《かみいどこ》も同様な道楽稼業《しょうばい》にはいる気なら、断じて許さんぞ、と、小《こ》ッぴどく叱りつけられた私にすれば、それを押し切ってもやり続ける文学への執念は別として、同じく世俗的な意味で謂うなら、一種の「成りさがり」としてみずからを嘲笑《あざわら》うことも出来た。そんな心境ゆえ、大家に対して、容易に近づきにくい卑下よりも、むしろ、近づきたくない反撥のほうが強いくらいだった。要するに、芸術の世界に於ける「出世」という世俗的な考え方に、鼻もちのならぬ不潔を覚える性癖があり、それは今もって薄れ去ってはいない……。

こうした私だったが、友達の出版記念会や何かで、先輩、新進の、謂うところの「文壇人」と交際《つきあ》う機会が漸次《ぜんじ》数を増すうち、いつどこで誰に紹介されたともなく、秋声とも口を利き合う仲となっていた。どういう会だったか、控室にはいって行った私を呼び止めた秋声が、たしか馬場恒吾《つねご》だったと思う、隣席にいた初対面の人に紹介するのに、――この里見君って人は、こう見えて、なかなか豪傑でしてね、と、思いがけないおまけを附け足したことがある。好意を含んだ子供扱いの笑顔とは見えたが、私には、すぐ、いかにも文学青年らしい先潜《さきくぐ》りの根性が湧いて、――やたらと鈍刀を揮《ふる》って、ひとを鋸挽きにするような豪傑なんでしょう、と、要らざる木戸を衝《つ》いて了った、苦々しい思い出も残っている。

少年の頃から傾倒しきっていた鏡花は、「白樺」を始める前の年くらいに、まだ両親の膝下《しっか》に在った下六番町の家と往来ひとつ隔てただけの、つい真隣といってもいい借家に引越して来たが、勿論、紹介もなしに、……よしんばあったにしたところで、我こそはと名乗って出るような蕃勇《ばんゆう》はもち合せず、出来た雑誌も、わざと下男に届けさせるくらいだった。近所にいい合棒《あいぼう》がいて、誘い合っては、あてもなく下街をぶらつき、赤電車か、それもなくなれば歩いて帰って来るような習慣のついていた頃で、一時二時という時刻に、よく鏡花のうちの前も通りかかった。二階の縁近く据えた机に、緑色の笠《シェード》をかけた台電灯《スタンド》が載せてあるらしく、障子のその部分だけ仄《ほの》かに明るんでいるのが常だった。私には何か差支でもあってか、合棒ひとりでいつもの夜歩きに出かけたとか、――昨夜《ゆうべ》詠んだ歌を聞かそうとて、――里見弴、泉鏡花も寝たりけん、番町小路ただ秋の風、と、呵々《かか》大笑したこともあるが、いやに丈《せい》の高い洋館の二階、私の部屋の窓も、明方ちかくまで灯火を漏らしている点では、敢《あえ》て鏡花のうちの障子に負《ひけ》をとらなかったろう。それほど、「小説は夜半《よなか》に出来るもの」という俗念に捉われていたのだ。

虎ノ門の議事堂裏、政友会本部の建物を借りて、泰西名画の複製を、「白樺」主催で展覧した時、鏡花が一人で見に来た。予期しなかっただけに一層嬉しく、同人二三人と共に近寄り、めいめい自己紹介で初対面の挨拶をした。ゴッホの素描、たしか雨降りの野面《のづら》を描いた絵にじッと見入っている小柄な鏡花の後姿は、今もってはっきり思い出せる。私は二十五、十五違いゆえ、鏡花も四十歳を迎えたばかりだったわけだ。

情人、友達、父兄との間の、神経衰弱的に誇張して感じられる、泥沼に陥ったような日々から、なんとか足を引き抜こうとして、あてのない旅に出たのが、忽《たちま》ちまた大阪で嵌《はま》り込み、三四年後に、旧作の題名そのままの言い方をすれば、「妻を買」って帰り、両親の住む家とさして遠からぬ同じ区内に一戸を構えてからの私は、時おり鏡花を訪ね、鏡花もまた散歩の序《ついで》などに立ち寄ってくれるようになった。どうやら私にも、人生や芸術に対する自分ひとりの観方、考え方が育って来ていて、そう全面的に鏡花の作品を受け入れるわけにはいかなかったが、子供からの心の習慣で、依然、尊敬や私淑の念は持続していた。ひととの話には、「泉さん」と姓を呼び、面と向えば、「あなた」と言って、意識的に「先生」という言葉を避けていたのも、相手の承諾も得ないで、自分免許に弟子がる不躾《ぶしつけ》を慎んでのことだった。それを、鏡花と私きりの席上で、酔っていたとはいえ、初対面の鈴木三重吉に、——一つ二つ評判のいい作を書いたと思えば、すぐいい気持に逆上《のぼせ》あがって、泉先生を捉えて、泉さんだの、あなただのと友達扱いにするとは何事か、と、頭ごなしに呶鳴《どな》りつけ、こっちの言葉など聞かばこそ、頑固に、執念《しゅうね》く、いつまでもからまれた時には、そばで鏡花がはらはらしながら、いろいろと宥《なだ》めたり、取做《とりな》したりしてくれる手前、いきなり乱暴もはたらけず、腹立たしさ、口惜しさ、鏡花に対する有難さなどが混り合って、不覚にも涙を溽《こぼ》して了ったことがある。町医者や学校の教師に始まって、もうこの時分には代議士、新派俳優、浪花節語りまで「先生と呼ばれるほどの」何とやらに納まり返っていたし、もともと支那では、「さん」というほどの軽い敬称だとも聞くし、「先生」なる一語の使いどころに拘泥《こだ》わって、口角泡を飛ばしたり、落涙したりの経緯などは、それこそ泉鏡花の世界、先生流行《ばやり》の今日からでは、嘘のような話でもあろうけれど……。

こんな風に、秋声と鏡花とに対して甚しい高低《たかひく》をみせていた私の感情も、歳月《としつき》によって、知らぬまに均《なら》されて行った。その二十年ちかい間には、遠慮ぶかい鏡花も、私の作品に対して、たまには感想を述べ、欠点を指摘してくれることもあったので、私のほうでも、平気で「先生」と呼ぶようになった。秋声も、嗄《しゃが》れて甲高くなるかと思うと、急に最低音《バス》に沈むような、一種独特な声を、——里見君？　僕、これから遊びに伺ってもいいかね？　などと受話器のなかに響かせてから、別にこれという話もなく、一二時間腰を据えて行くことがあった。秋声と鏡花とに、さして分け隔《へだ》てをつけていない私の気持が、言わず語らず先方へも通じているらしいことが、——さすがは作家だ、という共感を喚《よ》んで、何かなし心持を豊かにしてくれた。——泉は、相変らず元気にしていますか？　私の顔を見さえすれば、きまってそんな風に訊く調子も、洵《まこと》に虚心坦懐だった。

とは言え、この、同年輩、同郷、同窓、同門の、二大家の間に横たわる溝については、所詮、私には、埋まる望みがもてなかった。鏡花は、「師を敬うこと」文字通り「神の如く」で、二階の八畳なる書斎の違棚には、常に紅葉全集と、キャビネ型、七分身の写真が飾ってあり、香華《こうげ》や、時には到来の名菓とか、新鮮な果実《くだもの》とかの供えられているのを見かけることもあった。たぶん、朝夕の礼拝も欠かさなかったことだろう。濫《みだり》に話頭に登せず、語る場合は「横寺町の先生」と呼んだし、式服の紋には、源氏香の図のうち「紅葉《もみじ》の賀」を用いていた。目前《まのあたり》に見られる師弟の情誼の、恐らくはこれが最後のものだろうと思われ、私の性分としては、批判を絶した敬虔の気に撃たれた。

　これに反して、秋声は、「紅葉さん」と呼び、少しの悪意も感じられはしないが、人間同士、飽《あく》まで対等の口調で、――どうも、ひどい食いしんぼでね、好きな菓子なんかが出ると、一遍に五つも六つも平げちまうんだもの、あれじゃア、君、胃癌で死んでも仕様がないさ、などと、憐むとも、嘲るともつかない、渋いような笑い顔をする。ここにも、併《しか》し、決して反感の抱けない、飄々たる和《なご》やかさはあった。どちらのレンズを通しても、私のあたまにある尾崎紅葉という人物の映像に、二重にかさなるずれなどを生じさせないことだけでも気持がよかった。こうして秋声からすれば、鏡花の弟道《ていどう》の如きは、時代錯誤も甚しきものに思えて、さぞかし馬鹿々々しかったろうし、鏡花から観た秋声の言行は、故意に恩師を傷ける悖徳《はいとく》として、許し難かったろうことは、誰にも易《たやす》く察しのつくところだった。おまけに、われわれ時代の文学者には、他人の私事には触れたがらない気風もあって、露伴や天外を除けば、そろそろもう長老の部に繰り込まれるこの二人の間の確執を惜しむの情はもちながらも、敢て和解の道を拓《ひら》こうとするような話ももちあがらなかった。馬鹿正直者の私などは、いつ頃、どこでだったかは忘れたが、秋声から、――君たちはしょっちゅう泉と会ってるようだが、どうだろう、ひとつ、われわれが仲直りするような、うまい機会でもつくって貰えんもんかね、と言われ、一考の余地もないように、――それは、あなた方のどちらかが、もういけないとかなんとかいう時の、枕頭《まくらもと》ででもなければ、むずかしいんじゃアないでしょうか、と、露骨な返答をしたことがある。――ずいぶんひどいことを言う人だね、と、秋声は、笑い顔ながらも、少しは怨めしそうだった。

たぶんその後のことだったろう、某綜合雑誌社の社長から、こんな話を聞いたこともあった。何か新たな出版計画だったかに事寄せて、秋声と二人で鏡花を訪ね、たいそう睦《むつま》じく懐旧談など弾んでいるうち、事たまたま紅葉に及ぶと、いきなり鏡花が、間《なか》に挟んでいた径一尺あまりの胴丸《どうまる》火鉢を跳び越し、秋声を押し倒して、所嫌《きら》わずぶん撲《なぐ》ったのが、飛鳥の如き早業で、――泉さんって人は、文章ばかりかと思ったら、実に喧嘩も名人ですなア、と、声はたてず、唇辺《くちもと》だけを笑った恰好にするいつもの癖を出して、――いやア、驚きましたよ。やっと引き分け、自動車に押し込んで、その頃秋声の行きつけの、「水際の家」というのへつれて行ったが、その道中も、先方へ着いてからも、見栄も外聞もなく泣かれるので、ほとほともてあました、という話だった。この社長なる人は、豪放な見かけによらず、不思議なくらい芸術家に対する敬重の念が厚く、そんな話にも、少しも軽佻浮薄の調子は感じられなかった。口止めはされないでも、めったな人には話せないという重味さえかかって来た。これを聞いて、私にも一縷《いちる》の望みが生じた。いい年齢《とし》をして、そんな馬鹿げたまねが出来るというのは、何がどうあろうとも、幼馴染なればこそだし、同時にまた芸術家同士であればこそだ、心の奥底なる愛情は、まだ決して冷めきってはいない、こう思えば思うほど、一方ではまた、全然性格を異にする二人の関係が、「前世の業」とでもいった風な、死ぬまで背負《しょ》い続けるよりほかない、人間苦の一つのようで、黯憺《あんたん》たる気持にもさせられた。

たしか昭和六年の歳尾《くれ》だった、二三度会っているだけで、親しく交際《つきあ》ったことのない鏡花の実弟なる斜汀《しゃてい》が、三十日か大晦日の午後、突然訪ねて来て、――御存知のようなわけで、自身兄貴のうちへは顔出しがならないから、すまないけれど、代りに行って、五十円ばかり借りて来てくれませんか、という頼みだった。際立って天才的なのと、至極凡庸なのと、兄弟二人が、同じ文学に志したことに根ざす訣別は、秋声との不和以上、遠くからの想像にも難くなかったが、家族内の入り混んだ情実などについては、鏡花の性分として、爪の垢ほどでも漏らす筈はなく、私にとっても無関心事だったので、「御存知のようなわけ」と言われても、なんのことやら見当もつかなかったが、ともかく依頼の趣きは、歩数《あしかず》で二十歩たらずの筋向いへ、突っかけ下駄を引き摺《ず》りさえすればすむことと、簡単に引き受け、行ってみると、案に相違で、――え？　斜汀があなたのお宅へ伺ってるのですか？　と、度の強い近眼鏡の奥で目を瞠《みは》り、――仕様のない奴だ！　と、呟いてから、きっぱり断ってくれとの返答だった。あまり愉快ではなかったが、すなおに承知して帰り、その由《よし》を話して、金は私が立替ることにした。夕方私の別宅の玄関に立った鏡花は、けろりと変った機嫌顔で、――どうしました？　おとなしく引き取りましたか？　私が匿《つつ》まず事の次第を告げると、さもそうず、と言わんばかりに、来るから懐に突っ込んだッぱなしの右手を出したが、そこには、ちゃんと十円紙幣《さつ》が五枚載っていた。……鏡花好みの、大義名分主義の現れと思われたが、もう一つ、勝手な想像を逞しゅうすれば、細君への遠慮も含まれていたらしい。恰度《ちょうど》、晩飯の支度の忙しい刻限だったから。

翌年の春、この弟の斜汀が、所もあろうに、秋声の経営するアパートメントの一室で重態に陥るという、不思議な廻《めぐ》り合せになった。後にはたから聞いたところに依れば、鏡花は、息を引き取ったあとの病院や、火葬場や、葬式など、きちんきちんと列席し、秋声とも隔てなく談笑していたそうだ。殊に、式を終ったあと、寺からほど近い尾崎紅葉の旧屋のあたりを二人して見て巡った、という話には、微笑を禁じ得ない明るさが感じられた。

鏡花や、洋画家の岡田三郎助を中心に、清方、瀧太郎、雪岱《せったい》、万太郎、私というような顔ぶれで、毎月一回、飲んだり食ったり騒いだりするだけの、洵にのんびりした会合を、ここ数年来続けていた。この連中は、口にこそ出さね、秋声と鏡花との永年に亙《わた》る確執を、別段そう褒めた話とも思ってはいなかったところへ、図らずも斜汀の死を機縁として、どうやら仲が直ったらしいとの、近頃の流行語で謂う「朗報」が伝わったのだ。なかでも、鏡花の家計の面倒までみていた瀧太郎が、大いに喜んで、この機逸すべからず、とばかり、九九九会と称せられたその暢気な会合に秋声を招き、あわよくば常会員にもなって貰おうではないか、と提案した。誰にも否やはなかったが、鏡花だけは、あまり進まない顔つきだった。

翌月の会合に秋声が来た。ダンス、映画、素人女《しろとおんな》、玄人《くろと》にしても、あまり金のかからない女将とか、自前の芸者とかを相手にするのが、趣味と言えばまず趣味で、生活に「遊び」や「馬鹿々々しさ」というようなものをもち込めない性分の秋声には、九九九会の雰囲気は、どうにも馴染みようのないものだった。たまに会うわれわれ後輩の前では、当時文壇の一勢力を成していた「新潮」の座談会にでも適《ふさ》わしいような、偏《かたず》んだ話でももち出すよりほかなかった。鏡花はまた、酒席でのそんな話は「まッぴら御免」とでも言いたいほうで、いつも以上に芸者ばかりを相手にし、いつもより早目にぶッ倒れて、「狸」と思ぼしい寝入りようだった。つまらなそうに、秋声も、はばかりにでも立つ風で、匆々《そうそう》に帰って了った。

——とても駄目だろうなア、あの分じゃア。——そう。これッきりにしたほうが無事かも知れないね。

例によってずぶろくぐでんの鏡花を、足が生えているだけ却って始末の悪い荷物のように、玄関の上り框に据え置いてから、瀧太郎と私とは、そんな言葉を交し、月の明るい路上に哄笑《たかわらい》の声を響かせて別れた。

半年あまりして、秋声の発表した「和解」という短篇は、「お家の芸」ともいうべき、さらさらと身辺の瑣事《さじ》を書き流したような、得意の作風だったが、題材としては、斜汀の死に絡んでの、鏡花との交渉がとりあげられていた。その終りを、——鏡花が、弟のことでいろいろ世話になった礼に、たくさん土産物を持ち込んで来て、自分が誰よりも紅葉に愛されていたこと、秋声は客分として誰よりも優遇されていたのだから、少しも不平を並べるところはない筈だということなど、独特の話術のうまさで一席弁じ立てて、そこそこに帰って行ったので、……以下原文を仮りると、「私はまた何か軽い当身を食ったような気がした」と結んであった。旧友の厚意を、そのまますなおには受け取れないで、およその費用をつもってみて、それ相応の礼物を持参し、綺麗に決裁をつけて了わなければ気のすまないような、小心翼々たる鏡花の性分くらい、「苦労人」を以《も》って自他共に許す、而《しか》も、何年か一つ竈《かま》の飯も食った仲の秋声に、わかっていない筈はないのだが、やはりその他人行儀には癇《かん》を立てさせられたのだろう、「軽く当身を食ったような気持」という、さも淡泊《たんぱく》らしい言葉のなかにも、可《か》なりの反感が窺われないことはなかった。どういうつもりで「和解」という題を選んだのか、結末の一句が、その言葉のもつ和かさを立派に踏み躙《にじ》っていた。

何か少しでも金のかかりそうな話となると、――あなた方にお厭《いと》いはなかろうけれど、われわれは、とてもこのほうで、と、親指と人さし指とを丸く綰《わが》ねてみせるような鏡花が、恩師に刃向う仇敵とも感じられている秋声に、弟の発病から思わぬ世話になったことを、心秘かに忌々しがり、右から左に物質で賠償し、毛ほども気持の上での負担など残すまいと焦慮《あせ》る、これは、ほかにどう変えようもない当然の帰趨《きすう》だった。森羅万象あるがままに観、そのあり形のままに写す、という、国産自然主義の極意に徹したように思われた秋声でも、生きているかぎり感情は殺せず、意識下はともあれ、意識するかぎりでは、重態に陥った旧友の弟のために出来るだけの親切を尽したつもりの、いい気持でいたところへ、手切金じみた返礼をされたのでは、さすがに、心平《たいら》かでなくなるのも、これまた当然の心理というべきだった。私にも似たような経験があるが、これはもっと露骨で、屋台店の頃に少しばかり世話をやいてやった女が、めきめきと財を蓄えてからも、口癖のように、私の住む土地の名を言って、そっちへは足を向けて寝たことがない、などと、嬉しがらせの空世《からせ》辞《じ》を並べて十年あまりも経ち、うちの娘の婚約がきまった由を聞き知ったとて、吃驚《びっくり》するほどの祝物を担ぎ込んで来て、――ああ、これでせいせいした。永いこと気になって気になって……、ほんとに、今日という今日こそ、あたしも……、などと、娘に対する祝言より、自分自身の心の負担を清算し得た喜びのほうに、より多くの言葉数を費していた。仕舞には、私もたまりかねて、――そうか、それはよかったね。今夜ッから、俺のほうへ足を向けて寝ろよ、と、少しは痛そうな皮肉を言ってみたが、なかなかそんなことぐらいで消し止まる火の手ではなかった。

だから、この場合でも、秋声と鏡花と、どっちがいいの悪いの、間違っているの正しいの、というような問題ではないので、国産自然主義の極意を真似て、あるがままに観《み》、——まア、二人ともそういう生れつきなんだから仕様がないさ、と、口のうちに呟いて、静かに傍観するよりほかなかった。九九九会の席上でも、勿論、その、秋声の近作に触れて語る者もいなかったし、必ず読んでいる筈の鏡花はなおさらのこと、馬耳東風の、徹底した黙殺ぶりだった。

それッきりで、恐らく秋声と鏡花とは、途上での偶会さえなかったのではなかろうか。物情騒然としだして、文壇的会合は少く、私自身も出不精になったので、秋声の動静を聞くことも稀だった。鏡花は、やや健康勝れず、寒さを温泉場に避けるようなことが多かった。夜歩きの合棒の詠じた「番町小路の秋風」は、いとど蕭条《しょうじょう》の気を加えつつ、いつか六年という歳月が流れ去った。

昭和十四年七月、これも今は亡き三宅正太郎の、長崎控訴院長への転出を送る九九九会を最後の外出として鏡花は、近所の散歩さえ大儀《たいぎ》がる風に見えた。九月の三四日頃から臥着《ねつ》き、七日の朝、私が、作法もなく、ただやたらにたくさん突っ込んだ秋草の瓶《かめ》を擁《かか》えて行った時には、その置場所を指図する声もさして平生と変らなかったが、午《ひる》ちかく、学生時代からの、鏡花の愛読者だった三角博士が、私のうちの格子戸の隙へ顔だけ窺かせて、——知らせるところへはすぐ知らせてください！　と、消えた。瀧太郎は生憎《あいにく》旅行中で、早速駈けつけた雪岱、万太郎に、電話、電報による通知のことを、私のうちでやって貰い、四畳半に長火鉢や茶箪笥で、正味三畳あるかなしかの茶の間に臥《ね》ている「先生」の背を撫でた。ゆかた越しにも、あちこちに瘤《こぶ》のような手ざわりがあり、荒い息づかいだった。——淳さん、よして。——どうしてです？　却って気持がお悪いんですか？　——そうじゃアないけど、勿体ない。——何を仰有《おっしゃ》るんです。この場合、誰が、気持の負担を忌々しがる小心者と嗤《わら》う者があろう。私は、下唇を噛んで、こみあげる涙を怺《こら》えた。

絶えず脈をとっていた三角が、私に目くばせをした。すぐ立って、うちへ駈けつける途中で、偶然市ヶ谷駅で落ち合ったという柳田國男、笹川臨風に行き遇った。――どうぞお急ぎになって……。うちの玄関からは、――御臨終らしいよ！　と、大声に呶鳴るなりとって返し、耳もとちかく、二人の旧友のみえたことを告げると、たしかにわかって、顔でか手でか、――八畳のほうへ、という気持が伝わって来たので、――そうッとお床を引きますからね、目をつぶっていらしってくださいよ、と、細君と三角と三人がかりで、襖隣なる客間のまんなかまで寝床を引き摺って行った。

細君はもとよりのこと、國男、臨風、雪岱、万太郎、私に対するよりもずっと心置きなくどんな話にも相手になってくれた私の別宅に住む女、三角、私、それだけが、枕辺ちかく座を占めたと思う途端に、素人目にもはっきりわかって、息が絶えた。

どのくらいか、事務的な時が経って、細君に、

――短刀、ありますか？　――ないわ、そんなもの。どうするの？　――枕頭《まくらもと》に置くんですよ。脇差で長すぎるけど、じゃア、うちのを持って来ましょうか。

――ええ、どうぞ。それを取りに、午後三時少し前、目も眩《くら》むばかり照りつけた往来に出ると、むこうから、急ぎ足に秋声が来た。

「どう？」

「たった今……」

キリキリと相好が変って、

「駄目じゃアないか、そんな時分に知らせてくれたって！」

鞭《むち》つ如き烈しさだった。

「どうも、すみませんでした」

なんの思議《しぎ》するところもなく、私の頭はごく自然にさがった。

亡鏡花君を語る

——ライバルの死

徳田秋声

明治二十四、五年頃ではなかったかと思うが、私が桐生悠々《きりゅうゆうゆう》君と共に上京して、紅葉山人《さんじん》の横寺町の家を訪れた時には、鏡花君は既に其《そ》の二畳の玄関にいた。私達と同郷で、特に私とは小学校が一つなのだが、クラスが違ったせいか、其《その》頃には互いに相識る機会もなく、私達の通っていた石川県専門学校が高等中学になる時、一般の入学試験があり、私達も其の試験を受けたが、通路を隔て私と同列の側にいた桜色の丸い顔をして近眼鏡をした青年がありリーディングの時、いとも滑《なめら》かなリイダの読み方をしたのを今でも覚えているが、それ以前に通学の途中、ちょっと其の姿を見たことがあり、田舎には珍らしい、ちょっと印象の深い美しさであった。君は広坂《ひろさか》通のミッションスクールへ通っており、私は専門学校へ通っていたのであった。高等中学の試験では鏡花君は他の学科で落ちたものらしく、入って来なかったが、余程《よほど》経ってから、私も大分文学かぶれのしていた頃だったが、棚田という大通りの本屋で、新しい小説類の外に漢書を一冊借りて来ては読んでいた頃、鏡花君も其の主人とは懇意らしく、一度店頭にいる君を見たことがあり、それが泉という男だと主人が言うのであった。事によると、其《その》時君は既に紅葉の門に入っており、脚気を患って帰郷していた時であったか、或《あるい》はまだ一度も上京しない前であったか、其の点は詳かでないが、俳諧師のように道行を着ていたことが、記憶に残っている。

私が悠々君と横寺を訪ねた時は、先生には逢わなかった。同郷の泉君が玄関にいなかったら、不在といわれて空しく帰ったにしても、或は再び出直して行ったかも知れないが、高等学校の同窓中山白峰も、先生の門に出入していて、私達が先生の許へ郵送した原稿が先生の手紙と共に宿へ返送されて間もなく、白峰からも先生の意志を取次いだような手紙があったが、それも何だか気に喰わず、それ限りになってしまった。

鏡花君の家は金沢でも同じ浅野川口の、新町《しんちょう》という町にあったらしい。此町には大分前に死んだ田中千里君の邸宅があり、其の父は県立病院の最初の院長で、私も大名屋敷のような其の家へ遊びに行った覚えがあるが、千里君も鏡花君とは竹馬の友だったというのに、私と泉君とは遂に相知る機会がなかった。泉君の家は尾張町の有名な菓子屋森八の裏にあったそうで、父は飾屋であったが、母は能師の松本と血縁の江戸ッ子で、早世したが、所持していた草双紙や錦絵が少年の頭に与えた感化は少くなく、後年の君の芸術の素地を成したものと思われる。女が樹に縛りあげられ、打擲《ちょうちゃく》されている画などを、能《よ》く描いていたということも、弟の斜汀《しゃてい》から聞いたことがあり、町の腕白でもあったということである。父が継母を迎えた時、このスマートな兄は、人の好い弟を使嗾《しそう》して、お膳の上の飯を引くらかえしたりして、継母を困らせながら、兄自身は反って継母にお愛想が好かったというのである。幼にして母を失ったことが、敏感な少年に与えた刺戟のほども想像されるが、母のイメージは慈悲ぶかい観音のように美化され、女性を求むる場合、その憧憬が基調となっていたことは勿論で、その頃彼を愛した近所の時計屋の娘への思慕もそうした少年の気持であったものと思われる。君が後年の恋愛観もこういう処から来ているので、その女性は必ず彼自身のものでなくてはならず、如何なる環境におかれるにしても、弱い彼の庇護者としての母性であり恋人であらねばならぬのである。彼から見れば、世間の良人《おっと》は大抵薄野《うすの》呂《ろ》で、その美しい夫人が彼のファンでなければならない訳である。この自己中心の恋愛観は、「外科室」初め、大抵の小説に現わされているが、「高野聖《こうやひじり》」

において、完全に象徴化されていると言っていい。若き頃の彼は到る処にこの母性愛と恋人を捜し、美しい夫人が彼のファンである場合、その良人は学者であろうと、金持であろうと大抵阿呆に見えたのである。勿論これは或時《あるとき》は貧しく育った市井人としての、権力階級への反抗心の現れとなっていることもあり、一つ一つの作品を調べてみたら、面白い研究ができそうだが、鏡花の作品には、大抵暗い穴の中から、鋭い目で人生を透《すか》し視ているようなところがあり、子供が無関心の情態から、屢ば知らず識らず大人を馬鹿にしていると同じ態勢で、人間のカルヶチュアを描いていることも多いのである。後年それが段々趣味的になり、洒落になり、自己陶酔的に陥り、才華に委《まか》せて、自身の興味に溺れて行けたことは、寧《むし》ろ彼の芸術生活の此の上もない幸福であろう。

その処女作（夜行巡査が或は最初のものかも知れないが）義血侠血滝の白糸が、なにがしという署名で、読売新聞の附録に掲載されたのは明治二十七、八年の日清戦争時代で、私はその時、故あって越後の長岡で発刊された平等新聞にいたが、印刷工場で評判になっていた。私は大衆的なこの作品には感心ができなかったが、翌年の一月上京し四、五月頃博文館へ入り、そこで再び君と口を利く機会を得たが、君は既に其の頃興隆した文学の新機運のなかでも、尤も尖鋭的なもので、すばらしい人気であり、「外科室」「化銀杏《ばけいちょう》」などの、今迄《まで》の古い人情小説の域を脱した短篇が文芸倶楽部の巻頭を飾っていたものだが、その時は既に横寺の玄関を小栗風葉と柳川春葉の両氏に譲り、大塚の旧《もと》の火薬庫近くに一戸を構え、老祖母と弟妹を郷里から迎えて、世帯を営んでいた。そこは彼の庇護者である、大橋乙羽《おとわ》氏の戸崎町の家とも、そう遠くはなかった。大塚はその頃は草深いものであったが、私も単独で遊びに行ったこともあり、皆と一緒にそこで俳句を作ったこともあった。そこ迄来るには、鏡花君にも飢餓が身に迫ったこともあり、或る時は人の家の書生に住みこんで、炭を切らされたこともあり、又屋台店を出そうとしたこともあったが、ふとしたことから、紅葉先生の育ての親で叔父さんになる荒木氏の子に当る人に知られ、漸く先生の門下にまで辿りついたものである。これが先生の玄関子をおいた初めで、入門の順序から言えば二番目であり、第一番目は堀紫山氏である。

そんな関係から、紅葉先生は鏡花君に取っては絶対で、その奉仕振《ぶり》は後から行ったものが、少し迷惑を感ずるくらい行き届いたものであり、先生をいくらか我儘《わがまま》にした形もあるが、しかし此《こ》の師弟関係の美しさには、又一つの江戸児《えどっこ》風の洒落や滑稽気分が多分にあって、別に厳格というほどのことはなく、人間的情誼《じょうぎ》の厚いものであった。先生が何んな人間でも、おれのところへ来れば一人前にして見せるという相当の自信をもったのも、最初の鏡花がすばらしく当ったのにも因るものであろう。しかし或る意味では師よりも強い一種の人気のあったことは、鏡花に取って一つの苦労の種子であったことは、想像に難くはない。それは鏡花の師への心遣《こころづかい》を一層深めたので、やがて又長いあいだにはそれが信仰に似た絶対の尊崇《そんすう》となったものであろう。勿論鏡花は自己中心の感情から、師に対する独占慾をもっていたものでもあろう。この師弟間の感情は「湯島詣」に実によく出ている。あれは鏡花君が牛込の榎町《えのきちょう》にいた時分、しばらく家を離れて築土の私の下宿に寝泊りしていた頃の腹案で、彼はその性癖として、書く前に思構を人に聞いてもらわないと安心できず、書いてからも弟の斜汀に読んで聞かせるのが習慣となっていたが、小几《こづくえ》のうえに何時《いつ》も小さい神酒《みき》徳利のようなものが、水が入っていたが、書く時には原稿紙に其の水を振りかけるということも、妙な癖だったが、せせっこましく屢々《しばしば》灰のなかへ指頭《ゆびさき》を突っこむというのも、そう云う時の一つの癖であった。その他にも色々の癖があり、先生の手紙を投函する時には、それが紛失してしまいはしないかと怖れ、入れたあとでお呪《まじない》のように三度も函の周囲をまわるという風であった。食物にも好悪の感覚が鋭く、私の下宿にいる間は、大抵生卵を一つこわして、三杯くらいの飯にぶっかけて食うのが例であった。榎町の家では、夜更しをするので、紙幣贋造者ではないかと、怪しまれたこともあった。私は夕方になると、講釈の寄席にさそわれたものだったが、家庭の愚痴もよく耳にした。

文章も奇才縦横だが、座談は殊に面白く、怪談が尤《もっと》も得意であった。私は柳川君の小説が大当りを取って、新派劇でも人気を博した時、彼が定紋附《じょうもんつき》の車で乗りまわし、夫人も指に幾箇かの指環を閃めかし桟敷《さじき》に納っていたものだそうで、その様子を手真似しながら滑稽や洒落まじりに描写する時の鏡花の様子を今でも思い出すが、それに集《たか》る軽薄な芝居ものの描写は一層神《しん》に入《い》っていた。彼の目はそういう点で人間の滑稽味を、ずっと奥の奥まで見透してしまうので、その口にかかっては、どんな生真面目な男でもカリケチュアライズされないではいないのである。

この天才肌の鏡花も、自然主義全盛時代には戯作者か何そのように看做《みな》されたこともあり、軽い喀血を気にして、数年逗子に転地していた前後は、生活も楽ではなかった。しかし其の後大いなる彼の芸術擁護者が現われ、文壇の新人にも理解者が多く、生活が安定すると同時に、後の芸術的半生は、恵まれていた。私は曾《かつ》て「黴《かび》」で臨終のときの紅葉先生についてちょっとその人間に触れたことが因《もと》となり、鏡花春葉《しゅんよう》の二人からボオイコットされたものだが、その間でも三人会食し、二人の痛飲ぶりを傍観していたこともあったが、大体初めから文学の傾向がちがうので、昔しの友情は永いあいだ途絶えた形であったが、弟斜汀の死の前に、少し面倒を見ることになり、死んでから再び鏡花と打釈《うちと》けることができたが、彼の衷心《ちゅうしん》は何《ど》うであったか疑《うたが》わしい。しかし今はそれは問題ではない。私も人々と共に一度はその作品に目を通し、理解ある批評もしてみたいと思っている。彼をよく知っているものは少くとも私もその主なる一人だと思うからである。

Ⅳ 詩人とおんなたち

北原白秋／中原中也／佐藤春夫

古今東西、詩はさまざまな恋ごころをあの手この手で歌うものなのだから、詩人に恋愛はつきものだと言っていいかもしれない。しかし、むろん恋はいつもうまくいくとは限らない（むしろ、うまくいかなかった場合の詩の方にすぐれたものが多いかもしれない）。そしてしばしば詩人たちは、それぞれの創作の淵源となるミューズを持ち、あるいは人生を頓挫させるファム・ファタルを持ってきた——と言うと、詩人は男性だけ、みたいになるけれども。

例えば北原白秋は人妻の俊子と恋に落ちて姦通罪（そんな刑法が明治期から昭和二十二年までの日本には存在した）で逮捕され、東京監獄へ送られた。恋愛の最中に、彼女との〈道ならぬ恋〉をうたったのが「河岸の雨」。白秋はのちに彼女と結婚するが、一年ほどで離婚することになる。

中原中也には小林秀雄、長谷川泰子との伝説的な三角関係がある。小林は中也から泰子を奪って同棲生活を始めたものの、二年半後泰子から逃げ出して関西を放浪する。中也はなおも泰子へ未練があり、周辺に居続けて、「帰郷」を書き、「女よ」を書いた。「帰郷」などに登場する「年増婦《としま》」が「泰子であることはまず確実である」と中也の友人大岡昇平は記している。泰子は中也よりふたつ歳上だった。

そして佐藤春夫。春夫は谷崎潤一郎の妻千代に心を寄せるが、結局彼女は谷崎の元へ帰ってしまう。その際に書かれた詩が絶唱「秋刀魚の歌」（詩の中の「女の児」は千代と谷崎の娘である鮎子）。この詩から九年後、さまざまな紆余曲折を経て、谷崎との離婚が成立した千代と春夫は結婚した。

河岸の雨

北原白秋

雨がふる、緑いろに、銀いろに、さうして薔薇《ばら》いろに、薄黄に、
絹糸のやうな雨がふる、
うつくしい晩ではないか、濡れに濡れた薄あかりの中に、
雨がふる、鉄橋に、町の燈火《あかり》に、水面に、河岸《かし》の柳に、

雨がふる、啜泣きのやうに澄《す》みきつた四月の雨が
二人のこころにふりしきる。
お泣きでない、泣いたつておつつかない、
白い日傘《パラソル》でもおさし、綺麗に雨がふる、寂しい雨が。

雨がふる、憎くらしい憎くらしい、冷《つめ》たい雨が、
水面に空にふりそそぐ、まるで汝《おまへ》の神経のやうに。
薄情なら薄情におし、薄い空気草履の爪先に、
雨がふる、いつそ殺してしまひたいほど憎くらしい汝《おまへ》の髪の毛に。

雨がふる、誰も知らぬ二人の美くしい秘密に
隙間《すきま》もなく悲しい雨がふりしきる。
一寸おきき、何処かで千鳥が鳴く、歇私的里《ヒステリー》の霊《たましひ》、
濡れに濡れた薄あかりの新内《しんない》。

雨がふる、しみじみとふる雨にうち連れて、雨が、
二人のこころが啜泣く、三味線のやうに、
死にたいつていふの、ほんとにさうならひとりでお死に、

およしな、そんな気まぐれな、嘘《うそ》つぱちは。私《わたし》はいやだ。

雨がふる、緑いろに、銀いろに、さうして薔薇《ばら》色に、薄黄に、
冷たい理性の小雨がふりしきる。
お泣きでない、泣いたつておつつかない、
どうせ薄情な私たちだ、絹糸のやうな雨がふる。

帰郷

中原中也

柱も庭も乾いてゐる
今日は好い天気だ
　縁の下では蜘蛛《くも》の巣が
　心細さうに揺れてゐる

山では枯木も息を吐く
あゝ今日は好い天気だ
　路傍《みちばた》の草影が
あどけない愁《かな》しみをする

これが私の故里《ふるさと》だ
さやかに風も吹いてゐる
　心置なく泣かれよと
　年増婦《としま》の低い声もする
あゝ　おまへはなにをして来たのだと……
吹き来る風が私に云ふ

女よ

女よ、美しいものよ、私の許《もと》にやつておいでよ。
笑ひでもせよ、嘆きでも、愛らしいものよ。
妙に大人ぶるかと思ふと、すぐまた子供になつてしまふ

女よ、そのくだらない可愛いい夢のままに、
私の許にやつておいで。嘆きでも、笑ひでもせよ。

どんなに私がおまへを愛すか、
それはおまへにわかりはしない。けれどもだ、
さあ、やつておいでよ、奇麗な無知よ、
おまへにわからぬ私の悲愁は、
おまへを愛すに、かへつてすばらしいこまやかさとはなるのです。

さて、そのこまやかさが何処からくるともしらないおまへは、
欣《よろこ》び甘え、しばらくは、仔猫のやうにも戯《じや》れるのだが、
やがてもそれに飽いてしまふと、そのこまやかさのゆゑに
却《かへつ》ておまへは憎みだしたり疑ひ出したり、ついに私に叛《そむ》くやうにさへもなるのだ、
おゝ、忘恩なものよ、可愛いいものよ！　おゝ、可愛いいものよ、忘恩なものよ！

秋刀魚の歌

佐藤春夫

あはれ
秋風よ
情《こころ》あらば伝へてよ
――男ありて
今日の夕餉《ゆふげ》に　ひとり
さんまを食《くら》ひて
思ひにふける　と。

さんま、　さんま

そが上に青き蜜柑の酸《す》をしたたらせて
さんまを食ふはその男がふる里のならひなり。
そのならひをあやしみなつかしみて女は
いくたびか青き蜜柑をもぎて夕餉にむかひけむ。
あはれ、人に捨てられんとする人妻と
妻にそむかれたる男と食卓にむかへば、
愛うすき父を持ちし女の児《こ》は
小さき箸をあやつりなやみつつ
父ならぬ男にさんまの腸《はら》をくれむと言ふにあらずや。

あはれ
秋風よ
汝《なれ》こそは見つらめ
世のつねならぬかの団欒《まどゐ》を。

いかに
秋風よ
いとせめて
証《あかし》せよ　かの一ときの団欒《まどゐ》ゆめに非《あら》ずと。

あはれ
秋風よ
情あらば伝へてよ、
夫を失はざりし妻と
父を失はざりし幼児《おさなご》とに伝へてよ
——男ありて
今日の夕餉に　ひとり
さんまを食ひて
涙をながす　と。

さんま、さんま、
さんま苦いか塩つぱいか。
そが上に熱き涙をしたたらせて
さんまを食ふはいづこの里のならひぞや。
あはれ
げにそは問はまほしくをかし。

V マゾヒストにして王様

谷崎潤一郎

そして谷崎潤一郎だけが生き残った。性にも食にも暮しぶりにも人の数倍貪婪だった谷崎は、文学的にも早熟であり、かつ最期まで創作意欲の衰えを見せなかった。

キャリアは古く、芥川たちより二世代前の第二次「新思潮」創刊に関わり、若くして「麒麟」を永井荷風に激賞されたところから始まる。悪魔主義とか耽美主義とか呼ばれたり、映画製作に深く関わったり、発禁処分を受けたり、松子夫人（「細雪」の幸子のモデル）と出会うまで結婚と離婚を繰り返したりしながらも（親友佐藤春夫との「細君譲渡事件」もあった）、誰よりも長く生き、女性を崇めながら、多様かつ異様で、充実した作品を書き続けた。

芥川との〈小説の筋の芸術性〉をめぐる論争でも明らかなように、谷崎は日本文学史上稀有な物語作家であり、「痴人の愛」「春琴抄」「猫と庄造と二人のおんな」「陰翳礼讃」など代表作は枚挙にいとまがない。「続蘿洞先生」は、「卍」「蓼喰う虫」などと共に、脂の乗り切った時期に書かれた。

大谷崎と呼ばれ、晩年の「瘋癲《ふうてん》老人日記」等に至るまで力の緩みはいささかもなかった。昭和四十年に七十九歳で亡くなった時も、〈天児閼伽子〉と〈御善薩魑魅子〉という女性が登場する新たな作品を準備していた。

三島由紀夫は谷崎の死に際して、「氏の死によつて、日本文学は確実に一時代を終つた。氏の二十歳から今日までの六十年間は、後世、『谷崎朝文学』として概括されても、ふしぎはないと思はれる」と書いた。

〈小説の筋の芸術性〉について

谷崎潤一郎／芥川龍之介

――「文芸的な、余りに文芸的な」論争抄

饒舌録 より

谷崎潤一郎

前号の続きを書くのであるが、その前にちょっと横道へ外れて、二月号の新潮合評会に出ている私の批評のことに就《つ》き一言したい。と云うのは、近頃の私の傾向として小説は成るべく細工の入り組んだもの、神巧鬼工を弄したものでなければ面白くないと、前号で私が書いたのに対し、ちょうどそれと反対のことを芥川君が云っているので、それに興味を感じたからである。芥川君の説に依《よ》ると、私は何か奇抜な筋と云うことに囚われ過ぎる、変てこなもの、奇想天外的なもの、大向うをアッと云わせるようなものばかりを書きたがる。それがよくない。小説はそう云うものではない。筋の面白さに芸術的価値はない。と、大体そんな趣旨かと思う。しかし私は不幸にして意見を異にするものである。筋の面白さは、云い換えれば物の組み立て方、構造の面白さ、建築的の美しさである。此《こ》れに芸術的価値がないとは云えない。(材料と組み立てとはまた自《おのずか》ら別問題だが、)勿論此ればかりが唯一の価値ではないけれども、凡《およ》そ文学に於いて構造的美観を最も多量に持ち得るものは小説であると私は信じる。筋の面白さを除外するのは、小説と云う形式が持つ特権を捨ててしまうの

である。そうして日本の小説に最も欠けているところは、此《こ》の構成する力、いろいろ入り組んだ話の筋を幾何学的に組み立てる才能、に在ると思う。だから此の問題を特に此処《ここ》に持ち出したのだが、一体日本人は文学に限らず、何事に就いても、此の方面の能力が乏しいのではなかろうか。そんな能力は乏しくっても差支《さしつか》えない、東洋には東洋流の文学がある、と云ってしまえばそれ迄だが、それなら小説と云う形式を択《えら》ぶのはおかしい。それに同じ東洋でも、支那人は日本人に比べて案外構成の力があると思う。(少くとも文学に於いては。)此れは支那の小説や物語類を読んでみれば誰でも左様に感ずるであろう。日本にも昔から筋の面白い小説がないことはないが、少し長いものや変ったものは大概支那のを模倣したもので、而《しか》も本家のに比べると土台がアヤフヤで、歪《ゆが》んだり曲ったりしている。

私自身の作品に就いては、自分も日本人の一人である以上大きなことは云えないけれども、ただしかしながら此の方面に多大な興味は感じているし、それを少しも邪道であるとは思っていない。尤《もっと》も芥川君の「筋の面白さ」を攻撃する中には、組み立ての方面よりも或《あるい》は寧《むし》ろ材料にあるのかも知れない。私が変な材料を択び過ぎる、「や、此れは奇抜な種を見付けた」と、そう思うと、もうそれだけで作者自身が酔わされてしまう。そうして徒《いたず》らに荒唐奇怪な物語を作って、独りで嬉しがっている。と云うにあるらしい。けれども芥川君自身の場合はいざ知らず、私は昔から単なる思いつきで創作したことはない積りである。下らないものや、まずいものや、通俗的なものや、随分お恥《はず》かしい出来栄えのものがあるけれども、たとえば今度の「クリップン事件」のようなものでも、その構想は自分の内から湧き出したもので、借り物や一時の思いつきではない。それがそう読んで貰えないのは自分の至らぬせいであるが、以上のことは私は自信を以《もっ》て云える。前号で趣味だの癖だのと云う文字を使ったのは、座談的に軽く云ったからであるが、私が変なものや有邪気なものが好きなのは、実はもう少し深いところから来ている積りだ。芥川君は私よりも自分自身を鞭《むち》うつような気持で云ったのだそうだから、それなら私の関する限りでないけれども、私まで鞭うたれるのは願い下げにする。

作者が自分の作物の「筋の面白さ」に惑わされるとは、それに眩惑される、酔ったようになる、と云うことだろうが、それなら寧《むし》ろそうであった方がいいと思う。此れは各作者の体質にも因《よ》るから、一概には云えないけれども、私自身はいつでもそうだ。私はどんな詰まらないものを書く時でも、多少酔ったようにならなければ書けない。話の筋を組み立てるとは、数学的に計算をする意味ではない。矢張それだけの構想が内から燃え上って来るべきだと思う。此の事に就いては偉い作曲家の例が引かれて、昔から云い古されてはいるが。

それから「俗人にも分る筋の面白さ」と云う言葉もあるが、小説は多数の読者を相手とする以上、それで一向差支えない。芸術的価値さえ変らなければ、俗人に分らないものよりは分るものの方がいい。妥協的気分で云うのでない限り、通俗を軽蔑するなと云う久米君の説（文藝春秋二月号）に私は賛成だ。賛成ついでに、合評会で宇野君が「九月一日前後のこと」を詰まらないと云っているのは、作者自身も同感である。正に「あれは小説ではない」のだ。「こう云うものを見ると、此の人の文章は古くて実に常套的だ」と云われても、一言もない。自分が悪いと思ったものをケナされるのは、いいと思ったものを褒められるのと同様に愉快だ。あんなものを面白がられては却って気持が悪い。

文芸的な、余りに文芸的な　より

芥川龍之介

一　「話」らしい話のない小説

僕は「話」らしい話のない小説を最上のものとは思っていない。従って「話」らしい話のない小説ばかり書けとも言わない。第一僕の小説も大抵は話を持っている。デッサンのない画《え》は成り立たない。それと丁度同じように小説は「話」の上に立つものである。（僕の「話」と云う意味は単に「物語」と云う意味ではない。）若《も》し厳密に云うとすれば、全然話のない所には如何《いか》なる小説も成り立たないであろう。従って僕は「話」のある小説にも勿論尊敬を表するものである。「ダフニとクロオと」の物語以来、あらゆる小説或《あるい》は叙事詩が「話」の上に立っている以上、誰か「話」のある小説に敬意を表せずにいられるであろうか？「マダム・ボヴァリイ」も「話」を持っている。「戦争と平和と」も「話」を持っている。「赤と黒と」も「話」を持っている。……

しかし或《ある》小説の価値を定めるものは決して「話」の長短ではない。況《いわん》や「話」の奇抜であるか奇抜でないかと云うことは評価の埒外《らちがい》にある筈である。（谷崎潤一郎氏は人も知る通り、奇抜な話の上に立った多数の小説の作者である。その又奇抜な話の上に立った同氏の小説の何篇かは恐らく百代の後にも残るであろう。しかしそれは必しも「話」の奇抜であるかどうかに生命を托《たく》している訣《わけ》ではない。）更に進んで考えれば、「話」らしい話の有無さえもこう云う問題には没交渉である。僕は前にも言ったように「話」のない小説を、――或は「話」らしい話のない小説を最上のものとは思っていない。しかしこう云う小説も存在し得ると思うのである。

「話」らしい話のない小説は勿論唯《ただ》身辺雑事を描いただけの小説ではない。それはあらゆる小説中、最も詩に近い小説である。しかも散文詩などと呼ばれるものよりも遥かに小説に近いものである。僕は三度繰り返せば、この「話」のない小説を最上のものとは思っていない。が、若し「純粋な」と云う点から見れば、――通俗的興味のないと云う点から見れば、最も純粋な小説である。もう一度画を例に引けば、デッサンのない画は成り立たない。（カンディンスキイの「即興」などと題する数枚の画は例外である。）しかしデッサンよりも色彩に生命を託した画は成り立っている。幸いにも日本へ渡って来た何枚かのセザンヌの画は明らかにこの事実を証明するのであろう。僕はこう云う画に近い小説に興味を持っているのである。

ではこう云う小説はあるかどうか？独逸《ドイツ》の初期自然主義の作家たちはこう云う小説に手をつけている。しかし更に近代ではこう云う小説の作家としては何びともジュウル・ルナアルに若《し》かない。（僕の見聞する限りでは）たとえばルナアルの「フィリップ一家の家風」は（岸田國士《くにお》氏の日本訳「葡萄畑の葡萄作り」の中にある）一見未完成かと疑われる位である。が、実は「善く見る目」と「感じ易い心」とだけに仕上げることの出来る小説である。もう一度セザンヌを例に引けば、セザンヌは我々後代のものへ沢山の未完成の画を残した。丁度ミケル・アンジェロが未完成の彫刻を残したように。——しかし未完成と呼ばれているセザンヌの画さえ未完成かどうか多少の疑いなきを得ない。現にロダンはミケル・アンジェロの未完成の彫刻に完成の名を与えている！……しかしルナアルの小説はミケル・アンジェロの彫刻は勿論、セザンヌの画の何枚かのように未完成の疑いのあるものではない。僕は不幸にも寡《か》聞《ぶん》の為に仏蘭西《フランス》人はルナアルをどう評価しているかを知らずにいる。けれども、わがルナアルの仕事の独創的なものだったことを十分には認めていないらしい。

　ではこう云う小説は紅毛人《こうもうじん》以外には書かなかったか？　僕は僕等日本人の為に志賀直哉氏の諸短篇を、——「焚火」以下の諸短篇を数え上げたいと思っている。

　僕はこう云う小説は「通俗的興味はない」と言った。僕の通俗的興味と云う意味は事件そのものに対する興味である。僕はきょう往来に立ち、車夫と運転手との喧嘩を眺めていた。のみならず或興味を感じた。この興味は何であろう？　僕はどう考えて見ても、芝居の喧嘩を見る時の興味と違うとは考えられない。若《も》し違っているとすれば、芝居の喧嘩は僕の上へ危険を齎《もた》らさないにも関らず、往来の喧嘩はいつ何時危険を齎らすかもわからないことである。僕はこう云う興味を与える文芸を否定するものではない。しかしこう云う興味よりも高い興味のあることを信じている。若しこの興味とは何かと言えば、——僕は特に谷崎潤一郎氏にはこう答えたいと思っている。——「麒麟《きりん》」（注・谷崎の初期短篇小説）の冒頭の数頁は直ちにこの興味を与える好個の一例となるであろう。

「話」らしい話のない小説は通俗的興味の乏しいも

のである。が、最も善い意味では決して通俗的興味に乏しくない。（それは唯「通俗的」と云う言葉をどう解釈するかと云う問題である。）ルナアルの画《え》がいたフィリップが――詩人の目と心とを透して来たフィリップが僕等に興味を与えるのは一半はその僕等に近い一凡人である為である。それをも亦《また》通俗的興味と呼ぶことは必ずしも不当ではないであろう。（尤《もっと》も僕は僕の議論の力点を「一凡人である」と云うことには加えたくない。「詩人の目と心とを透して来た一凡人である」と云うことに加えたいのである。）現に僕はこう云う興味の為に常に文芸に親しんでいる大勢の人を知っている。僕等は勿論動物園の麒麟に驚嘆の声を吝《お》しむものではない。が、僕等の家にいる猫にもやはり愛着を感ずるのである。

しかし或論者の言うようにセザンヌを画の破壊者とすれば、ルナアルも亦《また》小説の破壊者である。この意味ではルナアルは暫《しばら》く問わず、振り香炉の香を帯びたジッドにもせよ、町の匂いのするフィリップにもせよ、多少はこの人通りの少ない、陥穽《かんせい》に満ちた道を歩いているのであろう。僕はこう云う作家たちの仕事にアナトオル・フランスやバレス以後の作家たちの仕事に興味を持っている。僕の所謂《いわゆる》「話」らしい話のない小説はどう云う小説を指しているか、なぜ又僕はこう云う小説に興味を持っているか、――それ等は大体上に書いた数十行の文章に尽きているであろう。

二　谷崎潤一郎氏に答う

次に僕は谷崎潤一郎氏の議論に答える責任を持っている。尤もこの答の一半は㈠の中《うち》にもないことはない。が、「凡《およ》そ文学に於て構造的美観を最も多量に持ち得るものは小説である」と云う谷崎氏の言には不服である。どう云う文芸も、――僅々十七字の発句さえ「構造的美観」を持たないことはない。しかしこう云う論法を進めることは谷崎氏の言を曲解するものである。とは言え「凡そ文学に於て構造的美観を最も多量に持ち得るもの」は小説よりも寧《むし》ろ戯曲であろう。勿論最も戯曲らしい小説は小説らしい戯曲よりも「構成的美観」を欠いているかも知れない。しかし戯曲は小説よりも大体「構成的美観」に豊かである。――それも亦実は議論上の枝葉に過ぎない。兎《と》に角《かく》小説と云う文芸上の形式は「最も」か否かを暫く措き、「構成的美観」に富んでいるであろう。なお又谷崎氏の言うように「筋の面白さを除外するのは、小説と云う形式が持つ特権を捨ててしまう」と云うことも考えられるのに違いない。が、この問題に対する答は㈠の中に書いたつもりである。唯《ただ》「日本の小説に最も欠けているところは、此の構成する力、いろいろ入り組んだ筋を幾何学的に組み立てる才能にある。」かどうか、その点は僕は無造作に谷崎氏の議論に賛することは出来ない。我々日本人は「源氏物語」の昔からこう云う才能を持ち合せている。単に現代の作家諸氏を見ても、泉鏡花氏、正宗白鳥氏、里見弴氏、久米正雄氏、佐藤春夫氏、宇野浩二氏、菊池寛氏等を数えられるであろう。しかもそれ等の作家諸氏の中にも依然として異彩を放っているのは「僕等の兄」谷崎潤一郎氏自身である。僕は決して谷崎氏のように我々東海の孤島の民に「構成する力」のないのを悲しんでいない。

この「構成する力」の問題はまだ何十行でも論ぜられるであろう。しかしその為には谷崎氏の議論のもう少し詳しいのを必要としている。唯次手に一言すれば、僕はこの「構成する力」の上では我々日本人は支那人よりも劣っているとは思っていない。が、「水滸伝」「西遊記」「金瓶梅《きんぺいばい》」「紅楼夢《こうろうむ》」「品花宝鑑《ひんかほうかん》」等の長篇を絮々綿々《じょじょめんめん》と書き上げる肉体的力量には劣っていると思っている。

更に谷崎氏に答えたいのは「芥川君の筋の面白さを攻撃する中には、組み立ての方面よりも、或は寧ろ材料にあるかも知れない」と云う言葉である。僕は谷崎氏の用いる材料には少しも異存を持っていない。「クリップン事件」も「小さい王国」も「人魚の歎《なげ》き」も材料の上では決して不足を感じないものである。それから又谷崎氏の創作態度にも、――僕は佐藤春夫氏を除けば、恐らくは谷崎氏の創作態度を最も知っている一人であろう。僕が僕自身を鞭《むちう》つと共に谷崎潤一郎氏をも鞭ちたいのは（僕の鞭に棘のないことは勿論谷崎氏も知っているであろう。）その材料を生かす為の詩的精神の如何である。或は又詩的精神の深浅である。谷崎氏の文章はスタンダアルの文章よりも名文であろう。（暫《しばら》く十九世紀中葉の作家たちはバルザックでもスタンダアルでもサンドでも名文家ではなかったと云うアナトオル・フランスの言葉を信ずるとすれば）殊に絵画的効果を与えることはその点では無力に近かったスタンダアルなどの匹儔《ひっちゅう》ではない。（これも又連帯責任者にはブランデスを連れてくれれば善い。）しかしスタンダアルの諸作の中に漲《みなぎ》り渡った詩的精神はスタンダアルにして始めて得られるものである。フロオベエル以前の唯一のラルティストだったメリメェさえスタンダアルに一籌《いっちゅう》を輸したのはこの問題に尽きているであろう。僕が谷崎潤一郎氏に望みたいものは畢《ひっ》竟《きょう》唯この問題だけである。「刺青」の谷崎氏は詩人だった。が、「愛すればこそ」の谷崎氏は不幸にも詩人には遠いものである。

「大いなる友よ、汝は汝の道にかえれ。」

三　僕

最後に僕の繰り返したいのは僕も亦今後側目《わきめ》もふらずに「話」らしい話のない小説ばかり作るつもりはないと云うことである。僕等は誰も皆出来ることしかしない。僕の持っている才能はこう云う小説を作ることに適しているかどうか疑問である。のみならずこう云う小説を作ることは決して並み並みの仕事ではない。僕の小説を作るのは小説はあらゆる文芸の形式中、最も包容力に富んでいる為に何でもぶちこんでしまわれるからである。若し長詩形の完成した紅毛人の国に生れていたとすれば、僕は或は小説家よりも詩人になっていたかも知れない。僕はいろいろの紅毛人たちに何度も色目を使って来た。しかし今になって考えて見ると、最も内心に愛していたのは詩人兼ジャアナリストの猶太人《ユダヤじん》――わがハインリッヒ・ハイネだった。（四～十一は略）

十二　詩的精神

僕は谷崎潤一郎氏に会い、僕の駁論《ばくろん》を述べた時、「では君の詩的精神とは何を指すのか？」と云う質問を受けた。僕の詩的精神とは最も広い意味の抒情詩である。僕は勿論こう云う返事をした。すると谷崎氏は「そう云うものならば何にでもあるじゃないか？」と言った。僕はその時も述べた通り、何にでもあることは否定しない。「マダム・ボヴァリイ」も「ハムレット」も「神曲」も「ガリヴァアの旅行記」も悉《ことごと》く詩的精神の産物である。どう云う思想も文芸上の作品の中に盛られる以上、必ずこの詩的精神の浄火を通って来なければならぬ。僕の言うのはその浄火を如何に燃え立たせるかと云うことである。それは或は半ば以上、天賦の才能によるものかも知れない。いや、精進の力などは存外効のないものであろう。しかしその浄火の熱の高低は直ちに或作品の価値の高低を定めるのである。（以下略）

饒舌録　より

谷崎潤一郎

芥川君の「文芸的な、余りに文芸的な」と云うものを読んだ。それに対して別に応酬する意志はないし、そう云うことをしていたら際限はないが、ただ少しばかり感想を述べさせて貰おう。芥川君が必ずしも私に対してのみ物を云っているのでないように、私も芥川君にばかり答える積りはない。寧ろ一般の人に読んで貰いたいのである。

ぜんたい小説に限らずあらゆる芸術に「何でなければならぬ」と云う規則を設けるのは一番悪いことである。芸術は一箇の生きものである。人間が進歩発達すると同時に芸術も進歩発達する。予め「どうでなければならぬ」と云う規矩準縄《きくじゅんじょう》を作ったところで、なかなかそれに当て嵌まるように行くものでない。たとえば昔の作劇術には時と所とが一致しなければいけないと云うような規則があった。しかしそんなことは結局行われずにしまった。日本でも平面描写とか、主観を交えてはよくないとか、シチ面倒臭い議論があったが、それもそう云う約束を破った優秀な作品が現われると、もうそんなことは滅茶苦茶になった。「話」のある小説ない小説も詰まりはそれで、実際人を動かすような立派なものが出て来ればいいも悪いもあったものでない。自然主義の全盛時代にたまたま反自然主義の傑作が出ると、例の規則違反で以て何とか彼とかケチを附けられたこともあったが、此れは日本の文壇の悪い癖で、後世になれば物笑いの種である。（そう云えば近頃は、ブルジョア文学だと一も二もなくケナされる傾向がないこともない。）

しかしながら現在の日本には自然主義時代の悪い影響がまだ残っていて、安価なる告白小説体のものを高級だとか深刻だとか考える癖が作者の側にも読者の側にもあるように思う。此《こ》れは矢張《やはり》一種の規矩準縄《きくじゅんじょう》と見ることが出来る。私はその弊風《へいふう》を打破する為めに特に声を大にして「話」のある小説を主張するのである。芥川君も云っているように、恐らく日本ほど告白体小説の跋扈《ばっこ》している文壇はないであろう。小説と云うものはもともと民衆に面白い話をして聞かせるのである。源氏物語は宮廷の才女が、「何か面白い話はないか」と云う上東門院《じょうとうもんいん》の仰《おお》せを受けて書いたものだ。シェクスピアの時代、近松西鶴の時代、春水種彦《しゅんすいたねひこ》の時代も皆そうであった。近松は「国《こく》姓爺《せんや》合戦」が大当りを取った時、「野も山も国せんや国せんやにて御座候」と喜んでいる手紙がある。余りギゴチなく考えずにそう云う無邪気な心持もあって欲しい。然るに今の文壇で面白い話は通俗的で、通俗的エコール低級と云う風に見る。そんな風潮であるからして実際にも高級なる通俗小説が極めて少い。告白小説必ずしも悪くはないが、そう云うものは全体の文芸作品の一分か二分を占めるくらいな比例であって然るべきである。作家の一生に一度はそう云う作品を書く、と云うくらいな程度が当り前である。兎にも角にも余りに窮屈な文壇ではある。のんびりとした気風のないのは敢て文壇のみではないが、此れも国民性の然らしむる所か。

こう云ったからとて私は作者に安易な道を執《と》れと勧めるものではない。誤解される恐れはあるが、一と口に云えば今少し昔の芸人肌であれ、名人肌であれと云うのだ。芸術に精進する意気込みは今の作家より昔の名人上手の方が遥かに旺盛であったであろう。

○

構造的美観は云い換えれば建築的美観である。従ってその美を恣《ほしいまま》にする為めには相当に大きな空間を要し、展開を要する。俳句にも構成的美観があると云う芥川君は茶室にも組み立ての面白さがあると云うだろうが、しかし其処には物が層々累々《そうそうるいるい》と積み上げられた感じはない。芥川君の所謂「長篇を絮々《じょじょ》綿々《めんめん》書き上げる肉体的力量」がない。私は実に此の肉体的力量の欠乏が日本文学の著しい弱点であると信ずる。

失礼ながら私をして忌憚《きたん》なく云わしむれば、同じ短篇作家でも芥川君と志賀君との相違は、肉体的力量の感じの有無にある。深き呼吸、逞しき腕、ネバリ強き腰、――短篇であっても、優れたものには何かそう云う感じがある。長篇でもアヤフヤな奴は途中で息切れがしているが、立派な長篇には幾つも幾つも事件を畳みかけて運んで来る美しさ、――蜿蜒《えんえん》と起伏する山脈のような大きさがある。私の構成する力とは此れを云うのである。

源氏物語は肉体的力量が露骨に現われていないけれども、優婉《ゆうえん》哀切な日本流の情緒が豊富に盛り上げられていて、首尾もあり照応もあり、成る程我が国の文学中では最も構造的美観を備えた空前絶後の作品であろう。しかし馬琴の八犬伝になると、支那の模倣であるばかりか大分土台がグラついて来る。徳川時代の歌舞伎劇の中には随分複雑な筋を弄した作品もあるが、ただ徒らに込み入っているだけで、事件の発展が自然でなく、幾何学的にシッカリ組み合わされてもいない。そのいい例は円朝の牡丹灯籠《ぼたんどうろう》である。剪灯新話《せんとうしんわ》の牡丹灯之記は至極短篇ではあるが、あれはあれだけで纒《まと》まっていて、非常に気品の高いものである。が、それからヒントを得たと云われる牡丹灯籠は余計な筋が這入っている為めに興味の中心が幾つにも分れて統一がなく、場面場面の面白さが主になって、怪談としての感銘が薄く、気品も卑しくなっている。芥川君の挙げた諸作家――鏡花、白鳥、惇、正雄、春夫、浩二、寛等の諸君のうちで、構成的才能を多分に持ち合わせているのは鏡花氏だけではないだろうか。(里見君の「多情仏心」はまだ読んでいないので何とも云われぬ。)そして明治になってからの此の方面での最大の作品は恐らく紅葉の「三人妻」であろう。あれだけ立派に組み立てられた、完成された小説は日本古来の文学中にもその類が少い。

なおついでながら、西鶴は短篇作家ではあるけれども、ちょうどアラビアン・ナイトのように沢山の挿話から成り立っている長篇を読むような感じがある。もう十何年も前に読んだので忘れてしまったが、日本永代蔵や本朝桜陰比事《ほんちょうおういんひじ》の如き、話の種が滾々《こんこん》として尽きず、無尽蔵《むじんぞう》の感があるのには驚かされる。(幸田露伴博士の説に、本朝桜陰比事の作者は西鶴ではあるまいと云ってあったように思うが、それにしてもあれだけ多くの筋を考え出すことは容易でない。)

○

私には芥川君の詩的精神云々の意味がよく分らない。芥川君は、「話」らしい話のない小説とは最も詩に近いものであり、純粋なものであり、西洋で云えばジュウル・ルナアル、日本で云えば志賀直哉氏の諸短篇のようなものだと云う。そうして純粋であるか否かの一点に依って芸術家の価値は極まると云う。同君は又、「『話』らしい話のない小説を最上のものとは思っていない。……第一僕の小説も大抵は話を持っている」とも云う。「僕も亦今後側目《わきめ》もふらずに『話』らしい話のない小説ばかり作るつもりはない」とも云う。しかしながら、又、「僕はアナトオル・フランスの『ジァン・ダアク』よりも寧ろボオドレエルの一行を残したいと思っている一人」でもある。そうして芥川君自身はと云えば「頗《すこぶ》る雑駁な作家である」と云う。『話』らしい話のない小説は……あらゆる小説中、最も詩に近い小説である」と云い、「僕の詩的精神とは最も広い意味の抒情詩で」あり、そう云うものなら何にでもあることは否定しないが、同時に通俗的興味のないものだとも云う。しかしスタンダアルの諸作の中には、詩的精神が漲り渡っているとも云う。自分自身を鞭《むち》つと共に私を鞭ってくれると云う芥川君は「僕等は誰も皆出来ることしかしない。僕の持っている才能はこう云う小説を作ることに適しているかどうか疑問である。……僕の小説を作るのは小説はあらゆる文芸の形式中、最も包容力に富んでいる為に何でもぶちこんでしまわれるからである」と云う。私は斯《か》くの如く左顧右眄《さこうべん》している君が、果して己れを鞭《むちう》っているのかどうかを疑う。少くとも私が鞭たれることは矢張御免蒙《こうむ》りたい。

畢竟《ひっきょう》するに、詮《せん》じ詰めればおのおの体質の相違と云うことになりはしまいか。言辞蕪雑《ぶざつ》、或《あるい》は礼を失したかも知れぬが、そこは平素の心安だてに赦《ゆる》して頂く。

○

「雑駁《ざっぱく》なことは純粋なことに若《し》かない」のは勿論である。しかしゲエテが古今の大詩人である大半の理由が雑駁なことにあると云うのはどうか。ゲエテの偉いのはスケールが大きくて猶且《なおかつ》純粋性を失わないところにある。包容力の大きいのと雑駁とは違う。われらがゲエテに頭が下るのは「箱船の乗り合い」の如くあらゆるものが抛り込まれてありながら、毫《ごう》も雑駁な騒々しい感じを与えず、それぞれ整然と収まるべき所に収まっている端正な姿にある。いったい独逸文学は思想の重みが勝ち過ぎて柔かみが乏しく、何処か窮屈なトゲトゲしい気持があるので、どうも私には肌に合わないが、ひとりゲーテにはその風《ふう》がない。真に悠々たる大河の如く、入江となり、奔湍《ほんたん》となり、深淵となり、湖水となりして、千変万化しながらも、全体としては極めてゆるやかに、のんびりと流れつつある。その文章は秋霜烈日《しゅんそうれつじつ》の気を裏《うち》に蔵しつつ、春風駘蕩たる雅致を以て外を包んでいる。紅葉山人のようなのどかさと流麗さがあって、而《しか》もストリンドベルクの如き鋭さと激しさとを底に隠しているのである。バルザックは圧倒的であるけれども幾分か鬼面人を嚇するような気味合いがあり、ドストイェフスキーは深刻であるけれども焦燥の嫌いが多分にある。ただゲエテのみは焦らず騒がず、天の成せる麗質をそのままそこへ投げ出して、森厳なる容貌に微笑を湛えているようである。品格に於いてはトルストイと雖《いえども》到底及ばない。われわれの如き群小の徒は大山岳に打《ぶ》つかった如く、筆を投じて浩嘆之《こうたんこれ》を久しゅうするばかりである。

芥川龍之介、そして佐藤春夫を悼む

——さらば、友よ

谷崎潤一郎

芥川君と私

芥川君と私とはいろいろな点でずいぶん因縁が深いのである。

芥川君は私と同じく東京の下町の生れである。

私の出身中学は府立第一中学であるが、芥川君の母校たる第三中学は元来初めは第一中学の分校であって、或る時代には故勝浦鞆雄《ともお》先生が両方の校長を勤め、教師にも共通の人が多く、生徒も相互に転校することは容易であった。だから君と私とは中学からして同じようなものである。そしてそれ以来高等学校も大学も同じであった。

私は第二次「新思潮」に拠《よ》って文壇に出た。その処女作は平安朝を題材にした戯曲「誕生」であって、私の文壇への出かたは可《か》なり花々しいものだった。そして芥川君の拠ったのは第三次「新思潮」で、矢張り平安朝を扱った小説「羅生門」が君の出世作であった。君が文壇に出た時の花々しさも甚《はなは》だしく私と相似《あいに》ていた。

今はそうでもないようだが、当時は西洋文学熱が旺盛で、少くとも青年作家の間には日本や支那の古典を顧《かえり》みる者は稀《まれ》であった。そう云う方面を面白がるのは頭の古い証拠のように思われていた。芥川君と私とは早くからその風潮に逆行し、東洋の古典を愛する点で頗《すこぶ》る趣味を同じゅうした。

最後に私一家の寺はもと深川の猿江にあって、今は染井に移転している日蓮宗の慈眼寺であるが、芥川家もまた此の寺の檀越《だんおつ》である。寺には司馬江漢《こうかん》の墓があり、浦里時次郎の比翼《ひよく》塚があって、深川時代には此の比翼塚へ縁結びに参詣する男女が相当にあった。

そして芥川君の亡くなった七月二十四日と云う日は、また私の誕生日なのである。

斯《か》くの如く君と私とは、出生地を同じゅうし、出身学校を同じゅうし、文壇に於ける境遇と党派を同じゅうし、寺までも同じゅうしていた。私の方もそうであったが、君も私に対しては、通り一遍の先輩以上に親しみを感じていたであろう。ただ今になって残念に思うのは、東京の旧家に育った君は都会人の常として昔風の節度を重んじ、親しいうちにも私を遇するに飽く迄先輩の礼を以てしたために、私は君に対しては佐藤春夫に対する如くザックバランになれなかった。なれさえすれば、君もすすんで心の苦しみを打ち明けたかもしれないし、私としても及ばずながら慰める術《すべ》もあったであろうに、最近の君の様子が甚《はなは》だ尋常でなかったことは明《あきら》かであったに拘わらず、そうしてしばしば夜を徹して話し合う機会があったに拘わらず、とうとう其処《そこ》まではお互いに切り込むことが出来ないでしまった。

「下町っ児は弱気でいけない。」――芥川君は近頃しきりにそう云っていたが、ザックバランになれなかったのは、君も私も東京人の悪い癖である。

兎にも角にも、先輩扱いされながら私は一向頼みがいのない先輩であったことを愧《は》じる。正直に云うが君の自殺にはいろいろ分らない事が多い。ここ一二年を無事に通過してしまえば、それから先は伸び伸びと生きられたように思えてならない。学問と云い頭脳と云い、此の無学なる先輩が却って常に教えを乞うていた立派な後輩を亡くしたことは、私一個の身に取っても何物にも換えがたい損失である。

が、地下の芥川君は、「此れでようよう楽になったよ」と、今頃は好きなマドロスパイプでも咬《くわ》えて、疲れた体をほっと休めているのではなかろうか。

いたましき人

出来てしまったことをあとになって考えると、ああそうだったかと思いあたる場合が幾らもあって、なぜあの時にそこへ気が付かなかったろうと今更自分を責めるけれども、もうそうなっては取り返しがつかない。わが芥川君の最近の行動も、今にして思えばまことに尋常でないものがあったのに、君がそう云う悲壮な覚悟をしていようとは夢にも知らなかった私は、もっとやさしく慰めでもすることか、いい喧嘩相手を見つけたつもりで柄にない論陣を張ったりしたのが、甚だ友達がいのない話で、故人に対し何とも申訳の言葉もない。

最後に会ったのは此《こ》の三月かに改造社の講演で大阪へ来た時であった。尤《もっと》もその前一二年と云うものは、別に感情の疎隔《そかく》などがあった訳ではないが、私は関西に居ることだし、つい話し合う機会もなく、それに筆無精だから文通などもめったにしないで、妙にお互いに遠ざかっていた。で、講演の夜は久しぶりで佐藤と一緒に私の家へ泊まり、翌々日は君と佐藤夫婦と私たちの夫婦五人で弁天座の人形芝居を見、その夜佐藤が帰ってからも君は大阪の宿に居残って、「どうです、今夜は僕の宿に泊まって一と晩話して行かないですか」と、なつかしそうに私を引き止めるのであった。いったい此れまで私などに対しては、あたたかい情愛も示さないではなかったけれど、どちらかと云えば理知的な態度を取っていた人で、その晩のようにひどく感傷的に人なつッこい素振りを見せるのは珍しいことだった。然《しか》るに君は人生のこと、文学のこと、友達のこと、江戸の下町の昔のこと、果ては家庭の内輪話まで持ち出して、夜の更ける迄それからそれへと語りつづけて、「自分は実に弱い人間に生れたのが不幸だ」と云い、「僕は此の頃精神上のマゾヒストになっていてね、誰か先輩のような人からウンと自分の悪い所をコキ卸《おろ》してもらいたいんですよ」と云いながら、その眼底には涙をさえ宿していた。

これはよっぽどどうかしている、神経衰弱がひどいんだな。——私はそうは思ったけれども、しかしちょうどその折は例の「饒舌録」で君に喰ってかかっていた時だったから、いくらか私の鋒先《ほこさき》を和らげたいと云う心持ちもあるのだろうと、云う風に取った。すると君はその明くる日も亦《また》私を引き止めて、ちょうど根津さんの奥さん（注・のちの松子夫人）から誘われたのを幸い、私と一緒にダンス場を見に行こうと云うのである。そして私が根津夫人に敬意を表して、タキシードに着換えると、わざわざ立ってタキシードのワイシャツのボタンを嵌《は》めてくれるのである。それはまるで色女のような親切さであった。

ところが親切は此《こ》れだけではない。それから間もなく東京へ帰ると、菊版で二冊になっている「即興詩人」を贈って来た。此の本は私が欲しがっていたものので、先日神戸の古本屋で見つけて買おうと思っているうちに買われてしまったと話したのを、「菊版でさえあれば初版でなくってもよござんすかね」と云いながら聞いていたが、それをちゃんと忘れずに、自分の蔵書から割愛してくれたのである。断っておくが従来芥川君は自分の著書以外に品物の贈答などはしない人だった。だから私は、どうして突然此の本をくれたのか全く不思議でならなかった。そうこうするうち今度は又英訳のメリメの「コロンバ」を贈って来た。これも私が「コロンバを読んだことがない」と云ったのを、いつの間にか小耳に挟んでいたのであろう。いよいよ変だと思っていると、更に追っかけて仏蘭西語の印度の仏像集が届いた。そしてそれには御丁寧にも「丸善でゴヤのエッチングの集を買ってお送りしようと思ったのだが、値段が高いから此の本にしました」と云う手紙がついて来たのである。

白状するが、私は実にイコジな人間で、親切には感謝したけれども、苟《いやし》くも論戦をしている最中に品物を贈って来られたのが——おまけに今迄ついぞ一度もなかったことなので、——ちょっと気に喰わなかったのである。そしてそのためにツムジを曲げて、もう書く気ではなかったのに、再び「饒舌録」の中で君に喰ってかかったのである。思えば芥川君は論戦なぞを少しも気にしていたのではなかった。死ぬと覚悟をきめてみればさすがに友達がなつかしく、形見分けのつもりでそれとなく送ってくれたものを、誤解した私は何と云うネジケ者であったろう。此の一事、私は今にして故人の霊に合わす顔がない。浅ましきは私のツムジ曲りである。

が、最後にいささか弁解をすれば、芥川君にはそう云う誤解を起させるような、気の弱い如才のない所があった。

聡明で、勤勉で、才気煥発で、而《しか》も友情に篤くって、外には何の申し分もない、ただほんとうにもう少し強くさえあってくれたらばこんなことにはならなかったであろうものを。思えばいたましき人ではある。

佐藤春夫と芥川龍之介

五月八日の毎日新聞の「余録」に、芥川龍之介が佐藤春夫の身体の立派なのに参った、という話が出ていた。私は、芥川や佐藤と一緒に、よくふろにはいったことがあるので、この芥川の気持がわかるような気がする。

佐藤と私は、若いころよく一緒に、鵠沼《くげぬま》の「あずま屋」という有名な旅館に泊まっていた。芥川もその時分、横須賀の海軍機関学校の教官をつとめ、場所が近いせいか、たびたび鵠沼に遊びにきて、三人でとりとめのないおしゃべりや文学談をやった。

旅館のことだから、三人そろってふろにはいり、お互いのはだかをながめ合う機会も多かった。佐藤は背筋がまっすぐに美しく通っていて胸の筋肉が厚く、芥川とは比べものにならぬほど、りっぱないい身体をしていた。運動こそしなかったが、酒はほとんど飲まないし、父君もたいへんに長寿だったので、芥川はむろんのこと、私だって彼に先立たれるとは、夢にも思わなかった。

それだけに、彼の訃音を聞いた時の驚きは、いっそう大きかった。

三人のうち、私だけが六つ、七つ年上で、芥川と佐藤は、ほぼ同年配だったと思う。二人はいいライバル同士だったが、文壇的には芥川の方が先に有名になった。

佐藤が「田園の憂鬱」で一躍認められたころ、芥川は「羅生門」「鼻」「芋粥」などの作者として、すでに新進作家の地位を築いていた。

しかし私は、佐藤が「田園の憂鬱」の前に書いた「西班牙《スペイン》犬の家」(江口渙の編集した同人雑誌「星座」に掲載された)を読み、そのころからひそかに彼を認めていた。

二人の間の競争意識は、かなり激しかったように思う。私は佐藤から、芥川の作品の悪口を何度か聞いた覚えがあり、とくに「妖婆」という小説の批評は、ずいぶん手きびしかった。

芥川の方では、佐藤を尊敬もし、おそれてもいた。佐藤の「妖婆」評が「新潮」に載ったあと、芥川がえらく、しょげかえっていたのを記憶している。

世間では、よく二人を比較して芥川を上位に置くが、私は必ずしもそうとは思わない。学者として、文学の造詣は芥川の方が上だろうが、作品についていえば、私自身の書くものが佐藤により近いせいか、佐藤の作品の方が好きである。

佐藤は理解の方面が実に広く、本職の詩では和歌、漢詩、英詩などまで鑑賞し、小説でも日本、中国の古典から外国の新しいものまで、よく味読していた。

そして、文学を語ることが大好きで、せっかくの小説の材料を、自分でさきざきしゃべってしまうのだった。

「田園の憂鬱」の内容など、作品を書き上げる前に何度か聞いた。「お絹とその兄弟」もそうであった。

「指紋」は、芥川も一緒に話を聞いたが、芥川が「君は不思議なことを考える人だね」と述懐したのを覚えている。

私は佐藤と全く反対のタイプで、小説の素材を書く前にしゃべってしまうと、もうとても書く気になれない。ところが、佐藤の場合は、作品よりも話の方がおもしろいくらいだった。

「君、そんなにみんなしゃべってしまうと、書けなくなるよ」と私は心配のあまり忠告するのだが、佐藤は話すほど作品がうまくまとまるようだった。

私と佐藤の関係では、私の方が先輩なので、儀礼的にも兄貴扱いしてくれた。しかし、文学上の影響という点では、逆に私の方が影響されたところが多い。私の「母を恋ふる記」は、佐藤の月の美しさを描いた短編「月かげ」に影響されて、書いたものである。

その後、私の最初の妻が佐藤と結婚した。

私は独身生活に戻って、阪急沿線の岡本に住んでいたが、ちょうどこのころ、佐藤が脳溢血をおこし、しばらくぶらぶらした時期があった。果たして本復できるだろうか、と随分心配したが、幸い杞憂にすぎず、また元気に活躍するようになった。

この病気を契機に、若いころは才気煥発で、おそろしいような鋭さを持っていた佐藤が、いくぶん変わったように思う。けんか早く、鋭い気風は薄らぎ、人間的な味わいが深くなった。

私は、離婚後も上京すると佐藤をたずね、関口町の家に泊めてもらったりした。特殊な事件はあったが、そこは文人同士のこととて、こだわりはなかった。

また、私の娘が佐藤の甥の竹田に嫁ぐということもあり、交際は続いた。

しかし、そのうち私が再び家庭を持つと、全然疎遠になったわけではないけれども、お互い世間並みの遠慮も持つようになり、昔のようにひんぱんに行き来することはなくなった。

このへんの事情は、私の近作「雪後庵夜話」に詳しいので、これを読んでいただければわかると思う。

たしか昨年の春、パリのオペラが上野の東京文化会館で上演され、私は久しぶりに上京した。この時が、佐藤と会った最後となった。

佐藤から先輩扱いを受けてきた私だが、こうして彼に先立たれてみると、彼から受けた影響の広く深いことを、しみじみと感じる。（談）

文壇昔ばなし

——生き残った文豪による文壇回顧録

谷崎潤一郎

○

昔、徳田秋声老人が私に云ったことがあった、「紅葉山人が生きていたら、君はさぞ紅葉さんに可愛がられたことだろうな」と。紅葉山人の亡くなったのは明治三六年で、私の数え年十八歳の時であるが、私が物を書き始めたのはそれから約七年後、明治四十三年であるから、山人があんなに早死にをしなかったら、恐らく私は山人の門を叩き、一度は弟子入りをしていただろうと思う。しかし私は、果して秋声老人の云うように山人に可愛がられたかどうかは疑問である。山人も私も東京の下町ッ児であるから、話のウマは合うであろうが、又お互に江戸人に共通な弱点や短所を持っているので、随分容赦なく腹の底を見透かされて辛辣な痛罵などを浴びせられたに違いあるまい。それに私は山人のように生一本な江戸ッ児を以て終始する人間ではない。江戸ッ児でありながら、多分に反江戸的なところもあるから、しまいには山人の御機嫌を損じて破門されるか、自分の方から追ん出て行くかしただろうと思う。秋声老人は、「僕は実は紅葉よりも露伴を尊敬していたのだが、露伴が恐ろしかったので紅葉の門に這入ったのだ」と云っていたが、同じ紅葉門下でも、その点鏡花は秋声と全く違う。この人は心の底から紅葉を崇拝していた。紅葉の死後も毎朝顔を洗って飯を食う前に、必ず旧師の写真の前に跪いて礼拝することを怠らなかった。つまり「婦系図《おんなけいず》」の中に出て来る真砂《まさご》町《ちょう》の先生、あのモデルが紅葉山人なのである。或る時秋声老人が「紅葉なんてそんなに偉い作家ではない」と云うと、座にあった鏡花が憤然として秋声を擲《なぐ》りつけたと云う話を、その場に居合わせた元の改造社長山本実彦《さねひこ》から聞いたことがあるが、なるほど鏡花ならそのくらいなことはしかねない。私なんかももし紅葉の門下だったら、必ず鏡花から一本食わされていたであろう。鏡花と私では年齢の差異もあるけれども、ああ云う昔気質の作家はもう二度と出て来ることはあるまい。明治時代には「紅露」と云われて、紅葉と露伴とが二大作家として拮抗していたが、師匠思いの鏡花は、そんな関係から露伴には妙な敵意を感じていたらしい。いつぞや私が露伴の話を持ち出すと、「あの豪傑ぶった男」とか何とか、言葉は忘れたがそんな意味の語を洩らしていたので、鏡花の師匠びいきもここに至っていたのか、と思ったことがあった。

○

紅葉の死んだ明治三六年には、春に五代目菊五郎が死に、秋に九代目団十郎が死んでいる。文壇で「紅露」が併称された如く、梨園では「団菊」と云われていたが、この方は舞台の人であるから、幸いにして私はこの二巨人の顔や声音《こわね》を覚えている。が、文壇の方では、僅かな年代の相違のために、会い損っている人が随分多い。硯友社花やかなりし頃の作家では、巌谷《いわや》小波《さざなみ》山人にたった一回、大正時代に有楽座で自由劇場の第何回目かの試演の時に、小山内薫に紹介してもらって、廊下で立ち話をしたことがあった。山人は初対面の挨拶の後で、「君はもっと背の高い人かと思った」と云ったが、並んでみると私よりは山人の方がずっと高かった。「少年世界」の愛読者であった私は、小波山人と共に江見水蔭が好きであったが、この人には遂に会う機会を逸した。小波山人が死ぬ時、「江見、己は先に行くよ」と云ったと云う話を聞いているから、当時水蔭はまだ生きていた筈なので、会って置けばよかったと未だにそう思う。小栗風葉にもたった一遍、中央公論社がまだ本郷西片町の麻田氏の家の二階にあった時分、滝田樗陰《ちょいん》に引き合わされてほんの二三十分談話を交した。露伴、藤村、鏡花、秋声等、昭和時代まで生存していた諸作家は別として、僅《わず》かに一二回の面識があった人々は、この外に鷗外、敏《びん》、魯《ろ》庵《あん》、天外、泡鳴《ほうめい》、青果、武郎くらいなものである。漱石が一高の英語を教えていた時分、英法科に籍を置いていた私は廊下や校庭で行き逢うたびにお時儀《じぎ》をした覚えがあるが、漱石は私の級を受け持ってくれなかったので、残念ながら謦咳に接する折がなかった。私が帝大生であった時分、電車は本郷三丁目の角、「かねやす」の所までしか行かなかったので、漱石はあすこからいつも人力車に乗っていたが、リュウとした対の大嶋の和服で、青木堂の前で俥を止めて葉巻などを買っていた姿が、今も私の眼底にある。まだ漱石が朝日新聞に入社する前のことで、大学の先生にしては贅沢なものだと、よくそう思い思いした。

○

京橋の大根河岸あたりだったと思う、鏡花のひいきにしている鳥屋があって、鏡花、里見、芥川、それに私と四人で鳥鍋を突ッついたことがあった。健啖で、物を食う速力が非常に速い私は、大勢で鍋を囲んだりする時、まだよく煮え切らないうちに傍から傍から喰べてしまう癖があるのだが、衛生家で用心深い鏡花はそれと反対に、十分によく煮えたものでないと箸をつけない。従って鏡花と私が鍋を囲むと、私が皆喰べてしまい、鏡花は喰べる暇がない。たびたびその手を食わされた経験を持っている鏡花は、だから予め警戒して、「君、これは僕が喰べるんだからそのつもりで」と、鍋の中に仕切りを置くことにしているのだが、私は話に身が入ると、ついうっかりと仕切りを越えて平げてしまう。「あッ、君それは」と、鏡花が気がついた時分にはもう遅い。その時の鏡花は何とも云えない困った情ない顔をする。私は相済まなくもあるが、その顔つきが又おかしくて溜らないので、時にはわざと意地悪をして喰べてしまうこともあった。その鳥屋でもそうであったが、芥川は鏡花が抱き胡坐《あぐら》をしているのに眼をつけて、「抱き胡坐をする江戸ッ児なんてあるもんじゃないな」と云っていた。人も知る通り鏡花は金沢人だけれども、平素江戸ッ児がっていた人である。鏡花の大作家であることについては、芥川も私も無論異存はなかったけれども、江戸ッ児と云う感じには遠い人であることにも、二人とも異論はなかった。

○

肌合いの相違と云うものは仕方のないもので、東京生れの作家の中には島崎藤村を毛嫌いする人が少くなかったように思う。私の知っているのでは、荷風、芥川、辰野隆氏など皆そうである。漱石も露骨な書き方はしていないが、相当に藤村を嫌っていたらしいことは「春」の批評をした言葉のはしはしに窺うことが出来る。最もアケスケに藤村を罵ったのは芥川で、めったにああ云う悪口を書かない男が書いたのだから、余程嫌いだったに違いない。書いたのは一度だけであるが、口では始終藤村をやッつけていて、私など何度聞かされたか知れない。そう云う私も、芥川のように正面切っては書かなかったが、遠廻しにチクリチクリ書いた覚えは数回ある。作家同士と云うものは妙に嗅覚が働くもので、藤村も私が嫌っていることを嗅ぎつけており、多少気にしていたように思う。そして藤村が気にしているらしいことも、私の方にちゃんと分っていた。しかし藤村には又熱狂的なファンがあって、私の旧友の中でも大貫晶川《しょうせん》などは藤村を見ること神の如くであった。彼は私と同じく東京一中の出身であるが、生れは多摩川の向う川岸の溝ノ口あたりであるから、東京人とは云えないのである。正宗白鳥氏は私の藤村嫌いのことを多分知っていて、故意に私に聞かせたのではないかと思うが、数年前熱海の翠光園で相会した時、今読み返してみると藤村の作品に一番打たれると云っておられた。

（以下略）

続蘿洞先生

直筆原稿で読む変態マゾヒズム小説

谷崎潤一郎

續《ぞく》蘿《ら》洞《どう》先生

谷崎潤一郎

例の蘿洞先生が近頃[redacted]奥さんを貰つたと云ふ噂がある。[redacted]眞僞《しんぎ》は[redacted]保證の限りでないが、しかし先生のことであるから、こつそり世間に知らせずに結婚をし、何食はぬ顔で澄まし

一

＊前作の「蘿洞先生」は、取材に訪れたものの蘿洞先生からろくに相手をしてもらえなかった記者が帰途、裏庭から書斎を覗くと、先生は机に腹這いになっており、十五、六歳の女中がその背中に腰をかけ、奇妙な行為をしていた……という内容。

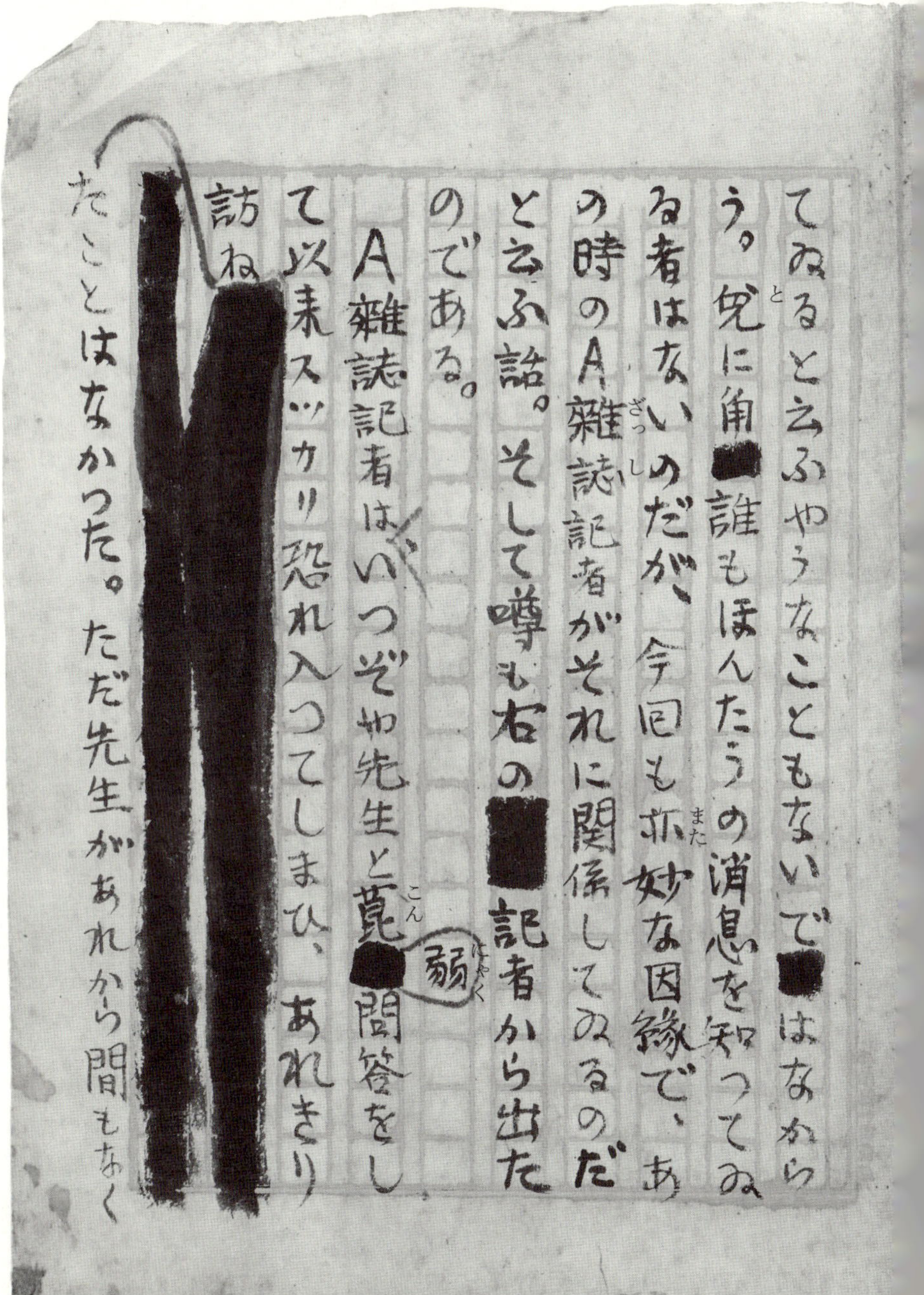
てゐると云ふやうなこともないで[redacted]はなから
う。兎《と》に角[redacted]誰もほんたうの消息を知つてゐ
る者はないのだが、今回も亦《また》妙な因縁で、あ
の時のA雑誌《ざっし》記者がそれに関係してゐるのだ
と云ふ話。そして噂も右の[redacted]記者から出た
のである。
A雑誌記者はいつぞや先生と蒟《こん》[redacted]蒻《にゃく》問答をし
て以来スッカリ恐れ入つてしまひ、あれきり
訪ね[redacted]
たことはなかつた。ただ先生があれから間もなく

二

大学の教授を罷《や》めたのを新聞紙上で知つただけだつた。はゝあ、教授を罷めて著述の方[redacted]を[redacted]やりたいと云つてゐたから、いよいよ引退したんだなと、記者はその時さう思つたけれども、その後どんな著述をしたか、何を研究しつつあるのか、多分專門の学術雑誌にでも發表されてゐるのだらう[redacted]ぐらゐに考へて、あまり問題にもしなかつた。その間に[redacted]數年を經、記者の方も今ではA雑誌社を退いてB新聞の演藝《えんげい》記事を擔任《たんにん》[redacted]してゐた。

で、去年の三月[redacted]中の或る晩の八九時頃、以前のA雑誌記者こと
B新聞記者が浅草公園へ行つたついでに、ち
やうどその時分昭和劇場にかかつてゐた夢遊《むゆう》
斎《さい》一座の奇術を覗いたことがあつた。記者は
奇術が好きなのではないが、此の一座には往
年[redacted]の歌劇の残党《ざんとう》が加入してゐて、その中に[redacted]
二三の顔馴染《かおなじみ》があつた[redacted]ものだから、なつかし
くなつてちよつと立ち寄つ[redacted]たのである。
[redacted]そして楽屋を訪ねた帰り
に舞台の袖から演技を見てゐると、その時彼

は図らずも不思議なものに眼が止まつた。[redacted]
オヤオヤ、此れはをかしいぞ、蘿
洞先生がこんな所に来《く》るのかしら?――記
者は[redacted]最初は人違ひであると思つた。[redacted]
と云ふのは、今しも舞台では奇術の合間にバ
レエ風《ふう》の女優の踊りが始まつてゐて、[redacted]
五六人の若い踊り児《こ》の裸形の脚[redacted]が入り乱
れつつある向うに、[redacted]
客席の一番[redacted]とツ鼻《ぱな》[redacted]から[redacted]それを見物して
三[redacted]
ゐるお[redacted]の顔が、[redacted]見れば見るほど蘿

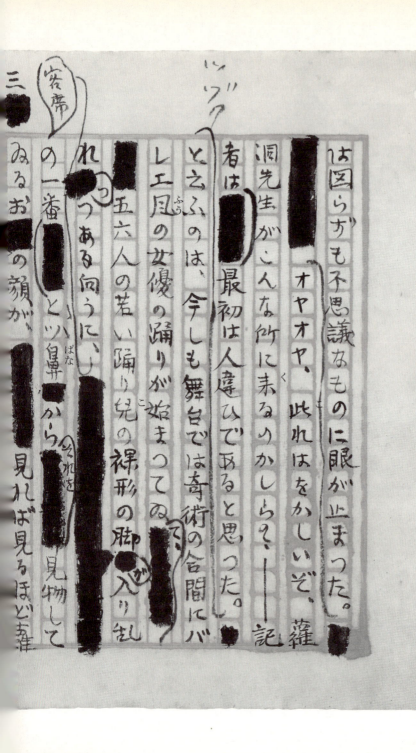

洞先生に似てゐるのである。尤《もつと》も舞台とその顔との間には[redacted]一列の脚光がぎらぎら燃えてゐるためにはつきり見定めにくい[redacted]のだが、口を半分ほど[redacted]開けて、白い歯を出して、[redacted]にやにやしながら[redacted]ひつつりのやうな薄笑ひを[redacted]浮かべつつ見てゐる表情は、[redacted]あのいつぞやの無気味な笑ひ方にそつくりである。[redacted]勿論記者の位置からは[redacted]顔の下[redacted]よく分らない。ただ顔

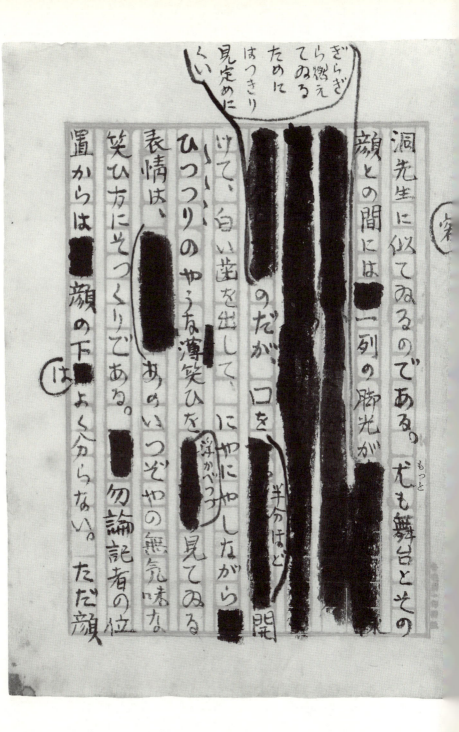

だけが、[redacted]曝《さら》し首のやうに舞台の地平線の上へ出てゐる[redacted]先生の顔はたしか青ん膨れであつたのに、その顔は[redacted]赤味を帯びてゐるのが違つた感じを與《あた》へるけれども、それも脚光の反射[redacted]のせゐであるかも知れない。——記者がさう思つてゐるうちに、やがて舞台では脚光が消えて、赤、青、緑、紫、と、色電気がぱつぱつぱつと射し[redacted]た。それにつれて又その蘿洞先生の首[redacted]が赤、青、緑、紫に変るのが餘《よ》程《ほど》奇妙[redacted]な見ものであつた。

だがどうもをかしい、いくら畸人であるにしても、あの[redacted]北向きの書斎の中に[redacted]土龍《もぐら》の如く閉ぢ籠つてゐる筈の、人間嫌ひの独身者の、学者の先生が、こんな時刻に公園へ奇術を見物に来てゐようと[redacted]はず

果して先生であるとしたら、此れには何か特別の目的があるのではないか。

新聞記者はそこは商賣柄だけに好奇心を起して、舞台裏から[redacted]表へ廻つて[redacted]

[redacted]

廊下から[redacted]場内を窺つてみた。すると[redacted]此の小屋は階下の中央に三等席があつて、その両側が

一段高く、特等席の椅子場になつてゐる。問題の男は、その特等席の一番前、殆《ほと》んどオーケストラ・ボックス[redacted]の側面の[redacted]所にゐるのである。蓋《けだ》し此の場所は奇術のアラ捜《さが》し[redacted]や女優の脛《すね》を拝《おが》[redacted]むためには屈竟《くっきょう》な位地であるけれども、ちやうど以前の帝劇[redacted]に於《お》ける貴賓《きひん》席の[redacted]如きものだから、お客自身も甚《はなは》だ人目につき易いことを覚悟しなければなら[redacted]ぬ。おまけにその晩[redacted]の特等席はがら空きの形で、見渡したところ、[redacted]の男だけが一人ぽつ

ねんと、その突角に離れ嶋《じま》を作つてゐるので
ある。二重廻しに鳥打ち帽を被つてゐる[redacted]のが
[redacted]今しがた幕間になつたので、帽子の鍔を
深く引き下げ、顔の半分を外套の襟に[redacted]隠して
[redacted]うつ向き加減にしてゐるのは、
矢張り極まりが悪いのであ[redacted]らう
B新聞記者はこつそりその男の後ろの
席へ忍び寄つて、背中の方から帽子の[redacted]庇
を覗き込んだ。
「や、先生でいらつしやいますか、いつぞや

は大変失禮を。――」

さう云つたのは、実はまだ確かに[redacted]見當がついたの[redacted]ではない。たとへ先生であつたにしても素直に化けの皮を現はすかどうか[redacted]分らないから、出し抜けに斯うカマをかけてみたのである。

「え、……」

と云つてその男は、ぎよつとしたらしく身をすくめて、後ろ向きに肩の角から睨めつけるやうに見返したが、その[redacted]「う、……

別行

「……」と云ふ聲をきくと、もうどうしても先生に違ひないことが[redacted]分つた。[redacted]記者が嘗て惱[redacted]まされたのは此の曖昧な、噫《おくび》だか[redacted]返辭だか[redacted]判明しない「う、……」と云ふ受け答へなのである。こんな煮え切らない聲を出す人は先生の外にはめつたにあるまい。

「あのう、御記憶でいらつしやいま[redacted]すかどうですか、——もう餘《よ》程《ほど》前、三四年以前に[redacted]「一度御宅へお伺ひいたしましたA雜誌の記者でございますが、……」

[redacted]

「はあ、」

「私《わたくし》、唯今ではA雑誌の方を罷《や》めまして[redacted]B新聞社に出てをります。――失禮《しつれい》でございますが、」

と云つて、記者は丁寧にお時儀をして、「B新聞演藝記者」と云ふ肩書きのある名刺を出した。先生は片手をふところに、片手で煙草を吸ひながら、[redacted]記者が捧げてゐる名刺の上へチラリと一瞥[redacted]を與へたきり、その孰方《どつち》の手をも動かさうとしないので、記者の方でも今更引つ込める譯にも行かず、暫く[redacted]根競べの體[redacted]であつたが、[redacted]さすがに先生もバツが悪くなつたと見え、不承無精に煙[redacted]草を捨てて手を伸ばした。そしてその名刺を[redacted]袂へ入れしなに、[redacted]ほんの申し譯《わけ》に眼を通したが、その時[redacted]無表情な先生の顔に何かしら微かな色が動い[redacted]たのを、記者[redacted]は見逃してしまつたらしい。

今晩[redacted]は、——あのう、[redacted]

……どなたかお連れでも[redacted]？、……」

「う、……いや、……」

「はあ、おひとりで？」

「う、……うん、……」

「はあ、……では此の辺まで御運動に？……

……」

「う、……うん、……」

此處で又しても蒟蒻問答が始まりかけた。しかし[redacted]記者は馴れてゐるから驚きもしないで、

「[redacted]先生のお宅からは随分遠方でござい

ますなあ。――[redacted]なんでございますか、お宅は矢張り以前の所にて、」

「うん、彼處《あそこ》にをる。」

「はあ、左様で。――ときどき公園などへいらつしやるのでございますか。」

「う、…………いや、…………」

「[redacted]へーえ、すると今夜はわざわざ此れを御見物にいらつしやいましたので？」

此の質問が眼目なのだが、なか[redacted]なかオイソレと要領を得させる先生ではない。

九

別行

「なあに、わざわざと云ふ譯でも、……」

「妙なことを伺ひますが、先生のやうな方は芝居や活動[redacted]などよりも、或ひは斯う云ふ奇術のやうなものがお好きなのではございますまいか。」

「[redacted]……まあ、……好きと云ふのでもないがね。」

此の「ないがね」の「ね」と云ふ音には微かながらも親しみがあつて、先生としては餘程[redacted]である。記者は意外に感じたのでひょ[redacted]いと先生の顔を見上げると、[redacted]意外なことには、物を言ふ時決して相手を正視しないんだつたのに、それが今日はどうした加減か、[redacted]あの憶病な、處女のやうな眼つきではあるが、遠慮がちにじーッと此方を見つめながら、[redacted]口もとには愛嬌笑ひさへがかすしづつ押し出され[redacted]つつあるのである。[redacted]飛んだ所を見附かつたので照れ[redacted]隠しの積りなの[redacted]かも知れないけれど、何しろ此れは、ただごとでない。薄気味が悪いくらゐである。

此の時次ぎの番組が始まつたので、二人はそれなり[redacted]黙り込んで舞台の方へ[redacted]向き直つた。記者はいつの間にか先生と肩を並べて隣りの椅子に腰かけてゐた。[redacted]舞台では[redacted]マジック応《おう》用《よう》の喜歌劇「若返り法」と云ふのが一座総《そう》出《で》の出演で、[redacted]此れが打ち出しであるらしい。記者はそんなものにまるきり[redacted]興味はない[redacted]のだが、それに気を取[redacted]られてゐるやうに見せて内々お隣りの[redacted]様子を窺ふと、先生は例に依つて[redacted]格別面白さうな顔つきをしてもゐないけれども、しかし案外熱心に脇目もふらず[redacted]見物してゐる[redacted]何樂しみに生きてゐるのか分らないやうな、年中浮かぬ色[redacted]つやをした先生が、これだけ一つものを辛抱強く見てゐるとすれば、たとへ顔には表はれないでも[redacted]何かしら[redacted]享樂してはゐるの[redacted]であらう。とすると一體、何が気に入つたのであらうか。学者と云ふものは却つて単純な子

十二

別行

佚じみたことを興がるものだから、奇術そのものが好きなのであらうか。それとも一座の女優の中に思《おぼ》し召しでもあるのであらうか。

記者はとうとう好奇心に釣[redacted]られて最後まで先生のお附き合ひをしてしまつたが、先生も亦、[redacted]退屈な出し物を実に根気よく、[redacted]打ち出しになるまで[redacted]見物してゐた。それから二人は自然一緒に小屋を出て、[redacted]廣《ひろ》小路《こうじ》の方へ歩くことになつた。[redacted]

「ええと、電車でお帰りでございますか。」

「う……うん、……」

「では停留場までお見送りを、……」

見送られては迷惑なのかも知れないが、[redacted]相変らず先生は返辞をしないので、記者はづうづうしく喰つ附いて行つた。そして何がな話のつぎ穂を見出[redacted]さうと考へてゐると[redacted]途端に先生の口の中で「う、……」と云ふ音がして喉がごろごろと鳴つたやうに思へた。

「はあ、」

と云つて記者は、何か云ひ出さうとしてゐるらしい先生の気勢を迎へた。

「う、……あのう、……」

「はあので、」

「[redacted]……………君は演藝の方の記者をしてゐるで……………」

「はあ、……」

「君は、ああ云ふ[redacted]所へは始終出入りをしてゐるので、」

「始終と云ふこともございませんが、あの—

別行

座には顔馴染の者が大分這入つてをりますので、ついでにちよつと寄つてみたのでございます。[redacted]……」

「はーあ」

と云つてから、暫く考へた後、[redacted]

「あの中に生野眞子と云ふのがゐるね、さつきしまひの幕で踊つた、——」

「へえ、どんな男でございましたかな。」

「いや、女だよ、断髪のせいの高い、亜米利加《アメリカ》の國旗で出来た衣裳を着てゐた、——」

「へえ、へえ、あれ、――あれは私は存じませんが、生野眞弓と申しますかな。」

「うん、プログラムにさうある。」

ふうん、[redacted]先生なかなか油断がならない。――記者がさう感じたと云ふのは、その女優は誰[redacted]の眼にも一と際すぐれた美貌の持ち主[redacted]で、記者自身も今夜始めてその女[redacted]を舞台で見[redacted]た時、こんな美人が此の一座に居たつけか[redacted]なと、驚いたくらゐだつたのである。年の頃は二十二三か、洋服を着た脚の恰好[redacted]もすつきりしてゐ[redacted]ろし、全《ぜん》體《たい》の四肢の均整も申し分がない。ただ難を云へば目鼻立ちが餘《あま》り[redacted]典型的に出来過ぎてゐて、[redacted]愛嬌に乏しく、[redacted]品はいいけれども人形のやうな堅い感じがあることである。

「へえ、あの女優は、あれは夢遊者の弟子ではございませんかしら。――あの一座には歌劇の残黨が加はつてをりまして、その方の連中ならば大概知つてをる筈なのでございます[redacted]が、

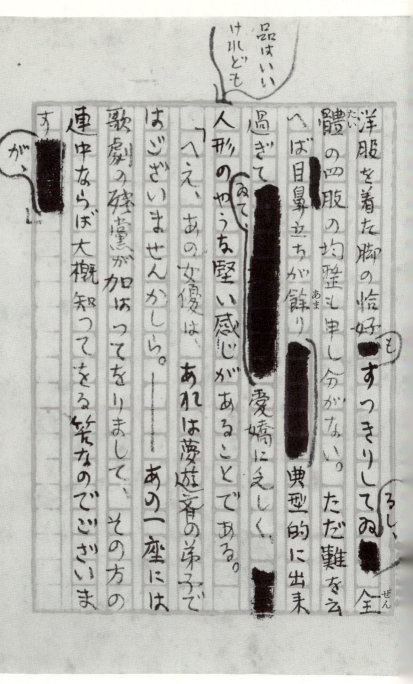

十四

一行挿入

「う、……」

先生の喉の中が又ごろごろと云ふ音を立てた。

「[redacted]……どうかしら、君、あれを調べて貰へんかしらの、」

「へえ？」

「あれは、……あのう、……[redacted]をかしいんだよ。……」

「をかしいと申しますと？……」

「[redacted]気が付かんかね[redacted]の？」

「さあ、どんな事ですか、気がつきませんでしたけれど……」

「あの女優だけは舞台で[redacted]一と言もセリフを云はなかつたらう？」

「はーあ、さうでございましたかなあ。

[redacted]

よくそんなことに気がお付きになりましたあなた。」

「いつもさうなんだよ、あの女は。」

「へーえ。たびたびあれを御覧になつているら

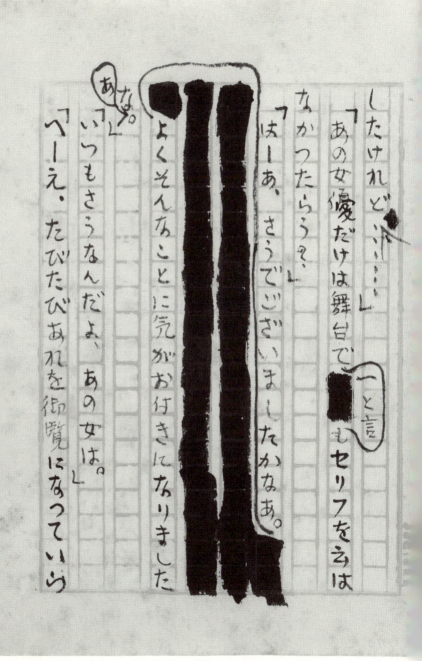

つしやるんでせう」

「う、……うん、……」

大分御執心《ごしふしん》と見えますなと、うツかり口[redacted]をすべらすところをグツと[redacted]抑へて、記者は油をかけるやうな調子で[redacted]

「するとあの女は唖ですかな。」

「まだをかしい事がある。素足を出したことがないんだよ、今迄に一度も。」

「素足をね」

「うん、……」

[redacted]やがて停留場へ来てしまつたのに[redacted]先生
は電車へ乗りさうにもしないで、[redacted]上野の方
へ歩きながら[redacted]記者を相手に話すのである。その話
し方がぽつりぽつりぽつりと、テムポが緩いので、うんざりする程[redacted]
[redacted]一と通り合點《がてん》が行くまで聽き終るのは
容易でなかつたが、断片的な言葉の後先《あとさき》を継
ぎ合はせた上で記者の臆測を加へてみると大體かういふことなので
ある。
[redacted]
[redacted]夢遊病者の一座は内地から満鮮地方を[redacted]

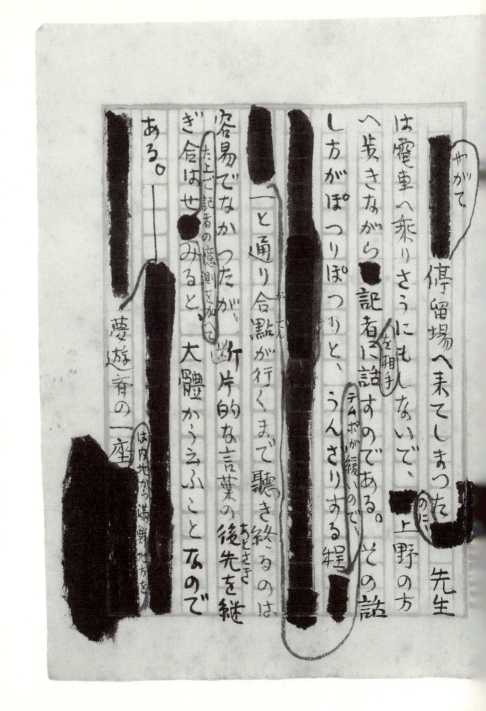

十六

始終巡業してゐるのだが、先生は生野眞弓を發見して以来、二三年前からその一座が東京へ廻つて来るたびに缺かしたことがなかつたらしい。時には同じ出し物を二た晩も三晩も續けて見に行く程[redacted]だつたので、そのうちに段《だん》段《だん》、眞弓がどんな場合にも決して[redacted]セリフを云はないことと、素足を出したことがないことに気づくやうになつた。眞弓のする役は、たとへば美人の胴切りとか、首無し美人とか、魔法のトランクとか云ふやうなものへ使はれる場合[redacted]には默つてニコニコしてゐれば済むやうなものの、その外に又、歌劇の方やバレエの方へも出ることがある。さうしてさういふ場合にはいつも必ず[redacted]無言の[redacted]役ばかりしてゐる。最初先生は、此の女は顔は綺麗だがセリフも碌碌云へない程の馬鹿なんだらうと思つた。しかしそれにしても[redacted]も一と言も云はないのは餘り変だから、次ぎには啞ではないかと思つた。[redacted]

[redacted]が、どうも啞でもないらしいといふの

は、歌劇の時にソロを唄ふことはないけれども、コーラス・ガールに加はつて合唱することはあるのである。それも口だけを動かしてゐるので[redacted]はないかと思つて、いろいろ苦心して、成るたけ前の方の席へ行つて探つてみたが[redacted]ちやんと彼女が肉聲を發して唄つてゐるのが聞き分けられ[redacted]た。ところが或る時、たつた一度彼女が舞台で長セリフを云ふ役に扮したことがあつた。それは鼻がふがふがになつた汚い乞食婆さんをやつたので、頬冠りをして思ひ切り垢だらけになつて出て来た。だからそれが眞弓であることを観破したのは恐らく先生一人ぐらゐで、大概のお客はさうとは気がつかずに、その乞食が一と言云ふ毎にアッハ、アッハ笑ひ轉《ころ》げ[redacted]た。それ程そのふがふがの發音は眞に迫つてゐて、その役は大當りだつたのである。しかし何故か[redacted]プログラムには眞弓の名前が記してなく、ありもしない俳優の名が刷つてあつた。[redacted]先生は膝を叩いて喜に此の美女の秘密を掴み得たと信じた。ははあ、さうか、梅毒か何かで鼻の天井が抜けてゐるのだなと思つた。

然るにもう一つ分らないのは此の女が素足を出さない[redacted]ことで、元来足の崇拝[redacted]狂者たる先生は、実は此の方が先に心づいてもゐたし、餘計気になつてもゐたのである。魔法のトランクやキャビネットから現はれる場合に、外の女は脛から足を裸にしてゐることが多いのに、此の女[redacted]必ず薄い靴下に靴を[redacted]ゐ。

る。[redacted]五六人が一緒に踊ったりする時にも、外の踊り児は凡べて素足で、[redacted]彼女一人だけ[redacted]がきまって深い[redacted]絹の沓《くつ》を穿く。されば」と云ってトー・ダンスをさへ達者に踊る[redacted]くらゐであるから、決してチンバではあり得ない。或る時園遊會の場面へ[redacted]大勢の女たちが浴衣がけて[redacted]登場したのに、矢張り彼女だけが足袋を穿いてゐたのを見て、此れは彼女の一種の気取りなのではないか、素足を出す

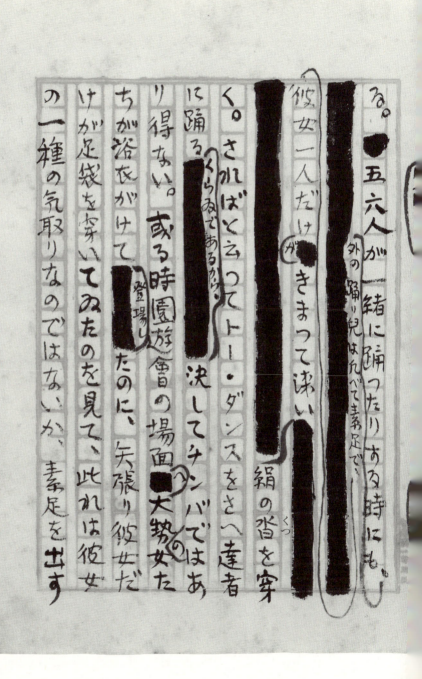

ことが趣味として嫌ひなのではないか、と、さう先生は解釋してみた。けれども腑[redacted]に落ちないやうなところがあつ[redacted]て、足[redacted]の秘密は今以て疑問に属してゐる。

——

「へへえ、面白いですなあ。[redacted]さういふ譯なら一つ私が探索してみてもよろしうございます。」[redacted]

「う、……うん、……[redacted]さうして貰ひたいんだが……」

「なあに、[redacted]譯《わけ》はありません、幕内の者に聞いてみれば直ぐ分ります。」

「新聞に書きはしないかいね、」

「[redacted]大丈夫書きはいたしませんよ。鼻がふが、ふが[redacted]だなんて、そんなことを書いたら可哀さうですからなあ、あれだけの美人を。」

その晩先生は新聞に出さないことと、探索の結果を忘れずに報告してくれることとを、まどろつかしく、くどくどと、頻りに記者に念を押した。上野で記者に別れを告げて有線電車に乗る時にも、

その後

二十

「ではいゝかね、頼んだぜ。」

と[redacted]又繰り返した。

蘿洞先生と鼻ふがの美人の女優、――此れは[redacted]誰でも好奇心を起さずにはゐられない事件である。三面記事として破天荒の珍種であるのに、新聞に書けないのは残念だと思ひながら[redacted]記者も面白半分に探索の歩を進めて[redacted]

幕内の俳優たちにそれとなく様子を聞いてみると

[redacted]彼女が鼻ふがであることは正しく蘿洞先生の推定の通りであつた。[redacted]が、足に就いては誰もハッキリしたことを知つた者がない。[redacted]と云ふのは、彼女は内部の人人にさへ[redacted]決して足を見せたことがなく、楽屋風呂へも一人で這入[redacted]のださうである。だから何かしら足に故障があるには違ひないけれども、どう云ふ故障だかよく分らな

なければ

らない

二十二

い。[redacted]ただ彼女と一番仲のいい女優があつて、その女[redacted]の話として傳《つた》はつてゐるところでは、後にも先にもたつた一遍一緒に[redacted]入浴した時にチラと見たの[redacted]だが、右の足だか左の足だかの趾《ゆび》が[redacted]一本か二本なくなつてゐるだと云ふ。さうして[redacted]そんなことが仲間うちへ知れ渡つてから、誰云[redacted]ふとなく、彼女は梅毒の上に天刑病[redacted]らしいと云ふ説がひろまつた。[redacted]それで自然あれだけの器量を[redacted]

[redacted]ながら、自分も人に接することを喜ばない

し、[redacted]男優共も[redacted]近寄る者[redacted]がないと云ふのである。

「ほんたうだかどうか分りませんがね、[redacted]みんな何となく気味悪がって誰も相手にしないんですよ。」

と、或る俳優は記者に云つた。

「でも、皮膚の色が透かしてみると紫色に光つてゐるとか、いやにテラテラしてゐるとか云ふやうなことがあるのかね。」

「そんなことはありません。色は真っ白で、肌理《きめ》は細かで、ただ見ただけでは綺麗なもんです。その餘り綺麗過ぎるのが、イケナイと云ふんですがね。」

「ほん[redacted]たうだとすれば気の毒なもんだね。」

「それより惜しいもんですよ。あれだけの代《しろ》物《もの》はさうザラにありやあしません。」

それから二三日過ぎた日の午後[redacted]である。久し振りに羅洞先生の郊外の舊宅《きゅうたく》を訪れた記者は、あのいつぞやの應接間《おうせつま》の卓を隔てて先生と向ひ合つてゐた。
「誰か、あの女の懸りつけの醫者《いしゃ》はをらんか
いの？」
逐一報告を聴き終つた先生は、[redacted]
[redacted]いつもの無表情な、どんよりした[redacted]顔はしてゐ
[redacted]たが、別にがツカリした風でもな[redacted]かつた。
「[redacted]懸りつけの醫者？」
「え、……うん、……それに尋ねたら分るんだが、……
……」
「そいつはむづかしい御註文ですなあ。」さう

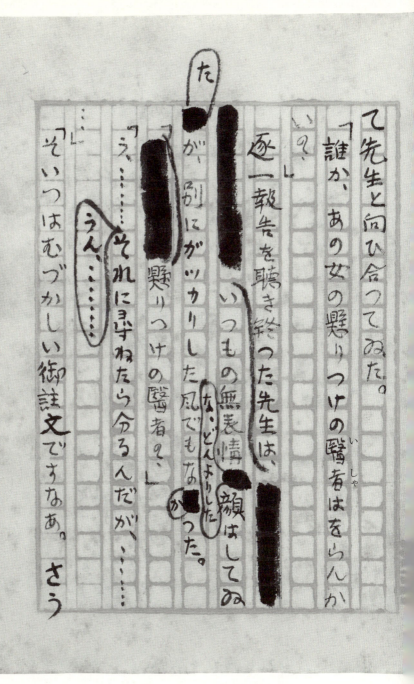

云ふ者はをりませんでせう。」

「足の[redacted]がどう云ふ工合に取れてゐるか、[redacted]あの病気は傷口に特徴があるんだが、

「……」[redacted]

「そいつもどうも、……誰にも見せないと云ふんですから、……」

「ふむ、」

そして先生は、庭の花壇の方を見ながら云つた。

「わしが自分で調べてもいい。……う、いや、

此處にきつても材料さへあれば調べられる。……

「……」

「材料と申しますと?」

「あの病気は洟汁《はなしる》に一番黴菌が集まる。洟をかんだハンケチか紙切れがあればいい。」

「へへえ、成る程、……それなら誰かに頼んで置けば手に入るかも知れませんな。あの女が風邪を引いた時か何かに。……」

「[redacted]五十円で買ふことにするが。……

う、……さうして貰へんかな。

……」

二行アケ

記者は[redacted]その半月程後に、[redacted]某俳優[redacted]の助け[redacted]を借りてやつとのことで眞弓のハンケチを盗むことが出来、五十四円を[redacted]山分けにしたさうである。が、[redacted]検鏡の結果はどうであ[redacted]つたか、[redacted]先生からは何の音沙汰もなく、[redacted]眞弓の方も、夢遊者一座が六月に[redacted]旅先で解散したので、[redacted]行くへが分らなくなつてしまつた。しかし何處までも物好きな記者は、よもやとは思ひながらも或る日先生を訪ねてみると、「ちよつと差支へがあるから」と云ふ取り次ぎの言葉で玄関払《ばら》ひを喰はされた。その後二度も行つたけれども、いつも同じ[redacted]やうな挨拶なので、一策を案出し[redacted]た彼は、あの、此の前[redacted]隙見をした時の[redacted]こんな小女を買收し[redacted]た。彼女は今でも先生の家に奉公してみ[redacted]たので[redacted]ある。そして彼女の話では、先生は此の頃[redacted]二十も違[redacted]ふ若い奥様をお貰ひになつた。その奥様は[redacted]お綺麗だが[redacted]には違ひないが、気取り屋なのか、器量を鼻にかけてゐるのか、女中たちの前ではいつもつんと澄ましていらしつて、直き直きにお聲がかかつた[redacted]例《ためし》がない。用の時は旦那様に[redacted]頤で指図をしてそれを旦那様が女中たちに取り次ぐ。その癖お二人で室内に籠つていらつしやると、ドーアを固く締めて、中でペチヤクチヤおしやべりをしていらつしやるのが微かに聞える。何ぼ何でも随分威張つた奥様だと云ふのであつた。

「ふふん、人を散散利用して置いて、今時分玄関拂ひを喰はせるなんか馬鹿[redacted]にしてやがる。————

記者は癪に觸つたので、又裏口の扇骨木垣《かなめがき》を乗り越えて、北向きの窓の下に[redacted]忍び寄つた。夏のことなので植ゑ込みの葉が繁つてゐるし、硝子《ガラス》障子とカーテンが半分ばかり開いてゐて、隙見をするに都合がよく、中の様子がほぼ窺はれる。此の前はこんな小女が腰かけてゐた俎板《まないた》のやうなデスクの上に今度はパジヤマを着た眞弓夫人が腰をかけ、脚をぶらんぶらんさせてゐる。先生は例の郵便局員

二十六

の如き上つ張りを纏つ[redacted]て、夫人[redacted]の下に跪《ひざまず》いて、両手で彼女の左の素足をいぢくりながら、何かしてゐる。よく見ると先生の手の中には、蠟細工だか護謨《ゴム》細工だかの[redacted]殆んど実物に紛《まが》ふばかりの足の趾がある。

「此れでうまく嵌《は》まつただらうて、どうだね、痛いかねて」

それを夫人の足に取り附けながら、さう云つてゐるのは先生である。

「ひひえ、ひつともひたふはないわ。」

と、夫人の答へる聲が聞えた。

（完）

出典一覧

※読みやすさを考慮して、旧字旧仮名は全て新字新仮名（詩は新字旧仮名）に改め、他の版も参照しつつルビや注を加えるなどした。

「往復書簡」『漱石全集』第十五巻岩波書店一九六七年刊、『芥川龍之介全集』第二十四巻岩波書店二〇〇八年刊（第二次刊行）、『芥川龍之介全集』第十六巻岩波書店一九五五年刊、『芥川龍之介全集』第十巻岩波書店一九七八年刊／「鼻」『羅生門・鼻』一九六八年新潮社刊／「葬儀記」『芥川龍之介全集』第一巻岩波書店一九七七年刊／「漱石先生の話」「夏目先生」『芥川龍之介全集』第八巻岩波書店一九七八年刊／「ダス・ゲマイネ」『走れメロス』一九六七年新潮社刊／「堕落論」『堕落論』新潮社二〇〇〇年刊／「座談会　歓楽極まりて哀情多し」「不良少年とキリスト」『人間失格ではない太宰治』新潮社二〇〇九年刊／「外科室」『鏡花全集巻一』春陽堂一九二七年刊／「紅葉先生逝去前十五分間」「紅葉先生の玄関番」『鏡花全集巻十五』春陽堂一九二七年刊／「和解」『徳田秋聲全集』第十七巻八木書店一九九九年刊／「二人の作家」『里見弴全集』第九巻筑摩書房一九七八年刊／「亡鏡花君を語る」『徳田秋聲全集』第二十三巻八木書店二〇〇一年刊／「河岸の雨」『白秋全集』第三巻岩波書店一九八五年刊／「女よ」『中原中也全集』第二巻角川書店一九六七年刊／「帰郷」『中原中也全集』第一巻角川書店一九六七年刊／「秋刀魚の歌」『佐藤春夫全集』第一巻講談社一九六六年刊／「饒舌録」『谷崎潤一郎全集』第二十巻中央公論社一九六八年刊／「文芸的な、余りに文芸的な」『芥川龍之介全集』第九巻岩波書店一九七八年刊／「芥川君と私」「いたましき人」『谷崎潤一郎全集』第二十二巻中央公論社一九六八年刊／「佐藤春夫と芥川龍之介」『谷崎潤一郎全集』第二十三巻中央公論社一九六九年刊／「文壇昔ばなし」『谷崎潤一郎全集』第二十一巻中央公論社一九六八年刊／菊池寛、夏目漱石の葉書、太宰治と谷崎潤一郎の生原稿は本書が初出

装画・本文および帯イラスト　ＤＭＭ ＧＡＭＥＳ
装幀　新潮社装幀室

特典シリアルコードについて

シリアルコードの入力方法

【PC ブラウザ版】
ゲームスタート画面下にあるシリアルコード入力ページに移動し、
添付のシリアルコードを半角英数で正確に入力してください。

【スマートフォンアプリ版】
シリアルコード入力ページ
（https://cdn.bungo.dmmgames.com/serial/index.html）から、
ゲーム内 ID と添付のシリアルコードを半角英数で正確に入力してください。
※シリアルコードは、頭から 4 ケタずつ区切ってご入力ください。

入力成功後、ゲーム内「内装」の「家具」に入っている特典アイテムを
設定すれば、配置することができます。

《注意書き》
誤ってシリアルコードを切ってしまった場合なども、再発行することはできませんのでご了承ください。

●本シリアルコードの入力は 1 回限りです。また、ゲームアカウントひとつにつき、1 回のみ受付が可能です。
●本シリアルコードの入力には、DMM GAMES 及び「文豪とアルケミスト」の登録が必要です。
●本シリアルコードは運営都合により、事前の予告なく変更・休止・終了する場合があります。また本シリアルコードで入手できるアイテムの内容・性能は、アップデート等により変更される可能性があります。
●シリアルコード入力画面を表示している状態でログインしているアカウントを切り替えてのシリアルコード入力は行わないようお願いいたします。
●一度使用したシリアルコードは取り消すことができません。
●シリアルコードの再発行はできません。
●ゲームのサービス内容変更や終了に伴い、事前の予告なく本シリアルコードの受付を終了する場合があります。ご了承ください。

【お問い合わせ】
●特典コードの印字不良や封筒の初期不良について
新潮社読者係（03）3266−5111
●本シリアルコードのアイテムの入手方法以外の
ゲームに関するお問い合わせは、
ゲーム内のお問い合わせフォームをご利用ください。
※サポートは日本国内に限らせていただきます。

「文豪《ぶんごう》とアルケミスト」文学全集《ぶんがくぜんしゅう》

発行　2017年10月30日

著者　芥川龍之介ほか

編集　神楽坂ブック倶楽部

協力・監修　DMM.com ラボ

【神楽坂ブック倶楽部】

神楽坂で結成された、本や活字まわりを愛する者たちの会。新潮社や神楽坂おかみさん会など地元在住・在勤者の有志が集まり、文学の街・神楽坂でイベントを催すなどしている。

ホームページは http://kagubookclub.com/

発行者　佐藤隆信

発行所　株式会社新潮社

〒162-8711 東京都新宿区矢来町71

電話（編集部）03-3266-5411
（読者係）03-3266-5111

http://www.shinchosha.co.jp

印刷所　錦明印刷株式会社
製本所　加藤製本株式会社

乱丁・落丁本は、ご面倒ですが小社読者係宛お送りください。

送料小社負担にてお取替えいたします。

価格はカバーに表示してあります。

ISBN 978-4-10-304872-5 C0093